Kevin Goulart

LUXBELLUM
E O MANIPULADOR DO TEMPO

CB061427

Todos os direitos reservados
Copyright © 2024 by Editora Pandorga

Direção Editorial Silvia Vasconcelos
Produção Editorial Equipe Pandorga
Revisão Tayna Gomes de Paula
Diagramação Célia Rosa e Gabriela Maciel
Ilustração de capa Ricardo Chagas

Dados Internacionais de Catalogação na Publicação (CIP) de acordo com ISDB

G694| Goulart, Kevin
LUXBELLUM / Kevin Goulart. - Cotia : Pandorga, 2024.
204 p. ; 14cm x 21cm.
ISBN: 978-65-5579-249-2
1. Literatura brasileira 2. Ficção. 3. Fantasia I. Título.
2023-   CDD 869.8992
3654   CDU 821.134.3(81)

Elaborado por Vagner Rodolfo da Silva - CRB-8/9410
Índice para catálogo sistemático:
1. Literatura brasileira 869.8922
2. Literatura brasileira 821.134.3(81)

2024
Impresso no Brasil
Printed in Brasil
Direitos cedidos para edição à Editora Pandorga
Rodovia Raposo Tavares, km 22.
CEP: 06709-015 - Lageadinho - Cotia – SP
TEL. (11) 4612-6404
www.editorapandorga.com.br

Kevin Goulart

LUXBELLUM
E O MANIPULADOR DO TEMPO

Capítulo I

O órfão

Eu nasci poucos anos antes da Terceira Cruzada, que hoje chamam *A Cruzada dos Reis*. Minha mãe me deu à luz dentro de uma embarcação na qual meu pai era membro da tripulação. Às margens do Danúbio fui nomeada Brunhilde de Belgrado, mas pouco me lembro de minha infância ou adolescência; eu e minha família éramos teutões, por isso mesmo mulher fui treinada a usar a espada. Lembro-me de gostar de minha antiga família, meu antigo lar... mas já se passaram séculos, e eu, além de ter uma nacionalidade incomum, possuía uma característica que me fez sempre ser muito branca, incluindo meus cabelos que sempre usei curto, mesmo contra a vontade de minha mãe, que dizia: "Como conseguirá um marido parecendo um homem?". Mas, além dessas vagas e esfumaçadas memórias, lembro de quando homens chegaram em nosso vilarejo, fugidos das Cruzadas, fugidos de Saladino.

Não quero mais perder tempo contando minha história, esse não é meu propósito... apenas quero que saibam quem sou antes de chegar aonde quero. Um desses homens, que veio do Sul, demonstrou grande interesse por mim, tanto pela minha aparência quanto pela minha habilidade em usar armas. Ele nunca disse seu nome ou quem era, mesmo assim meus pais se encantaram por ele... em poucas luas um casamento fora arranjado para nós, eu havia acabado de sangrar pela primeira vez, e não era aquilo que queria para minha vida; meu sonho era viajar o mundo, viver grandes aventuras ao lado de bons e justos companheiros, como na lenda de Siegfried.

Para buscar esse sonho fiz algo que mudaria minha vida para sempre: fugi quando a lua estava em seu ponto mais alto no céu e todos dormiam, corri pelo bosque frio e escuro, corri tanto e tão rápido que nem ao menos sentia o vento gélido que amolecia minhas pernas. Movida pela ganância de uma vida dos sonhos, me lancei naquela escuridão sem olhar para trás, empolgada pelo medo e pela ansiedade; corri até a exaustão, estava ofegante e o ar que entrava parecia cristalizar, cortando minha garganta e meus pulmões – era como estar no vazio, sem ver nada, apenas ouvia o vento que soprava forte. Estava tão frio que mal conseguia pensar, e minhas energias se esvaíam.

Sem saber o que fazer, sentei no chão e repousei com as costas em uma árvore; por breves momentos comecei a imaginar as lindas aventuras que viveria. Enquanto tremia, encolhida, ventava tanto que as arvores assobiavam, ao longe as montanhas urravam com a ventania que as golpeava, seus cumes estavam brancos de neve... e ali, no meio da escuridão, tudo o que eu tinha era minha imaginação e os batimentos do coração, que se esforçava para me manter quente, quando, já quase sem consciência, uma voz masculina me chamou pelo nome. Meus membros estavam dormentes de forma que nem erguer o rosto para tentar enxergá-lo foi possível. Engraçado como às vezes a esperança nos faz tirar força de onde parece não haver mais, e com essa consegui ficar mais lúcida. Segurando meus cabelos, ele ergueu-me, fazendo nossos olhos se encontrarem; torcia para que fosse meu pai, mas para minha decepção era o meu prometido marido, e em minha angústia e desespero derramei uma lágrima que escorreu gelando minha face.

Ele estava diferente, seu olhar, sua presença e expressão estavam completamente diferentes, parecia outra pessoa... sua voz aos meus ouvidos parecia estar atrasada com relação ao movimento de seus lábios, e mesmo com o vento ensurdecedor nos agredindo, pude ouvir nitidamente o homem:

"Brunhilde, você irá morrer aqui nesse lugar, morrerá sozinha, e antes que o vilarejo a encontre os lobos irão... mas eu posso lhe oferecer uma saída, posso lhe dar um pós-vida... onde você poderá realizar tudo o que quiser, nenhum homem terá o poder de obrigá-la a nada. Todavia, minha jovem, carregará o peso dessa maldição, você quer este presente?"

Ao terminar a frase, calou-se, esperando pela resposta. Eu tentava dar-lhe meu veredito, mas não tinha forças, mesmo assim ele adivinhou o que eu diria e falou:

"O peso de ser um bebedor de sangue que mata para sustentar a própria imortalidade, um Strigoi, um ser não vivo, tampouco morto."

Então, com todo o meu coração, olhei no fundo de seus olhos e disse sim.

No mesmo instante, eu já podia sentir suas presas em meu pescoço; não sou capaz de descrever a sensação que o Beijo do Vampiro gera... mas, para você ter noção, é como sentir o maior orgasmo de sua vida, e não só físico, é mental e espiritual também, tudo isso alinhado em prazer, um prazer que nos deixa em êxtase, tão forte que não se sente a morte chegar; quando se dá conta, você está consciente, sem o controle do corpo, como se flutuasse, até que as batidas do coração lhe trazem de volta.

Ao me levantar naquela floresta, já era o início da noite seguinte, e eu sabia, podia sentir que estava diferente; o frio estava lá, mas não me afetava, e eu tinha fome, muita fome... como um animal, comecei a correr pela floresta em busca de comida, seguindo um instinto predatório que acabara de conhecer.

Pela escuridão da floresta, corria tão rápido que parecia voar, a escuridão não mais me perturbava; agora, além de ver quase nitidamente em meio a ela, era como se meus ouvidos sussurrassem tudo o que estava à minha volta. Aquilo estava sendo pura diversão, mas que durou pouco, pois logo ouvi o som de animais correndo; um sorriso marcava meu rosto enquanto acelerava na direção deles, desviando de árvores tão facilmente quanto se estivesse andando; minha velocidade era tão superior, que já podia sentir o cheiro dos lobos fugindo da minha presença predatória. Minha boca encheu-se de água, e já conseguia saboreá-los em minha imaginação. Naquele momento, já não era eu, e sim o Predador, algo que no futuro explicarei melhor do que se trata... era tão divertido e prazeroso caçar, que cheguei a uivar para as minhas presas, que devolveram o gesto; eu já estava tão perto, seus passos haviam encerrado, na escuridão procuravam abrigo numa clareira, posicionados para me emboscar. Tão confiante quanto estava avancei sem hesitar, e da mata saltei como uma besta em direção do maior; minha força era tanta que voei metros para frente, saindo do bosque e atravessando toda a clareira, e por um fragmento de segundo pensei em sacar minha espada curta, mas não; o Predador que agora habitava em mim preferiu as presas.

Mordi e segurei com tanta força o animal que nem tempo de grunhir ele teve. Enquanto eu me deliciava com o sangue, o néctar,.. os outros tentavam me morder — mas a pele de um vampiro é resistente como uma armadura, e nosso corpo morto-vivo não se sustenta por órgãos ou nervos. Tudo o que precisamos é do sangue e os pobres animais não me causavam dano nenhum.

Em um movimento rápido e instintivo, agarrei o segundo e comecei a drená-lo, enquanto se debatia em meus braços e eu gemia de prazer. Até aquele momento em nunca havia sentido prazer sexual em minha vida, mas beber sangue me fez sentir calor e calafrios, meu corpo tremia e o êxtase tomava conta de mim, comparável ao prazer que futuramente eu descobriria no sexo.

Quando voltei a mim, a fome havia passado, meu corpo estava ajoelhado no centro da clareira, com os corpos drenados à minha volta, muito sangue derramado, até mesmo os filhotes receberam o meu abraço mortal. Meu corpo estava quente como se houvesse recuperado a vida, e eu me sentia ainda mais forte, me sentia invencível, a alegria e o êxtase me fizeram voltar a correr para testar minhas habilidades.

Fora incrível; eu era mais forte, resistente, veloz do que qualquer mortal, até mesmo minha mente estava mais ágil e capaz, meu corpo era incansável. Corri quase a noite inteira dos arredores de Belgrado, até as montanhas de Carpatos, e lá escalei uma; minutos foi o que demorei para chegarao topo, ventava tão forte que meus ouvidos doíam, e como um instinto fiz uma leve concentração, ignorando o ruído que me atormentava. Desta forma, compreendi que eu tinha poderes que poderiam ser ativados ou desativados, além disso eu estava com fome novamente e minha pele estava fria; quando me concentrei, senti que havia pouco dele dentro de mim.

No topo daquela montanha, diante de toda a Transilvânia aos meus pés, estava entendendo a natureza do novo ser que eu era. O sangue é combustível, como a lenha de uma fogueira, necessário para usar nossas habilidades não básicas como a força ou a resistência; além disso, usamo-lo para despertar todas as noites. Claro, temos o Predador, uma força dentro de nós, que nos dá um instinto sobrenatural, do que ter medo, do que se alimentar, de como caçar e não ser caçado. O Predador é o maior aliado de qualquer vampiro, porém, se ele sentir fome, se você ficar sem sangue dentro de si, o Predador faz você se alimentar por bem ou por mal, mesmo que seja o sangue de seu aliado.

Estava aprendendo quem eu era e como ser, usando nada mais, nada menos do que o instinto. Enquanto observava minha terra natal, eu também refletia: "O que fazer daqui pra frente?". Agora eu era um ser odioso, uma besta predatória da noite, e voltar para casa não era uma opção; estava completamente sozinha, e essa conclusão me entristeceu profundamente, a aflição de estar sem opções, uma criança sem lar ou companhia...

Sempre fui forte, como meu pai me ensinou, e alguém que é dono do próprio destino, como eu, não ficaria ali, sentindo pena de si mesmo; essa era a oportunidade de viver todas as aventuras que o mundo pode oferecer... mas para onde? Aquela terra era a única que eu conhecia... havia só outro lugar de que ouvira falar, os mercantes mais ricos falavam de lá, a grandiosa Constantinopla, a cidade dos reis, de lá as cruzadas, uma Valquíria como nas canções; esse era meu novo caminho, meu destino, estava tão confiante que brandi minha espada, emocionada.

Naquela noite me enterrei profundo na terra, para que a luz do sol não me causasse mal. Não sabia exatamente o que aconteceria, mas havia um medo primordial por essa luz, medo que me alertava do risco. Despertei com fome, coisa que se repetiria pela eternidade, toda noite um vazio doloroso tomaria meu estômago.

Antes de partir, aproveitei a vista de Belgrado para me despedir de minha terra e família. Eu não era mais a criança inocente com sede de aventura; eu precisava ser mulher, e para seguir esse caminho jurei para mim mesma que nunca mais voltaria. Aquela promessa foi dolorosa como uma facada no coração, pois nunca mais veria meus pais, minhas amigas, ou brincaria com os cães do caçador amigo de meu pai, minha vida toda até aquele momento ficaria para trás... eu era uma menina, uma criança que não sabia nada da vida ou do mundo, tive tanto medo, me senti só como nunca antes, e por tudo isso, como qualquer um, eu chorei; lágrimas escorreram pelo meu rosto, e quando fui limpá-las percebi que eram sangue... sangue agora escorria de meus olhos em vez de lágrimas, o que me pegou como um golpe, era como se a maldição se esfregasse na minha cara. Como aquela promessa era necessária, Brunhilde de Belgrado já não existia mais.

A viagem seria longa. Por solidão, talvez, procurei por ele, companhia e tutela, pois queria sentir menos medo e ter menos dúvidas. Nas primeiras noites antes de partir eu o busquei, meu progenitor... de Schaasburg a Bucareste; mas nunca o encontrei, e durante todos esses séculos tudo o que recebi foram relatos de outros que o tinham conhecido. Naquela época, nem isso; ele realmente havia desaparecido, era como se ninguém se lembrasse do homem que passara por ali. Demorei várias luas para desistir e partir sozinha; ele não queria ser encontrado, e mesmo naquela época eu soube que não conseguiria achá-lo contra sua vontade. Estava ansiosa por ver a grande Constantinopla, então o deixei para trás, junto de todo o meu passado.

Essa viagem, para uma mulher normal fazer sozinha, seria impossível, mas felizmente eu não era nem um pouco normal; nós, os Strigoi, como aprendi a me chamar na época, tínhamos um magnetismo especial que podíamos usar para dar ordens, seduzir ou intimidar os mortais. Alguns conseguiam fazer isso com seus iguais, já outros eram tão poderosos que podiam matar exércitos apenas com a vontade... desculpe, estou me adiantando de novo.

De Bucareste parti para Constança, para pegar um navio. Aquela cidade à beira do Mar Negro era o mais distante de casa como jamais fora antes, mal podia conter a empolgação; ansiava por conhecer terras novas, pessoas diferentes e principalmente conhecer aqueles iguais a mim.

Enquanto andava por Constança, minha mente voava, imaginando como eles deviam ser, se iriam gostar de mim, seus poderes... Me enterrar durante o dia e beber dos animais havia se tornado minha rotina; algo dentro de mim tinha medo de beber de homens, e invadir suas casas para dormir era perigoso demais. Sempre que eu pensava no sangue humano, meu instinto me avisava de que algo mudaria, eu mudaria, e sentia medo de me tornar um monstro por completo. Já o Predador urrava de desejo; sempre que ele estava perto de uma pessoa, quase podia senti-lo babar.

Demorei várias noites caminhando pela floresta, pelo porto, por entre as casas, até ganhar confiança de falar com alguém. Durante esse tempo também aproveitei para furtar coisas de valor. Me perdi várias vezes, até encontrar aquela cidade, e agora, que estava nela, já não sabia mais quanto tempo havia se passado. A cidade era silenciosa, como todas da região. Em uma noite, enquanto eu voltava da floresta, tendo acabado de me alimentar, pude ouvir a voz dos habitantes. Constança era grande e portuária, o coração do Mar Negro, e naquela noite ela finalmente estava barulhenta; a essa altura, de tanto me enterrar na umidade estava encardida, e minha arma enferrujada, o que fiz então foi circundar a cidade que não tinha muralha, procurando uma casa vazia para invadir; o risco agora era válido, os barulhos vindos do porto denunciavam a chegada de um navio.

Havia casas próximas à cidade, e foi de uma destas, escura e silenciosa, que eu arranquei uma das janelas com meus braços sobre-humanos; tinha apenas um cômodo, aparentemente um homem vivia ali, sozinho. Hoje, lembrando-me desse evento, penso que ele devia ser um homem do mar ou no mínimo trabalhador do porto, coisa que na hora nem parei para pensar. Eu me banhei na tina dele e vesti suas roupas. Antes de sair, cortei os cabelos e me cobri com um capote.

Agora mais apresentável, caminhei pela cidade até o porto, de onde o barulho estava vindo. Constança era uma cidade que pertencia mais a Constantinopla do que à Transilvânia; sua arquitetura lembrava a de lá, e até mesmo a língua. Havia mais pessoas falando o grego de lá que o húngaro daqui. Eu já estava tão maravilhada, já sonhava com a colossal criação de Constantino, ver e pensar nisso, aqueles sons, o porto devia estar cheio, grandes embarcações finalmente chegavam... que dia glorioso seria! Ali eu já havia sentido um gosto de Constantinopla!

Mas, ao chegar ao porto, minha decepção não coube no rosto: apenas um navio, uma pequena embarcação portuguesa, velha e com marcações de ranhuras, quebrada em seu casco. Eu estava incrédula, o maior porto da região sem nada além de um galé.! Andei até o trapiche, para ver de perto; estava vazio e escuro, os sons vinham da taverna próxima, com certeza muitos homens lá estavam, toda a tripulação da galé, berrando e cantando alto o suficiente para se escutar da mata. Aguardar mais não era uma opção, seria aquela embarcação de qualquer jeito. A passos largos fui até a taverna. Gritos, pancadas, risadas e palavrões vindos dela eram acachapantes.

Quando próximo, o cheiro de estrume humano que a cidade exalava era saboroso aos sentidos, se comparado ao que vinha da taverna. Caminhei confiante até a porta, me esforçando para esconder meu medo, e a abri vagarosamente, tentando não chamar atenção – o que foi inútil, pois, ao abrir o suficiente para que eu passasse, todos já estavam me olhando, mais de quarenta homens que bebiam, jogavam e brigavam. Havia alguém morto no meio do salão, o sangue espalhado fora pisoteado e estava espelhando, o corpo ainda estava quente e sangrando, as luzes eram bruxuleantes, vindas de poucas velas espelhadas. Não parecia haver ali taverneiro ou empregado, apenas os quarenta integrantes da tripulação da galé, que me olhavam com diversas expressões. Não conseguia conter meu pavor, mesmo forte não sabia se seria capaz de derrotar a todos. Ainda assim me aproximei e fechei a porta atrás de mim. Homens são como cães, se sentem seu medo atacam sem pestanejar, foi isso que aprendi com meu pai.

Eles ficaram me observando por vários instantes, até o silencio ser quebrado por um homem que estava sentado de costas para a entrada; estava sozinho na pequena mesa redonda com uma vela no centro. Ele pronunciou as palavras com a voz pesada, imperiosa e um sotaque desconhecido para mim, enquanto botava o chapéu.

"Quem ousou invadir meu lazer?"

Então virou-se para me ver. Os homens baixaram a cabeça e calaram-se, como se aquele homem fosse seu rei.

Ele tinha uma vasta e pesada barba negra que caía até abaixo do peito, cabelos lisos e grossos levemente grisalhos, aparentando uns quarenta invernos nas costas. O homem também aparentava estar doente, mas seus olhos eram penetrantes e amedrontadores.

"Eu me chamo Draco e vim aqui alugar o seu navio!", respondi, quase gaguejando.

Fui o mais firme que pude, para que meu poder agisse sobre ele. Todos se olharam depois das minhas palavras e começaram a gargalhar, por tanto tempo que fiquei incomodada. O Predador estava se debatendo de ódio dentro de mim. O capitão deles então gritou para que parassem, o que foi feito de imediato, e completou, olhando para mim:

"Sente-se comigo, criança."

Ele então voltou ao seu assento e me aguardou. Os homens voltaram a jogar e conversar, mas agora silenciosos.

O mais firme que pude, caminhei até ele atravessando o salão. Sentei à sua frente, forçando meu olhar em seus olhos, para intimidá-lo, mas ele riu do meu ato e proferiu enquanto servia sangue de uma garrafa em seu cálice:

"Criança, isso não vai funcionar comigo. Minha família é proeminente na sedução vampírica, por isso sei resistir. E é claro, sou mais velho que você..."

Cortei-o no meio da frase:

"O quê? Quem é você? Como sabe o que sou? O que é uma sedução vampírica...?" Eu o inundei de perguntas, que ele escutou pacientemente enquanto bebia. Quando eu terminei, falou calmamente:

"Eu sou Carontes de Pompeia, o capitão do Dama da Noite. Sou um vampiro, e esse é o termo que usamos para nos denominar. Já possuo trinta invernos de "sobrevida", o que significa que fui transformado trinta invernos atrás."

Eu escutava tudo atentamente, então ele me serviu, enquanto falava:

"Pelo que vejo você não recebeu tutela. Aquele que o transformou lhe abandonou no mundo. Sorte sua! Assim é melhor. Lamento pela sua morte e lhe desejo boa sorte, agora beba e vá embora, menina."

Questionei, impressionada:

"Como sabe que não sou homem?"

Limpando o sangue da boca, ele respondeu:

"Quando se passa a maior parte da vida no mar, apenas com outros homens, adquire-se a capacidade de reconhecer uma mulher a muitos metros de distância."

Depois de responder, ele insistiu para que eu bebesse; eu estava estranhando fazer aquilo na frente de todos aqueles homens, pois parecia ser um ato tão íntimo... mas era meu primeiro encontro com um igual, então peguei o cálice e perguntei de onde vinha aquele sangue.

"De uma bela dama virgem", respondeu-me.

Larguei o cálice e desconversei: "Mas, senhor Carontes, por favor, o senhor é o primeiro vampiro que encontro. Por favor, me ensine o que sabe!"

Ele balançou a cabeça, deu um profundo gole e respondeu: "Não! O senhor que tive me fez entender que a solidão é o melhor caminho para amaldiçoados como nós seguirmos. Agora vá embora."

Tomou o meu cálice e fez sinal com a mão, erguendo-a em direção à porta, para que eu fosse; o gesto pareceu causar-lhe dor.

"Senhor Carontes, o senhor está ferido?"

Com frieza me observou, serviu mais em seu cálice e contou-me:

"Sim, diferente do seu progenitor, o meu me transformou para me punir. Passei anos sendo ferido e torturado por ele, torturas que nem mesmo o nosso poderoso sangue pode curar".

Disse aquilo como se estivesse louco para alguém perguntar; estava ansiando por colocar aquela indignação para fora e, ao fazê-lo, murchou em tristeza. Eu sabia que, ao se recompor, ele me mandaria embora, então fiquei desesperada; há tanto tempo perdida, não poderia deixar aquela chance passar.

"Senhor Carontes, eu me chamo Brunhilde de Belgrado, não tenho nem um inverno de sobrevida, sou mulher e guerreira, nunca provei o sangue humano, órfã de transformação sem nem ao menos saber o nome daquele que o fez... por favor, senhor Carontes, me ajude."

Falei tudo aquilo como uma tentativa de ganhar confiança. O vampiro permaneceu em silêncio, coçando a barba e bebendo, e quando a garrafa secou finalmente proferiu algo:

"Brunhilde, eu não posso velejar por conta de meus ferimentos, então não a levarei a lugar algum e estou desgostoso demais com minha sobrevida para querer lhe ensinar qualquer coisa."

Quando viu que eu não sairia por conta, se levantou, pegou meu braço e começou a conduzir-me até a porta. Enquanto ele me arrastava pelo braço, meu desespero aumentava; um fracasso tão grande, meu encontro com o primeiro de minha espécie! Eu queria do fundo da minha alma que aquele homem me ajudasse, nossa breve conversa revelara tanto, ele me enchera de perguntas, eu não aguentava mais continuar sozinha. Quanto mais próximo ele me levava à porta, mais longe eu estava de todas as respostas... instintivamente, lágrimas de sangue saíram de meus olhos, ao chegar tão perto da porta. Carontes me virou em direção ao seu peito, olhou para baixo, cruzando olhares comigo, e me desejou força. Eu o abracei enquanto chorava, desejando do fundo de meu coração que ele me ajudasse, que eu pudesse ajudá-lo também, então escutei:

"Menina, você é uma Empusa!"

Levantei o rosto, e, apesar de seus braços e corpo não corresponderem ao meu abraço, seu rosto mostrava espanto. Ao olhar para o lado, todos os homens estavam com arma nas mãos, prontos para me matar e tensos, esperando o comando de Carontes.

Eu podia sentir como se minha alma estivesse fora de meu corpo, tentando adentrá-lo, então ela voltou para dentro de mim completamente. Senti uma tontura repentina e dei uns passos para trás, como se tivesse gastado muito sangue de uma vez.

"Minha querida...", chamou Carontes,

"O que aconteceu?", questionei.

"Você, minha cara Empusa, você me curou."

Eu não entendia do que ele estava falando, as palavras estavam turvas em minha mente naquele momento. Ele me conduziu a sentar, deu-me sangue animal, de modo que aos poucos voltei à minha lucidez, e enquanto eu bebia ele me explicava algumas coisas que só ficariam claras mais tarde.

Nós, os vampiros, temos famílias que são vastas. Os Nocturnal formam as quatro mais proeminentes, que regem nosso mundo governando vampiros e mortais, além de fazer com que as Leis do Sangue se cumpram – regras que eles mesmos criaram: não revelar aos mortais nossa natureza, não guerrear contra os outros seres sobrenaturais e não matar uns aos outros.

Eu pertenço a uma família que já foi uma das quatro, as Empusa, descendentes de uma das filhas de Lilith, uma deusa antiga chamada de Hecate. A família Empusa foi praticamente extinta devido ao assassinato de sua progenitora pela mão de outro progenitor, como são chamados os primeiros de cada família, que com o assassinato se ergueu a Nocturnal, no lugar de Hécate. Carontes me deu muitos detalhes que não são relevantes agora; o importante é que os remanescentes de minha família são caçados pela família usurpadora Katala, de poderosos necromantes que se sentam na quarta cadeira de poder da Nocturnal. Além disso, nós vampiros somos dominadores e territorialistas por natureza, por isso, durante a noite, manipulamos a humanidade e disputamos entre nós o poder.

Após horas de Carontes me explicando como esse novo mundo que eu adentrara funcionava, ele me contou que eu sou uma Empusa da vida, com o poder de curar as mais profundas enfermidades, até mesmo do corpo não vivo de vampiros. Eu o havia curado, por isso disse estar em dívida comigo.

Eu estava confusa com tanta informação. Entenda, caro leitor: sei que acabei de cuspir muita informação em cima de você, mas fiz isso porque quero que entenda como foi para mim também. Digo que ainda virá muito mais; antes que eu chegue aonde quero nesta crônica, você precisa entender onde estamos...

Após assimilar a maior parte da informação, cobrei minha dívida, exigindo que Carontes me levasse até Constantinopla e no caminho me ensinasse tudo o que sabia. Ele soltou uma gargalhada e gritou a todos:

"Homens, preparem o navio, vamos partir!"

Alguns se levantaram e saíram, outros começaram a carregar sacos, caixas e outros insumos. Carontes começou a falar, enquanto eles se organizavam:

"Eu sou Carontes de Pompeia, filho de Jácomo de Palermo, da família Liogat. Minha família não pertence aos Nocturnal, mas somos os mais poderosos entre as subfamílias, conhecida como os Escuros, por termos o dom de controlar a escuridão..."

Eu novamente o interrompi:

"Como assim, controlar a escuridão?"

Ele fez para mim uma expressão de repreensão e continuou:

"Podemos manipular as sombras e até mesmo criá-las, e lamento não poder lhe demonstrar isso, pois ainda sou muito jovem. Os dons de nossa família são os mais difíceis de despertar e evoluir, você ter conseguido fazer isso tão nova mostra que quem lhe criou era antigo e poderoso — provavelmente um Secular."

Pensei em interrompê-lo novamente, porém ele notou meu movimento e me impediu com o olhar.

"Bem, continuando. Somos eternos, portanto existem aqueles de nós, com milhares de anos; estes são os Milenares. Os menos antigos que estes são os Seculares, e existem aqueles que nem um século de vida possuem. Somos nós, as Crianças. Além dessas denominações, existe a que os progenitores das famílias e alguns de seus filhos recebem: são os verdadeiros antigos, tão velhos quanto a contagem do tempo."

Os homens rapidamente limparam toda a taverna. Carontes me tomou a mão e a guiou para a galé. Atravessamos o porto, com ele me dizendo como estava feliz em voltar ao mar, e passamos pela ponte de madeira. Os homens já haviam se posicionado para remar, passamos por eles e nos dirigimos ao andar inferior, onde Carontes me mostrou as caixas de madeira onde dormiríamos. Seus homens nos protegeriam e todas as noites ele me ensinaria um pouco mais sobre o mundo. A galé, movida a remos e velas, apesar de desgastada funcionava muito bem; Carontes se gabava muito daquele navio, e durante a viagem inúmeras vezes me contou como o havia roubado.

Durante as noites que passamos viajando, conheci melhor Carontes e seus homens, ouvindo suas histórias de saques e roubos, de quando se apropriaram de tavernas como aquela onde os encontrara. Disputei com eles duelos de espada, para nos divertirmos; Carontes era um espadachim muito melhor que eu, mas seus homens serviam apenas para que eu brincasse. O "Capitão", como ele gostava de ser chamado, dentro do navio era ranzinza e presunçoso, mas muito educado; aquelas poucas noites que passamos juntos foram educativas e divertidas.

O Capitão me ensinou não apenas sobre o mundo e nossa história, mas também sobre nossas fraquezas e habilidades. Todas as famílias mais notáveis tinham poderes particulares, mas muitos eram inerentes a todos, como as capacidades físicas ou a sensibilidade dos sentidos, além da sedução vampírica. Tínhamos muito poder proveniente do sangue, que era nosso sustento e nossa fraqueza, pois a fome nos torturava. Dando nosso sangue para um Mortal, como chamávamos os humanos, ele tornava-se viciado nesse sangue e ganhava capacidades sobre-humanas, o que chamavam de Revenant – toda a tripulação daquele barco era de Revenants.

Ainda sobre nossa história, Carontes disse que meu povo tinha tanto poder sobre a vida quanto sobre a morte, e essa era uma escolha nossa; muitos dos mais lendários guerreiros vampíricos que já tinham existido eram de minha família e tinham optado pela morte. Por outro lado, respeitados sábios e visionários de minha família eram aqueles que pregavam a vida; eu havia despertado para a vida naquele momento, o que muito me alegrava. Apesar de eu ser uma guerreira, adorava a ideia de pensar que quando encontrasse meus amigos poderia protegê-los e curá-los de tudo.

Os Nocturnal eram os mais poderosos de nossa espécie; quando Carontes falava sobre eles, era com respeito e até admiração. As quatro famílias que regiam a noite, dentro de sua hierarquia, tinham quatro cadeiras fixas, como sempre fora e sempre seria. Na primeira cadeira estavam os Drakianos, os filhos do Dragão, os mais antigos e poderosos entre nós, que desde sempre tentavam controlar todo o mundo; na segunda estavam os belos e amados Súcubbus, aonde chegaram devido à queda dos Khonsurianis – pouco se sabia sobre eles, já que seu progenitor fora aniquilado eras e eras atrás; na terceira cadeira estavam os Vykros, os bestiais e horrendos – fora o progenitor deles que destruíra a família Khonsurianis; na quarta cadeira estavam os Katalas, os responsáveis pela extinção de minha família, poderosos profetas e necromantes, que lá estavam fazia menos de um século, caçando os remanescentes de minha família.

Quando nos aproximávamos da cidade, sua luz já podia ser vista; eu gostava de sentar na proa e observar, tentando imaginar o que havia lá... Constantinopla, a Cidade dos Reis, um sonho que conforme nos aproximávamos tomava forma – primeiro as torres de luz, depois as muralhas, algo colossal, eu nem imaginava que homens pudessem construir maravilhas tão grandes! Isso era Constantinopla, uma joia de civilização em um mundo bárbaro.

Quando estávamos para chegar ao porto Prosfório, Carontes veio até mim, me oferecendo a oportunidade de ir com ele para o Mediterrâneo, fazer fortuna e fama. Eu agradeci, já que havíamos nos tornado amigos, mas batalhas e guerras eram meu destino. Até hoje penso em quanta sorte foi encontrar Carontes, o que ele me ensinou, sem o que jamais teria sobrevivido àquela cidade:

uma terra grandiosa, lotada de vampiros, muitos deles Seculares, ansiosos por beber de meu sangue exótico.

Carontes atravessou as muralhas com seu navio, chegou lá falando grego, mentindo que era comerciante, e me deu a brecha para fugir, o que fiz sem conseguir me despedir; esgueirava na escuridão pelas plataformas, por trás de cargas de navios descarregadas onde homens negociavam, até enfim chegar às ruas, me afastando ao máximo do porto. Enquanto caminhava, pensava que provavelmente nunca mais o veria; um homem com vários defeitos, ainda assim honesto e justo, coisa que havia visto poucas vezes em vida e, na morte, veria menos.

O choque de entrar na cidade foi um dos momentos mais incríveis de minha vida. A cidade era tão grande quanto toda a minha terra natal, até onde a vista alcançava havia casas, igrejas, catedrais, mesquitas, torres, palácios e mercados, grandes bibliotecas, pessoas de todas as raças e etnias. Fiquei horas caminhando de boca aberta, tão maravilhada que somente a fome conseguiu me interromper, afinal eu estava há dias sem beber. Também precisava de animais e, para a minha sorte, pela cidade havia vários, de todos os tipos, vindos do mundo inteiro. Com sua miscelânea de culturas, Constantinopla era diferente de tudo o que já havia visto, assustadoramente populosa; mesmo sendo noite, havia pessoas indo e vindo, comprando, vendendo, matando e roubando... prostitutas, mendigos, doentes, todo tipo de gente.

Esse agito todo tornava difícil me alimentar sem ser percebida; entenda, eu era jovem e nunca havia visto nada como aquele lugar. Talvez os guardas viessem, os vampiros viessem... independentemente do que seria, isso me causava pavor, e a essa altura já estava perdida, por isso caminhava a esmo, contando com a sorte e com o predador. Pelas ruas se podia ver de tudo, mas agora a fome já tinha me roubado o luxo de apreciar as novidades; pelos sons me guiei até um mercado, ocupando a praça inteira – tanto espaço quanto o que meu vilarejo natal ocupava, inúmeras tendas, barracas, carroças e estabelecimentos. Tochas e postes com piras iluminavam o lugar. Carontes já havia me dito que o fogo era danoso para nós, tanto quanto o sol, e naquele momento comprovei isso; eram tantas fontes de chamas que meu predador ficou assustado, mas mesmo assim não recuei, pois minha curiosidade era maior que o meu instinto naquele momento. As pessoas falavam diversas línguas, eu mal reconhecia o grego e o latim, além do sotaque de Carontes em muitos deles. Olhava e escutava tudo atentamente, enquanto andava por entre as tendas em busca de alguém que falasse húngaro ou romeno; olhava para os escudos e brasões, bandeiras e rostos, em busca de qualquer um que me soasse familiar, qualquer coisa seria desculpa para me aproximar.

Eu estava tão concentrada nisso que deixei de me atentar a aproximações, até que, distraída, senti um toque no ombro pelas costas. Passando a mão em minha arma, virei para ver quem era: um homem de túnica bege e turbante, barba negra e curta, pele moura, aparência jovem, que ostentava joias. Quando cruzamos o olhar, ele falou comigo em grego; foquei meu olhar nele, para impor minha vontade, mas não parecia ter resultado, pois não era um vampiro – eu tinha certeza, seu calor corporal e meu instinto me diziam isso.

Tudo o que pude fazer foi responder e torcer para que ele falasse minha língua, mas o rosto dele demonstrou que não, então o homem me mostrou algumas moedas e apontou para uma tenda que vendia pergaminhos. Sem muitas opções eu o segui, agora atenta e segurando o cabo da espada com que Carontes me presenteara.

Na tenda havia um velho de pele, barbas e cabelos brancos, sentado aparentemente dormindo até o árabe o chamar; o homem despertou calmamente e eles começaram a conversar, enquanto eu me esforçava para entender algo e os observava com muita atenção. Então o velho virou para mim e disse:

"Estrangeira, este homem é um comerciante de tecidos, ele quer pagar pela sua companhia."

Eu era novata com esse negócio de prostituição, então pedi que o velho perguntasse para quê. Ele nem o fez, meramente respondeu:

"A senhorita é a mulher mais exótica deste lugar, ele quer fornicar e depois desposá-la."

Fiquei alguns instantes absorvendo aquela situação cômica e absurda, até que pedi ao velho que falasse para o homem que eu recusava.

O velho fez o que pedi, o árabe gritou comigo e gesticulou com o rosto enfurecido; fez isso por um bom tempo antes de partir. Após ele pagar o velho e se retirar, puxei assunto com o comerciante:

"Senhor, qual seu nome?"

Ele ficou me olhando sentado, com a face neutra e inexpressiva.

"Castillo", respondeu-me, de olhos fechados.

"Senhor Castillo, eu me chamo Brunhilde e vim para Constantinopla procurando um exército para participar."

Ele abriu um dos olhos para me encarar e sorriu.

"Uma ordem de guerreiros que aceitam mulheres...", pensou, em voz alta. "Creio que no Oriente existam exércitos mercenários que aceitam esse tipo de heresia, mas aqui, menina, é a Terra Santa de Constantinopla, regida por Deus."

Eu sabia do que ele estava falando; o cristianismo reinava naquele local, mas fiquei em dúvida.

"Pensei que Constantinopla fosse uma terra para todas as culturas e religiões."

"De fato é", respondeu-me ele. Então o comerciante me explicou que a influência da igreja era grande ali desde a última cruzada, dessa forma eu estava em perigo, afinal era uma mulher andando com trajes masculinos, portando uma arma. Meu cabelo já havia crescido de novo – como em todas as noites, ele voltava ao seu tamanho normal, e apenas o capuz protegia meu sexo.

Me vi sem opções, precisava encontrar algum vampiro, mentir para ele sobre minha verdadeira identidade, como Carontes me instruíra, mentir que eu era da família Strigoi, um termo genérico para famílias menores.

"Castillo, posso lhe fazer uma pergunta?"

"Se pagar pela resposta", respondeu ele.

"O senhor possui pergaminhos que falam de lendas e mitos de monstros?"

Ele se levantou e pediu para ver meu dinheiro, como se minha pergunta lhe despertasse muito interesse. Levantei a algibeira e lhe mostrei as peças de prata e bronze que possuía, além de uma pedra de sal. Ele disse que a resposta custaria tudo o que eu tinha, então eu concordei e ele perguntou:

"Sobre o que procura ler?"

"Bebedores de sangue" – minha resposta foi como uma explosão para ele, cujo espanto foi tão grande que ficou paralisado, me encarando por um tempo.

Após se acalmar, ele se sentou, acendeu seu narguilé e começou a fumar, me fazendo esperar vários instantes ali sem entender, até que disse:

"Trabalho nessa cidade há mais de cinquenta invernos, sou tradutor, escrivão, alquimista e vendedor de pergaminhos. Já escutei e vi de tudo, então acredite quando lhe conto que sei exatamente o que busca. Me dê esta algibeira."

Ele soprou a fumaça e me observou com um olhar tão sério e verdadeiro que eu nada disse, apenas lhe paguei. Me disse que, durante a última Cruzada, os lendários e temidos guerreiros Hashashins haviam sido avistados, dizem que próximo de Jerusalém, matando e bebendo o sangue de um batalhão templário inteiro. O povo dizia que, desde o ano 1124, de Nosso Senhor, o líder Hassan estava preso em Jerusalém em vez de morto, como todos pensavam, e agora que ele estava livre amaldiçoara seus discípulos a beberem o sangue dos homens e a comer a carne das mulheres. Diziam que eles estavam retornando para casa, seguindo o vento do deserto... diziam que, quando chegassem a Alamut, descansariam, e que ninguém que estivesse no caminho deles sobreviveria.

Escutei tudo atentamente, imaginando quem poderia ser esse Hassan e a que família pertencia. Agradeci o homem e negociei com ele um mapa, que custou minha espada curta e mais uma mecha de meus cabelos, então finalizei negócio e voltei a caminhar na cidade. Carontes havia me ensinado a ler mapas, então, enquanto andava, fazia cálculos de quanto tempo a viagem pelo deserto demoraria, podendo andar só à noite; sendo otimista, levaria quarenta dias.

Fechei o mapa, já exausta; era fim de noite, e uma ruela escura me cobria naquele momento. Com fadiga e cansaço, comecei a refletir sobre se era sábio seguir aquele caminho; era muito perigoso encontrar outros vampiros. Com a cabeça atordoada pela fome e pela preocupação, voltei a vagar, procurando abrigo para o dia, quando um mal súbito me fez cair sentada nas escadarias que serviam de entrada para uma mesquita. As pessoas tornavam-se mais escassas, minha pele estava fria e pálida devido à fome, encolhi os braços e pernas para repousar e baixei a cabeça, sentindo sono; dormir durante a noite era impossível para um vampiro, então eu sabia que aquela não era uma sonolência normal. Resisti o máximo que pude, mas depois de uma fraquejada o predador assumiu o controle.

Despertei em uma poça de sangue, no meio de uma ruela. Havia ratos, um cão e três pessoas mortas. Além de beber o sangue delas, o predador as espancara; a fera dentro de nós não é só de instintos animais, todo tipo de depravação humana é trazido para fora... confusa e horrorizada, comecei a rastejar para fora do sangue; eu estava lambuzada da cabeça aos pés daquele sangue quente, quando, totalmente recobrada dos meus sentidos, levantei e corri assustada com o que o predador podia fazer – o que eu podia fazer! Tive medo, um medo que me fez correr pela cidade, procurando por um jeito de me lavar. Rapidamente atraí a atenção de guardas e outros homens, que me perseguiam e gritavam coisas em sua língua. Agora eu estava cheia e, portanto, também muito forte, então minha corrida sobrenatural não lhes dava nenhuma chance. Estava correndo na direção do Oriente, como se minha vida dependesse disso, até que, na frente da Igreja de Urbício, um ser que estava diante da porta, com trajes religiosos e uma aparência jovem, além de belo e de pele branca e pálida como a lua, estava a passos de mim; sua presença era tão forte que interrompi a corrida. Eu já havia atravessado ao menos seis quadras, correndo como se nada importasse, e mesmo assim, ali, na frente da igreja, parei e olhei para ela – estava sendo obrigada a fazê-lo. Na época eu não sabia quem era o ser que me encarava com olhos vermelhos e brilhantes. O medo dentro de mim era tanto que meu predador se escondeu, tão profundamente que eu não podia senti-lo. Não sabia quem era, mas se soubesse talvez o medo tivesse sido maior... aquele era um verdadeiro antigo.

Se não fosse pelos soldados que me seguiam e pelas pessoas que jogavam pedras, a tentação de entrar na igreja tinha me vencido, mas pelo despertar de uma pedrada na cara voltei a correr em alta velocidade, na direção das águas do porto, com uma velocidade sobre-humana. Sem hesitar fiz meu salto de trapiche para a água, mergulhei até o fundo escuro e rastejei para a total escuridão das profundezas do Bósforo.

Passei o dia enterrada lá, e a noite seguinte usei para nadar até o outro lado do estreito. Chegando na praia, tossi a água de meus pulmões cheios; não precisávamos respirar de fato, afinal estávamos mortos, mas ficar cheia de água durante metade de um dia era extremamente desconfortável. Havia ali um grande porto, com várias embarcações, mas a arquitetura, as vestes dos trabalhadores que me olhavam de longe, as bandeiras... tudo isso já denunciava que, aquele não era mais o meu mundo, e sim o Oriente.

Levantei, tirei meu capote e fiquei só com as roupas do corpo. Joguei tudo fora, até mesmo o mapa que comprara, agora destruído pela água; deveria apenas continuar adentrando no deserto seguindo para leste, onde encontraria Alamut, e assim o fiz. Caminhei pela praia, dando a volta na cidade, até os vilarejos próximos à estrada principal, onde me alimentei de dois bodes, o suficiente para um longo jejum pelas areias.

Primeiro eram campos verdejantes, com pequenas trilhas e muitas pedras... segui por eles durante muitas noites, sem dificuldades de encontrar alimento durante a primeira metade do caminho. Até chegar na secura do deserto, onde havia apenas areia plana e dura, os únicos animais que encontrava eram cobras, lagartos e algumas aves – se fossem muitos, seriam sustento para mim, mas não eram, pois havia noites em que eu não bebia nada. O céu estava iluminado com tantas estrelas que parecia dia.

A pior parte era me enterrar; bem cedo precisava cavar um profundo buraco, e quando acordava às vezes era necessário cavar mais de um para sair, pois as areias já haviam caminhado sobre mim.

Depois de muito tempo, eu estava exausta, já havia chorado e, se pudesse, teria desistido; tinha alucinações com minha casa e família, conversava com o predador, estava sem sangue. Minhas pernas fraquejavam a cada passo, até que um dia eu fiquei seca e, quando caí, não conseguia mais levantar. Podia sentir minha pele mumificada. Meus olhos tinham secado a ponto de ficar cega, meu coração não batia, podia sentir que ia morrer, no deserto eu morreria sozinha, longe de casa e sem ninguém saber ou se importar. Sem esperanças, fiz o que os desesperados fazem: orei, pedindo uma salvação – sim, até os amaldiçoados esquecidos por Deus clamam por Sua misericórdia, e naquele momento só um milagre me salvaria.

De primeira, não foi a salvação de Deus que chegou, apesar de eu ter suplicado por isso, mas sim cinco cavaleiros templários, que estavam me seguindo todo esse tempo, provavelmente enviados dos vampiros de Constantinopla para me capturar. Eram homens de armadura completa, espada longa e escudo, montados. Naquela época os templários eram guerreiros temidos e respeitados por todos.

Eu nunca os venceria, não tinha forças sequer para tentar, e ajoelhada nas areias ergui os braços para me render, suplicando por socorro em um grito interno. Além dos trotes de cavalo e das vozes dos cavaleiros, escutei o vento que acelerava, acelerava muito, rápido e forte; envolvia meu corpo afastando meus assassinos que gritavam, desesperados, chamando por seu Deus e seus santos. Implorei para que minha última reserva de sangue curasse meus olhos, que logo começaram a se recompor junto com minha visão. Esta, ao se clarear, mostrou-me o que estava acontecendo: sobre minha cabeça uma tempestade de nuvens negras, pequena, mas muito poderosa; do centro das nuvens, bem onde eu estava, luzes de diferentes cores brilhavam e um vento que erguia a areia formava um tornado.

Eu tinha certeza de que era Deus, Ele em pessoa viera me salvar; os templários estavam com medalhas nas mãos, orando para seus protetores, enquanto eu estava no olho da tempestade. Sorrindo, me levantei e comecei a girar de braços abertos, até que gargalhei. Eu era uma santa, uma musa, era isso que passava pela minha mente; estava tão inspirada que tirei forças de onde não tinha para fazer tudo aquilo.

As luzes cessaram e o vento também; tão rápido quanto veio, a tormenta se foi, deixando para trás algo que, lá de cima, do olho de luz, estava caindo na minha direção: um homem nu, despencando de mais de 20 metros de altura, atingindo o chão bem na minha frente, como se não fosse nada para o seu corpo.

Os templários vieram na nossa direção, agora de armas na mão. Abracei o homem e gritei: "Meu salvador, por favor, acorde, precisamos lutar!". Enquanto eles se aproximavam e eu chacoalhava o seu corpo magro e frio, os templários já estavam perto, iriam sair golpeando depois que veriam, e eu sabia que morreríamos, mas queria acordá-lo pelo menos para não morrer sozinha, ou para dar-lhe a chance de lutar, o que àquela altura já não fazia diferença.

Mas, quando os templários estavam erguendo as espadas para nos golpear, ele despertou nos meus braços. Seus olhos brilhavam num azul tão intenso que parecia sua alma queimando, e com o abrir de olhos ele soltou um pulso que somente um ser sobrenatural sentiria; tanto eu quanto os templários paralisamos, não por sedução vampírica nem por algum tipo de controle físico, e sim porque, para nós, estávamos normais, mas ele estava rápido demais para nós. O homem levantou-se de meus braços, olhou em volta e depois para mim, a uma velocidade que mal podia vê-lo.

Quando o tempo voltou ao normal para mim, ele já havia matado todos os templários, deixando três para eu me alimentar; ele estava vestindo a roupa de um deles, eu estava faminta, e ele sabia; mesmo assim, eu disse que não bebia de humanos quando ele apontou para os corpos, drenou mais um, deixando apenas dois, e veio em minha direção. Eu não sabia o seu nome, mas sua aparência era estranha, era anormalmente alto, de barba vasta que caía até o final do pescoço e extremamente lisa, assim como seus cabelos, que eram curtos e desarranjados com uma franja. Era também muito magro de corpo. Ele tocou em meu ombro, eu ainda sentada, e disse, com uma voz grave e calma:

"Por favor, senhorita, se não comer morrerá, pois o seu corpo não terá sangue para despertar amanhã."

Ele não usou sedução vampírica nem nada, só falou comigo, mas seu jeito de falar, suas expressões, eram diferentes; senti que podia confiar nele, senti como se ele fosse meu amigo de longa data, então obedeci: me alimentei dos dois restantes.

Quando terminei de secar o último, ele estava olhando em volta, pegou uma das armaduras de couro dos cavaleiros abatidos, usadas por baixo das placas, e vestiu-a enquanto admirava o horizonte. Eu me levantei e o deixei em seu devaneio, vesti uma das armaduras completas, porém removi o símbolo templário do peito; peguei também uma espada longa e o ouro de suas algibeiras, e após o saque o questionei:

"Quem é você, senhor?"

"De onde eu venho, nos apresentamos antes de perguntar", retrucou ele.

"Brunhilde de Belgrado, da família Empusa."

Naquele momento, travei em minha mente; revelara meu segredo por reflexo. O que aquele homem fizera comigo, como conquistara tão facilmente minha confiança? — pensei, com a mão no cabo da arma. Ele se virou e me olhou com gentileza:

"Eu não me lembro direito, senhorita Brunhilde, minhas memórias estão confusas, me lembro de beber sangue e caçar. Lembro-me de muitas coisas, lembro-me de meu espírito guardião, mas não me lembro do que sou, de onde vim, por que estou aqui, não reconheço nada aqui. Estas vestes, este metal, ou aquele animal no qual estavam montados, sequer de um nome me lembro. Mytrael de Ur, prazer em conhecê-la." Ele terminou a frase com um grande sorriso.

Eu nunca havia conhecido alguém tão educado e gentil, que não me olhava como uma mulher e sim como um igual. Ele queria minha ajuda e não teve medo de pedir. Mytrael e eu nos tornamos companheiros e futuramente amantes; passamos eras juntos descobrindo o mundo, e essa, caro leitor, é a história dele, Mytrael de Ur, o manipulador do tempo.

Capítulo II

O Leão de Judá

Pouco se sabe do senhor de Alamut, Hassan-i Sabbah, além do fato de ele ter nascido em Qom, no ano de Nosso Senhor 1050 d.C., e ter vivido uma vida de guerreiro desde muito cedo. Durante algum momento da vida de Hassan, ele e sua ordem em Alamut ouviram falar sobre um homem besta que era invencível e estava assolando Tiro. Durante uma viagem, rastrearam a criatura até uma caverna no deserto.

Hassan caminhou até a entrada e sentiu a presença do ser, o predador que estava lá dentro... não poderia ser vencido, mas o Senhor de Alamut buscava aquilo, um oponente à altura, seria o primeiro de sua vida. Então ele ordenou que seus homens fizessem acampamento e aguardassem dois dias; se ele não retornasse, deveriam partir. Ao entrar na escura e fétida caverna, o gigante Hassan teve de se curvar ao andar dentro dela; possuía barba curta, cabelos longos e volumosos como a juba de um leão, quase dois metros de altura e cento e vinte quilos de uma densa musculatura. O Hashashin entrou apenas com calça, botas e a espada em mãos, caminhando até o fundo da caverna, onde não havia mais nenhum sinal de luz, então fechou os olhos, concentrou-se nos sons e continuou. Ao ouvir o rosnado da besta, novamente abriu os olhos; a besta o encarava com olhos amarelos e brilhantes, a cinco metros do chão. Não havia como a criatura ter entrado na estreita passagem, mal cabia no fundo da caverna. Hassan apontou a espada na direção da criatura e esperou o golpe, mas ela não o fez.

Hassan observava a criatura, que começou a encolher e produzir sons grotescos de pele rasgando, ossos quebrados, carne esfregando e gemidos abafados de dor. Quando o silêncio reinou, seus olhos eram do tamanho humano, luzes se acenderam, tochas penduradas nas paredes ardiam em chamas, vários esqueletos humanos espalhados para todo o lado, e no fim, perto da parede, uma cama luxuosa como a de um sultão, completamente desgraçada de sujeira e danos.

"Besta, eu sou Hassan, seja a minha presa", disse o assassino, pronto para o combate.

O homem que estava na frente dele não parecia em nada com uma besta, pelo contrário; eram parecidos de corpo, porém o homem tinha barba e cabelos curtos e cacheados, a pele branca como a lua, sem falar nos olhos brilhantes e amarelos.

"Damarco é meu nome. Um pugilista é o que sou, e lhe devolvo o convite."

Hassan gostou da atitude, mas o homem estava desarmado.

"Pegue sua arma!", exclamou o assassino.

Damarco ergueu os punhos. Hassan era um guerreiro e assassino profissional, mas acima de tudo era justo, como Alá manda ser. Então ele largou a espada e ergueu seus punhos também.

Os dois batalharam, trocando socos até o anoitecer, e quando a lua tomou o céu Damarco transformou Hassan em seu filho.

Até onde se sabe, Hassan-i Sabbah foi o último vampiro transformado por um Verdadeiro Antigo, e esse era um dos mais poderosos – aquele que, com sua nova condição, transmitiu a seus melhores Hashashins seus dons, formando uma ordem muito temida e respeitada dentro da família Leyak. Futuramente seriam conhecidos em todo o mundo como as Bestas de Hassan. Após décadas, o guerreiro abandonou Alamut para jurar lealdade a Fafnir, um dos irmãos gêmeos Drakianos, senhores de sua família.

Antes desses acontecimentos, nas primeiras noites de sobrevida, logo após sua transformação Hassan permaneceu um ano na caverna, e o que ele fez durante esse tempo é um verdadeiro mistério. Mas, quando a deixou, iniciando sua peregrinação até Alamut, passou em Jerusalém, onde compraria escravos para levar pelo deserto.

Enquanto negociava com o escravocrata, um menino de uns oito anos chamou sua atenção pela expressão furiosa e amarras que eram mais fortes que as de qualquer homem adulto.

Hassan perguntou à criança o seu nome, e ela respondeu "Abedah". *Abedah* significa escravo, no idioma árabe; quem nasce escravo ou se torna um antes de ser batizado recebe esse nome. Ao entender a situação do menino, Hassan perguntou:

"Por que está amarrado?"

"Não é da sua conta, altão!", berrou o menino, que tomou um tapa do mercador logo em seguida. O poder de Hassan intimidava até corajosos homens adultos, por isso a criança destemida impressionara o assassino.

O mercador, então, explicou a Hassan que não deveria falar com o menino, ele vivia fugindo, era um amaldiçoado, pois havia um demônio dentro dele. O mercador explicou também que certa vez ele matara três homens adultos com as mãos, e que não o mataria por que dava azar, segundo suas crenças.

Hassan cativou-se pelo rapaz e sua história, por isso comprou o menino e o levou consigo. Mas, logo na primeira noite, o menino tentou matar seu novo dono assim que foram soltas as correntes, e obviamente fracassou; Hassan ensinou ao menino quem ele era, além de dizer que agora ele receberia ensinamentos para usar corretamente aquele ódio. Durante os dias no deserto, a confiança da criança foi sendo conquistada, até ela dizer o porquê de tamanha raiva: o menino era da tribo de Judá, e desde novo vira seu povo sendo escorraçado e humilhado. Seus pais haviam sido mortos por puro racismo, por isso jurara matar todo o povo de Israel.

Abedah foi treinado e educado, tornando-se um dos mais poderosos assassinos da ordem em apenas dez anos. Era um menino talentoso em todas as formas de matar, honrado como seu mentor, ainda assim a bestialidade e a raiva faziam dele quase incontrolável... coisa que, para os amaldiçoados, significava vida curta.

Um dia, em Alamut, chegou uma mensagem de um dos espiões, informando que os judeus estavam sendo expulsos de Jerusalém. Hassan não autorizou a partida de Abedah para ajudar o seu povo; o ideal e a paixão queimavam no coração do jovem assassino, que se rebelou partindo sozinho para seu antigo lar. Com suas posses e seu cavalo, Abedah rumou pelo deserto até matar o animal de exaustão, para enfim continuar correndo, diminuindo a velocidade só quando se aproximava da cidade. Após dias de viagem, estava completamente exausto, desidratado e faminto, mesmo assim, para se aproximar dos portões de Jerusalém, tentava cantar uma oração judaica e gritar para os guardas o ouvirem. Seus trajes de Hashashin fizeram com que uma tropa inteira fosse enviada para cima de dele, uma dúzia de cavaleiros montados portando lanças, que não tiveram chance – foram rapidamente mortos por um só homem, sem armadura e portando espadas curtas. Abedah matou até os cavalos, tamanho seu ódio.

Obviamente não saiu ileso, pois suas armas se quebraram, assim como vários de seus ossos. Seu sangue escorria e se misturava com o dos soldados e cavalos massacrados pelo Hashashin outrora escravo. Seu combustível é que o fizera cometer tal ato; seu puro ódio é que o fizera ser o último em pé.

Mas Abedah estava também com hemorragia; tinha poucos minutos de vida. À sua frente, saindo dos portões, havia mais uma tropa. Qualquer um tentaria fugir, mas o Hashashin sabia que não era hora de recuar, então o jovem ergueu as mãos para o céu e deixou seu ódio de lado, pedindo forças para Alá, por crer que sua causa era justa.

Desarmado e ferido, Abedah matou o restante das tropas, e ainda conseguiu seguir pelo deserto fugindo dos arqueiros. Ninguém sabia como ele fora capaz disso, mas esse milagre seria lembrado por séculos como "O Milagre do Escravo".

Seu ato de guerreiro fez com que os israelitas acreditassem que Deus queria manter a presença dos judeus na cidade. O menino, tal como queria, conseguiu salvar seu povo, e enquanto ele agonizava no deserto após fugir, eu, o Hassan dos Hassan, o transformei em meu discípulo, meu filho.

Daquele dia em diante, Abedah ficou conhecido entre nós como o Leão de Judá. Eu o treinei por muitos anos após esse evento; minha maior criação, um homem pela gloria de Alá. Finalmente o menino aprenderia a encontrar forças em outro local, que não apenas no ódio; agora era dócil e amigável, justo e religioso. Este era Abedah.

Enquanto eu repousava em meditação, ele era meu aluno, mas seu espírito pedia por batalhas e liberdade, por isso o enviei para o Leste, para servir a Griffin, o filho do meio entre os gêmeos, senhor das terras do Norte, o Drakiano mais influente entre os vampiros da Europa. Abedah se alegrou por poder viajar e conhecer o mundo.

Ele era meu primeiro filho a sair de Alamut, que me encheu de orgulho; vi algo especial em Abedah quando o conheci, e até hoje não sei o que era, mas tinha certeza de que nossos caminhos se cruzariam de novo e, quando isso acontecesse, eu veria o esplendor de meu filho e entenderia o que conseguira enxergar atrás de tanto ódio.

Eu jogara aquele Leyak Hashashin no mundo... por isso, antes de ele partir, prometi a ele que, se algum dia ele fizesse eu me arrepender de dar-lhe a vida eterna, iria pessoalmente buscar sua alma. Jovem e confiante, como sempre demonstrou ser, ele sequer se importou; tal confiança exagerada sempre fora uma de suas fraquezas, mas agora suas viagens lhe ensinariam coisas que eu não poderia. Minha pequena besta deixou nossa casa em Alamut, um lugar isolado no norte do Iraque, para buscar um novo destino de batalhas.

Primeiro ele buscou os venezianos em Constantinopla, e de lá pegou uma embarcação para a Grécia; através dos Helenos, partiu como militar para Veneza, onde trabalhou por anos, até conseguir informações e dinheiro. Abedah foi então para Barcelona, encontrar um Liogat chamado Carontes de Pompeia, que ganhava a vida levando vampiros de forma segura pelo mar, dando-lhes abrigo e alimento durante a viagem – trabalho que rendeu a Carontes fama e riquezas. Era o ano de Nosso Senhor 1212 d.C., e lá meu filho iniciou seu caminho e sua verdadeira história.

Capítulo III

O encontro

Eu sou Mytrael de Ur, um vampiro que caiu do céu no colo de Brunhilde. Não me lembro de meu passado nem de quem sou. A senhorita Brunhilde me ajudou muito, explicando sobre o mundo e a nossa natureza, e estamos desde então procurando por meu passado e descobrir quem sou. Usando o disfarce de Strigois, vagamos pela noite, e faz vinte anos que estamos juntos. Passamos a maior parte dos anos na Grécia. Ur foi uma cidade da antiga Mesopotâmia, destruída há muitos milênios, e através de meus poderes descobrimos que sou um Khonsurianis, talvez o último.

O nosso progenitor era cultuado como um deus egípcio – Chespisichis, em grego, ou Khonsu, de onde nosso nome vem. Ouvimos dizer que havia uma guerra entre o Milenar Apep, filho de Belobog, um dos mais poderosos Liogat, e outro Milenar, chamado Suketh, um Súcubbus – os dois Milenares e seus filhos disputam o poder no Egito, então evitamos ir para lá. Antes estivemos na Sicília, onde procuramos por Carontes de Pompeia, um antigo amigo de Brunhilde, que a essa altura já era minha amada. Depois de tantos anos de companheirismo, confesso que estava um pouco enciumado pelo jeito como ela falava daquele barqueiro.

Na Sicília, coração da família Liogat, descobrimos a história de um Secular persa chamado Al-Tabari. Segundo as lendas, ele reuniu toda a história vampírica, e isso foi considerado heresia pelos Drakianos e Súcubbus, que destruíram o historiador e sua obra. Porém, algumas poucas dessas obras se perderam, e estas são chamadas de canções Tabari.

Sou um vampiro com capacidades sensitivas impressionantes, podendo ler mentes próximas a mim e conversar mentalmente com aqueles que assim o permitem, mesmo que estejam a centenas de quilômetros de distância. Algumas vezes, em sonhos, me deparo com previsões, um dom oracular que não controlo: surge um homem que me dá conselhos, dicas e que se denomina Enmerkar – um senhor magro, com barbas e cabelos crespos, parecido com um árabe. Ele não fala muito de si, mas me transmite muita confiança, como se conhecesse a mim e minha história.

Ele me disse que deveria ir para um lugar chamado Barcelona, pois lá encontraríamos uma dessas canções, e esta seria a chave da resposta de que preciso.

E aqui estamos: Barcelona é enorme, com muitos fatos interessantes acontecendo o tempo todo. Eu e Brunhilde adoramos andar pela cidade; fico fazendo desenhos das construções, enquanto ela procura pela tecnologia de combate mais avançada que possa comprar. Estamos nos divertindo, mas ainda não conseguimos nenhuma pista; normalmente, para um vampiro não é difícil encontrar outros, mas aqui em Barcelona parece não haver ninguém. Já faz um ano desde que chegamos, e nenhuma família entrou em contato conosco ainda.

Passei esse tempo nos portos trabalhando como tradutor. Eu não sei como, mas falo quase todas as línguas do mundo, basta eu ouvir ou ler qualquer coisa, em qualquer língua, que no mesmo instante lembro como se fala. Consegui ganhar bastante dinheiro com isso, o que nos deu uma estalagem confortável e facilidade para nos alimentarmos.

A minha dama passa os dias nos estudos comigo, ou praticando seu poder de cura e seu manejo da espada. Eu me sinto um homem sortudo – apesar de tudo, tenho Brunhilde comigo e todas as ferramentas para sobreviver nesse mundo. Já estou há tanto tempo sem dificuldades que nem temo mais os Vykros – poucas vezes nos deparamos com um –, e o disfarce de Strigoi funciona muito bem. Os Nocturnal parecem ter nojo dessas famílias menores.

Mesmo assim, a perseguição que eu e Brunhilde sofremos é o motivo de ela treinar tanto. Apesar de eu não ser um grande guerreiro e não poder usar meu maior dom em público, afinal, todos descobririam quem sou, eu não hesitaria em fazê-lo para protegê-la.

Um dia, quando fui ao porto trabalhar, veio um navegador até mim, perguntando se eu sabia falar catalão. Eu não tinha certeza se sabia, mas confirmei. O homem me levou até um navio, de velas bem grandes e bonito, ornado, com dúzias de homens dentro, trabalhando como se ele tivesse atracado havia pouco.

Fui conduzido até a cabine, espaçosa e muito bem mobiliada com tudo de melhor que o dinheiro podia pagar. O Capitão se virou na minha direção, com uma espécie de cachimbo na boca – eu nunca havia visto nada como aquilo – e me observou por vários segundos, em silêncio; apenas esperei.

"Tadeu, saia", disse ele para o homem, que obedeceu, e então se voltou para mim. "Vampiro! Sabe mesmo ler?"

Ele era arrogante em excesso, me olhava com desdém.

"Sim, senhor, lerei até seu destino, se quiser."

Ele riu, sentou-se na cadeira, olhou-me e disse:

"O destino de Carontes de Pompeia não pode ser lido, meu caro Strigoi."

Eu abri um grande sorriso e disse:

"Eu venho lhe procurando há muito tempo, senhor."

Ele botou a mão sobre a espada e ficou sério.

"Não me entenda mal, senhor, eu quero contratar os seus serviços, e quero que conheça alguém, um amigo seu do passado", corrigi.

"Se tiver como pagar, posso levá-lo; mas terá de esperar, pois agora vou levar um convidado especial. De amigo, só tenho este sabre, nada mais."

Ele disse isso enquanto acendia o objeto que fumava.

"O que é este fumo, se me permite a pergunta?", disse, curioso.

"Uma mistura de ervas secas que um cliente meu me ensinou a fazer", respondeu ele.

Eu olhei em volta e perguntei o que era para traduzir, e ele me mostrou mapas e cartas, que consegui ler com facilidade; era uma rota marítima que ele devia seguir até o vilarejo de Brighton, no reino da Inglaterra. O passageiro estava levando algo do interesse de Griffin, o Rei do Norte. Na hora tive certeza de que se tratava do que Enmerkar me dissera. Traduzi tudo para ele e comentei:

"Coincidência, também quero ir para este reino. O senhor me daria um desconto, já que vai para lá de qualquer jeito?"

Carontes era astuto, mas seu fraco por dinheiro o fez aceitar sem pensar muito. Ele sairia na noite seguinte com o outro viajante.

Após as negociações, voltei muito empolgado para a estalagem, com respostas e destino. Enmerkar, que me guiara até aquela cidade, teria razão. Será que aquele passageiro estava levando um fragmento Tabari?

Enquanto eu voltava sorrindo, perguntas se manifestavam em minha mente; a Inglaterra era poderosa e perigosa, talvez não devêssemos. Esses pensamentos pairavam em minha mente durante meu retorno para Brunhilde; estava tão atônito que só me dei conta de onde estava quando me vi diante da porta de nosso quarto. Nesses momentos, eu sentia falta de respirar, quando gostaria de usar esse dom mortal para me acalmar.

Lentamente movi a porta, até ter a visão de Brunhilde, que praticava esgrima naquele momento; não quis interrompê-la. Caminhei até a cama, me sentei e apreciei a arte... era uma mulher tão bela e exótica, eu não entendia por que ela me amava tanto, e por mais que eu quisesse não podia corresponder a isso. Eu daria a minha existência por ela, mas nunca teria o brilho no olhar que ela tem, aquele jeito de falar, aqueles gestos e maneirismos de alguém que diz "eu te amo" a cada passo.

Após finalizar seu treino, ela me observou, como quem diz "O que está olhando?", com um sorriso decorando sua face.

"Arrume suas coisas, meu amor", disse eu, também sorrindo.

"E para onde, desta vez?", questionou ela, enquanto iniciava o processo de tirar a armadura.

"Para o Navio de Carontes, e depois para a Inglaterra."

Quando pronunciei aquele nome, o olhar dela voou na direção do meu, e seu sorriso se alargou. Eu sabia que ficaria assim, o velho amigo dela estava ali!

O restante da noite passamos conversando. Expliquei a ela sobre a carta, o possível fragmento Tabari, nosso destino, que era um presente a Griffin, o Senhor do Norte, e Brunhilde não perdia a oportunidade de falar de Carontes e seus homens. Que ele dava seu sangue a eles, por isso aguentavam remar por tanto tempo, algo que ficou em minha cabeça; não podíamos beber da tripulação, senão a influência do sangue de Carontes nos afetaria.

Organizamos nossas malas e saímos no início da noite seguinte. Partimos sem armas ou outras proteções, pois pretendíamos passar despercebidos pelo convidado de Carontes. Caminhamos pela cidade observando as igrejas, praças e casas, afinal talvez fosse a última vez que veríamos Barcelona daquele modo.

Chegando ao porto, vimos de longe o Capitão no parapeito do navio, na parte da proa, encarando quem passava. Carontes não era nenhum Secular nem nada, mas sua sedução vampírica era compatível com a de um deles. Ao botar o pé no porto, pude sentir a presença dele, intimidadora como a de feras ou reis; ele nos viu de longe, porém apenas quando chegamos à beira do navio ele virou o rosto em nossa direção.

"Um prazer em vê-la, criança guerreira, tenho certeza de que achará os assentamentos do subsolo mais confortáveis que da última vez", disse, com secura e até rudez.

Havia homens trabalhando como máquinas na meia-nau, com a força e o ímpeto de seres que já não eram mais meros humanos.

O rosto de Brunhilde mostrava a tristeza de ter recebido aquele tratamento; o silêncio a tomou, e sua cabeça agora apenas encarava o chão. Um dos homens nos conduziu, passando pela parte de baixo da proa, onde havia dormitórios mais luxuosos; abaixo da popa ficava a cabine do Capitão. Até que chegamos à parte mais baixa do navio. No porão, nossos dormitórios compartilhavam espaço com âncoras, remos e outros materiais; as paredes e a mobília estavam inchadas pela umidade, e no ar se sentia um cheiro nauseabundo, uma mistura de carniça com fezes e urina. Ali, naquele adorável local, ficavam quatro pequenas cabines, onde o marujo nos acomodou e se foi.

Brunhilde sentou-se na cama, triste por Carontes ter agido daquela forma com ela; entenda: anos tinham se passado, e expectativas tinham sido construídas em torno daquele evento tão simples. Na cabeça dela, eram amigos, mas ele a ignorara, como se o que tinham vivido não tivesse significado nada. Por mais que tivesse a melhor intenção, eu a conhecia, a ponto de saber que confortá-la seria impossível; Brunhilde era forte demais para isso e fazia questão de superar tudo sozinha.

Passei os primeiros minutos no quarto meditando e usando meus dons para sentir o barco, quem estava nele e quantos vampiros havia. Levei poucos minutos para que meus dons se expandissem por toda a embarcação, o que me permitiu descobrir que havia mais de quatro dúzias de marujos. Além de nós, eu e Brunhilde, havia três outros vampiros, um na cabine abaixo da popa, que presumi ser Carontes, outro nos quartos abaixo da proa, que presumi ser o possuidor da Canção. Porém, havia outro, que estava no quarto ao lado do nosso, e eu não fazia ideia de quem poderia ser.

Anotei tudo em meu diário, e enquanto desenhava o barco e o rosto de quem havia visto, escutei:

"Malditos ratos, comerei o coração de vocês e os de seus descendentes!"

O homem esbravejava em árabe, e golpes dele matando as pestes também podiam ser ouvidos. Terminei os desenhos com calma, enquanto sorria, e escutava o bárbaro enraivecido.

Ao terminar, levantei e disse a Brunhilde que iria conhecer o outro tripulante, que odiava tanto os ratos; mas antes dei a ela meu diário para que o lesse e soubesse de tudo que eu notara e sentira ali.

Deixei o quarto e fui até a porta ao lado e, antes que pudesse bater, perguntei em voz alta, em árabe:

"Senhor, os ratos não podem ouvi-lo, logo não lhe obedecerão."

A voz dele se calou dentro do quarto, e em seguida a porta se abriu e vi o sujeito, ainda com expressão de raiva, mas também de dúvida enquanto me olhava nos olhos; aquele, até então, era o homem mais alto e forte que já encontrara. Para a época, seria considerado um gigante, que portava vestes leves de árabe, sem turbante, usava cabelos longos e barba rala, além de carregar duas cimitarras na cintura; devia pesar uns 100 quilos de musculatura pesada e densa. Continuou me olhando nos olhos, confiante, e se apresentou, curto nas palavras e grosso na voz:

"Abedah, filho de Hassan do povo do deserto, é quem sou."

Eu, por minha vez, fui tão sincero quanto pude, tentando devolver-lhe sua retidão: "Mytrael de Ur, dos povos menores chamados Strigois".

Ele me convidou a deixar aquele local para subir e conversar. O bárbaro era extremamente educado e civilizado. Enquanto ele fechava a porta para partirmos, pude sentir o forte solavanco do barco, começando a se mover. Ainda no corredor, falei com Brunhilde através dos pensamentos, dizendo-lhe o que iria fazer; não era sempre que conseguia me fazer ser ouvido, mas, perto como estávamos, através de minha vontade enviava meu pensamento para ela, dádiva de minha sensibilidade.

Eu e o bárbaro subimos até a proa, para termos visão da água; ele era bem-falante e me tratava como se tivesse encontrado um amigo de longa data. Contou-me que era um Leyak Hashashin, criado em Alamut, o que explicava aquela composição física. O comportamento daquele homem era tão exótico que, para ser honesto, usei meus dons de sensibilidade para ter certeza de que ele falava a verdade, afinal, além de suas histórias serem extraordinárias, por que um vampiro entregaria de bom grado sua natureza e seus segredos daquela forma? Os mortais nos odiavam, as famílias rivalizavam, por isso nós, vampiros, usávamos as sombras para existir no anonimato. Mas para Abedah não; ele era confiante demais para temer revelar sua história e objetivos, e humilde demais para me julgar como um Strigoi indigno de conhecê-lo. Nesses anos todos, desde que estou vagando com Brunhilde, nunca havia conhecido um vampiro tão doce e carismático quanto Abedah, e sim, tudo o que ele dizia era verdade... fiquei incrédulo de que aquele ser gentil e até ingênuo pudesse ser uma besta, assassina e imparável.

Conversamos por horas, debruçados sobre o parapeito do navio; não revelei nenhum de meus segredos, mas contei-lhe boa parte de minha personalidade e história até aquele momento. Até sugeri que ele e Brunhilde fizessem um duelo, para praticar, mas segundo seus dogmas, ele só entrava em combates até a morte. Quando suas armas saíam da bainha, elas precisavam fazer sangrar.

A cultura do deserto era rica e antiga e adorei ouvir sobre ela; quando nos demos conta, já estava quase amanhecendo, então descemos para repousar. Ao longo dos primeiros dias, eu, Abedah e Brunhilde conversamos e nos conhecemos, o que foi muito adorável – era como se ele nos completasse. Seus conhecimentos da guerra lhe permitiram dar dicas de como Brunhilde poderia melhorar suas técnicas, e os dela permitiram a ele conhecer outra cultura de guerra.

Abedah era como uma joia a ser compreendida; seu conhecimento sobre o Predador lhe possibilitava ser um guerreiro perfeito. Eu pouco ouvia o meu, já que minha sensibilidade estava acima dos instintos dele. Orientamos Abedah a não beber dos tripulantes, como Carontes dizia para fazer.

Com os dias também vieram a fome e o tédio, e para mim a curiosidade de ver o quarto passageiro, que estava sempre junto de Carontes. Ao longo do primeiro mês, já tínhamos sinais de mumificação, e Abedah não saía mais dos aposentos – segundo ele, se seu Predador assumisse o controle, o navio inteiro seria drenado.

Eu sentia menos os efeitos da fome, então ficava sobre a popa, aguardando o quarto passageiro ou Carontes, para assim falar com eles ou ouvir a Canção. A fome causa efeitos variados em cada um, e em mim ela se manifestava como sono e exaustão.

Faltavam poucos dias para sairmos do Mediterrâneo, segundo o que os homens diziam. Eu sabia que não podia ser; meus dons de Khonsurianis me permitiam ter uma noção sobrenatural a respeito do tempo, mas dali para frente, sem sangue para exercer meus dons, eu seria vítima de qualquer um, nós três seríamos... Carontes mal nos via, diferentemente do início da viagem, quando falou em particular com Brunhilde; mal sabia ele que, com minha sensibilidade, podia escutar os pensamentos de Brunhilde e o que ele dissera pra ela. Nada demais, por sinal, meramente contara a ela histórias sobre o mar, o frio, como sempre. Honestamente, nem Brunhilde sabia que faço isso...

Em dado momento, enquanto eu estava na popa, o homem saiu da sala de Carontes, caminhando até a proa, e olhei para ele como se estivesse na minha frente; cabelos loiros curtos, no início dos quarenta anos, de porte e vestes da nobreza, o homem era belo e sua presença poderosa inconfundível me fez reconhecê-lo como um poderoso Drakiano. Enquanto eu olhava para aquela direção, pude ver Enmerkar em forma fantasmagórica; ele estava ao lado do homem e apontava para a bolsa de couro que o sujeito portava e sobre a qual descansava a mão. Compreendi o que meu mentor espiritual estava me dizendo.

Caminhei até a cabine do Capitão e bati na porta. Após a confirmação de que poderia entrar, o fiz; Carontes vestia trajes mais leves, sem o casacão de couro e o chapéu, e tratava seus corvos enquanto permanecia de costas para mim.

"Senhor Capitão", disse eu.

"Sim, Strigoi", respondeu ele, com um tom de voz que me inferiorizava.

"Gostaria de perguntar-lhe o que pensaria se eu fizesse um duelo dentro de sua embarcação."

Carontes, ainda de costas, respondeu:

"Contanto que seja por honra e ambos os envolvidos estejam de acordo, duelos podem ser feitos."

"E se eu matar o Drakiano, senhor?", questionei.

Ele se virou e me olhou com calma. Sua presença sobre mim, devido à fome, estava quase me esmagando.

"Se matar meu convidado em um duelo honroso, serei justo em meu julgamento; senão, serei obrigado a matá-lo."

Agradeci o esclarecimento e fiz menção de sair, mas antes que o fizesse ele disse:

"Strigoi, a viagem está só no começo, se não se alimentarem e se curvarem a mim, não sobreviverão até o fim dela."

Pausei meu movimento para escutá-lo, e só então saí. Ele tinha razão; a fome estava nos enfraquecendo, mas eu, Mytrael de Ur, nunca me ajoelharei perante ninguém, e mesmo que morra, o farei em liberdade. Eu não tinha dúvidas; resistiria à fome sem nem uma gota dos marujos.

De volta aos meus aposentos, discuti com Brunhilde o que fazer; seria suicídio lutar sozinho contra um Drakiano sem sangue, sem usar os dons do tempo que tinha. Se o fizesse, Carontes descobriria quem eu era, então começamos a planejar algo: teríamos de fazer juntos, pegá-lo dentro de seu quarto. Quando uma batida na porta tomou nossa atenção, era Abedah, que logo disse estar cansado de conversar somente com o Predador.

Permitimos sua entrada e Brunhilde compartilhou com ele o que pensávamos em fazer. Perguntei, em seus pensamentos, porque ela fazia aquilo.

"Meu Predador confia nele, Mytrael, meus instintos me dizem para confiar", respondeu-me ela. Aqueles instintos de vampiro, que eu não conseguia compreender.

Abedah perguntou o porquê daquilo. Destruir um vampiro para pegar dele o pergaminho em sua bolsa; mesmo que contivesse conhecimento proveitoso, valeria a pena tirar uma vida eterna por isso? Brunhilde me olhou como quem diz "conte a ele", e nesse momento iniciamos um debate mental sobre se deveríamos abrir os segredos com aquele Leyak... talvez pelo amor, ou pela sedução vampírica, ela me convenceu, até que revelei a Abedah, até então sem entender nada.

"Eu sou um Khonsurianis, que caiu do céu no colo de Brunhilde. Diz ela que chamava por um salvador e eu apareci. Não sei quem sou nem de onde vim, quero descobrir essas coisas, Abedah, quero encontrar meus irmãos, entender meu propósito neste mundo... e, principalmente, quero destruir Vrykolata e todos os seus descendentes pelo que fizeram à minha família."

Abedah disse que minha causa era justa, por isso me apoiaria, contanto que jurássemos lealdade um ao outro. Aquele vampiro passava uma confiança tão grande que aceitamos. Bebemos o sangue uns dos outros, para que assim pudéssemos ser chamados de irmãos, em um Laço de Sangue. Somente Abedah conseguiria aquilo em menos de dois meses: conquistar minha amizade e confiança, embora Brunhilde sempre tivesse tido um instinto apurado para pessoas.

Alguns dias se passaram, nos quais expliquei o que eram os pergaminhos na bolsa para ele, que agora me revelou toda a sua história: o Leão de Judá estava indo jurar lealdade a Griffin, coisa que, para mim, não tinha importância, afinal poderia usar isso para conhecer o famoso Rei do Norte; o mais importante era planejarmos como pegar os pergaminhos. Abedah nos ensinou que isso poderia ser feito com uma estaca – cravando uma estaca no peito de um vampiro, ele não poderia usar o sangue dentro de si, o que o paralisara, então cravaríamos um punhal em seu coração; a madeira era a melhor, diziam as lendas, mas segundo Abedah qualquer coisa que atravessasse o coração e ali permanecer paralisaria o vampiro. De fato, atravessar o coração de um vampiro com qualquer coisa o paralisaria, porém a madeira é letal, coisa que aprenderíamos só no futuro, do pior jeito.

No início da noite em que executaríamos o plano, estávamos repassando cada detalhe para que desse tudo certo, até a cantoria dos remadores ser interrompida por uma voz que gritava: "Homem ao mar!"

Nós três subimos com pressa, para ver de que se tratava; os empregados de Carontes, mais rápidos, já desciam para jogar a âncora, enquanto outros guardavam os remos. Até chegarmos lá em cima e nos depararmos com a multidão, a fome logo se faria presente, logo Abedah e Brunhilde não foram capazes de se aproximar das pessoas e voltaram. Mas eu fui até o parapeito observar: um homem, bronzeado de cabelos e barbas lisas e curtas, traços portugueses, vinha boiando em um alaúde de madeira bem grande. Ele gritava por ajuda e sorria. O Capitão, que estava na proa, deu uma ordem.

Enquanto eu observava tudo dentro do navio, Carontes fez dezenas de perguntas, e com toda a razão; não havia tido tempestades recentemente, e as cortes estavam mantendo aquelas águas sem batalhas. Como poderia haver um náufrago ali, dizia ele, que o ouvia dizer que era bardo e cozinheiro de seu navio, destruído por uma baleia – história estranha e improvável; afinal, onde estavam os demais sobreviventes? Carontes permitiu que o náufrago subisse, e decidiu que quando passassem por Portugal ele seria levado aos guardas. Enquanto isso, foi colocado junto de nós em um quarto trancado do subsolo, o que era perfeito: um humano sem o sangue de Carontes para nos fortalecermos.

Acompanhei todo o aprisionamento do homem, depois voltei para o quarto para conversar com meus companheiros, a quem expliquei tudo por meio de conversas mentais – agora, Abedah já estava conectado às nossas mentes. E, quando o sujeito perguntou quem estava ali, eu e Abedah permanecemos em silêncio, mas Brunhilde respondeu:

"Sou Brunhilde de Belgrado, e você, náufrago?"

Eu e Abedah nos fitamos incrédulos, até que, em pensamento, a mandamos parar.

"Já tive muitos nomes, minha cara dama, muitos dos quais não me orgulho, mas lhe direi meu favorito."

E começou a cantar uma bela canção com seu alaúde. Através de minha sensibilidade, senti que ela ia se espalhando pelo navio e se sobrepunha à música dos remadores. A canção era bela, e junto da melodia uma névoa se pôs em nosso caminho pelo mar.

Uma música curta, mas gesticulada lentamente, tão bela era a voz do náufrago que nem ousamos interrompê-la; a letra falava sobre caminhos difíceis, usava metáforas e rimas para encantar. Era a história de um viajante pobre que pedia esmolas para viver, um homem que tudo sabia fazer, mas nada ensinava; esse homem viera do nada, marchando pela noite, procurando um alguém, um caminho, que com a paciência de milênios esperava... chamava-se Pompônio.

Pompônio não falava conosco nem com ninguém, só cantava e tocava a noite inteira, parando apenas para se alimentar. Aquele homem misterioso era mais do que parecia, então não nos metemos com ele, ainda mais porque eu não conseguia sentir nenhuma presença nele, tampouco ouvir seus pensamentos.

Tínhamos fome, e decidimos que não poderíamos mais nos dar ao luxo de esperar por uma oportunidade. O náufrago nos havia feito esperar mais três dias, então, sem mais tempo nem opções, esperamos até a meia-noite, quando os remadores paravam para comer, e assim teríamos tempo de atacar sem que os marujos nos impedissem. Esse seria um ataque, e não um duelo, então, depois de fazê-lo, precisaríamos lidar com Carontes. Brunhilde cuidaria disso, convencendo-o de que não merecíamos represálias, pois não o teríamos matado, enquanto isso eu leria o Fragmento e o devolveria.

Marchamos com armas e armaduras. Abedah ficara lá embaixo, para nos servir de suporte caso desse tudo errado, e assim também se preservava. Fomos até o andar abaixo da proa, onde estavam os dois quartos – já sabíamos o quarto em que ele estava. Segui para o lado da porta, e Brunhilde ficou diante dela para bater, quando a voz de alguém me fez olhar para trás; Enmerkar estava ali.

"Passe pela porta, Mytrael", disse-me, para sumir em seguida; eu sabia que ele não estava se referindo à porta que Brunhilde estava prestes a chutar.

"Mas qual?", questionei-me.

Fazendo-me perder a iniciativa, Brunhilde quebrou a porta ao meio com o chute e adentrou o quarto, enquanto eu, paralisado, tentava entender meu mentor. Foi quando usei minha sensibilidade, sentindo que havia uma porta na minha frente e que poderia ser atravessada, embora o que estivesse atrás dela fosse algo inesperadamente diferente.

    Pude apenas espiar quando a abri; nuvens de tempestade que se moviam e pareciam ter vida própria, com relâmpagos e cores diversas que se mesclavam, um reino inteiro feito disso. Olhei aquilo, maravilhado, desejando entrar nos aposentos do Drakiano. Por um instante eu podia flutuar, e me movia tão rápido que o espaço parecia se estender infinitamente, mas permaneci parado quando me vi caindo ereto, direto no quarto que queria. Com o punhal na mão, atravessei o piso da proa, chegando atrás do Drakiano, que tentava matar Brunhilde com as próprias mãos. A espada dela estava partida – metade no chão, metade na mão dele –, e o sujeito agora estava sobre o corpo de Brunhilde no chão, golpendo sua face a ponto de desfigurá-la. Um combate direto contra ele mataria nós dois, mas, instruído por meu mentor, agora eu estava atrás dele, vendo-o vulnerável. Como se tivesse caído em suas costas, menos de um segundo antes de tocar o carpete do quarto, apunhalei o coração do Drakiano, que caiu instantaneamente; tirei-o de cima de Brunhilde, e o mais rápido que pude peguei a bolsa para colocá-la nos ombros. Depois disso, ergui Brunhilde em meus braços; ela estava fora de combate, passando seu braço por sobre meus ombros, enquanto eu a sustentava com a mão na cintura. Estávamos nos preparando para sair quando escutei e senti a multidão de marujos, que vinham ver o que era aquele barulho. Implorei para que Brunhilde acordasse e pudéssemos batalhar juntos, caso contrário nos matariam.

    Estávamos diante da porta, e ela ainda não conseguia me responder; seu peso, somado ao da armadura, era demais para eu carregar, então juntei a metade da espada que estava no chão e fiquei ali, firme, de frente para a porta, segurando minha amada com uma mão, enquanto na outra, uma espada longa e quebrada, e isso era tudo que eu tinha... eu sabia que iria morrer, mas não faria isso sem tentar proteger Brunhilde.

    Os homens chegaram e, por poucos segundos, raciocinaram; eu gritava para eles inutilmente:

"Não façam nada, chamem Carontes!"

E saltaram para cima. A resistência de um corpo vampírico é realmente absurda, e a minha estava acima da média, tão boa quanto a de Brunhilde. Contive o primeiro e o segundo através dessa resistência e força sobre-humanas, mas quando o terceiro, o quarto, o quinto e assim por diante chegaram, ocupando todo o ambiente, minhas habilidades não eram mais suficientes; se eu usasse o dom do tempo, o Predador assumiria o controle. Então, sem mais forças, caí no chão, apanhando. Posicionei-me sobre Brunhilde, sem saber se poderia fazer aquilo de novo para sair, mas sem ela eu não iria, então fiquei ali, usando minhas costas como escudo. Sem esperanças, chorava sangue, levando espadadas em todo o corpo; apenas meu desejo de salvá-la me dava forças. Até que fechei os olhos, crente de que iria morrer, e os golpes cessaram; pensei que havia sido paralisado por um golpe no coração, mas quando abri os olhos, lá estava Brunhilde, com seus olhos brilhando – como quando usava seus dons. Estávamos cobertos por uma redoma branca, o que para eles era uma parede impenetrável. Outrora eu fora seu salvador, agora ela tinha sido a minha salvadora. Usei o pouco sangue dentro de mim, para que meus músculos aguentassem o peso de Brunhilde, e a peguei no colo. Agora, com força sobre-humana, caminhei para fora do quarto, enquanto os marujos eram repelidos.

Quando chegamos à meia-nau, vi Carontes, saindo de sua cabine com o sabre em mão. Ele era mais forte do que nós, ainda mais naquela situação, em que facilmente me derrotaria. Tudo o que pudera fazer fora ter fé na redoma de Brunhilde para me deslocar até o centro, onde ficavam as escadas para descer. Caminhei na direção delas, mas Carontes correu sobre nós, e ao passar pela porta do alçapão do andar de baixo, Abedah saltou sobre ele, com as duas espadas em punho.

Velozmente Carontes defendeu-se dos dois golpes aéreos, então vi pela primeira vez os lendários poderes de um Liogat. Parei a caminhada. Abedah e Carontes já estavam no centro do navio, vários marujos em volta, embora nenhum ousasse se meter; o Leão de Judá estava mumificado pela falta de sangue, como se seu corpo estivesse prestes a se quebrar devido à secura. Já Carontes estava muito bem alimentado para utilizar sua escuridão, fazendo com que das sombras pequenas criaturas menores do que gatos saíssem, formas completamente negras e cheias de dentes, as quais pularam sobre Abedah, fazendo-o cair e berrar de dor.

Aproveitei a distração para correr, e quando passei por Carontes acreditava que ele não transpassaria o escudo de luz, mas o fez, forçando-o até que se quebrasse; do alto veio o golpe, aquela força sobre-humana, capaz de destruir pedras como se fossem uvas. Então acertou-me o golpe, que me fez cair ajoelhado, com Brunhilde nos braços; estávamos quase lá, menos de cinco passos da escadaria, então joguei o corpo dela na direção de Abedah. O escudo destruiu as criaturas negras, e ele, entendendo minha intenção, a abraçou e rolou para dentro do buraco que conduzia ao andar inferior.

Eu olhei para Carontes e ele para mim; nós dois tínhamos o ódio mais puro que se podia sentir um pelo outro. Naquela circunstância ele ameaçava minha amada, meu único e novo amigo e todo o meu destino. Com toda a minha determinação, me levantei, encarando-o:

"Mytrael de Ur", gritou para mim, enquanto começava a chover.

"Carontes de Pompeia", gritei para ele, que levantou a espada.

Seu último golpe quase me matou; um segundo seria demais. Então eu corri.

Normalmente quando um cavaleiro dá as costas para a batalha, perde a honra; mas não há nada mais desonroso do que desferir um golpe contra as costas de alguém que foge, e foi isso que ele fizera, na frente de todos os seus homens. Rasgara minha pele e minha carne, meus órgãos expostos pelo corte. Mesmo assim sobrevivi. Também rasgara meus pulmões e quebrara meus ossos com o impacto, mas minha resistência sobrenatural, colocada à prova, ali se mostrara mais forte que aquela força desumana.

Corri dali, e Carontes correu logo atrás de mim; Abedah estava quase despedaçado, devido aos ataques das criaturas, e Brunhilde desacordada; tudo o que pude fazer foi cair sem forças junto deles. Ouvindo os passos de Carontes, eu sabia que quando ele se aproximasse seria nosso fim.

Senti um distúrbio temporal, quando a porta de Pompônio se abriu. Ele ficou escorado na porta e disse:

"Mytrael, que saudade... estou tão feliz em vê-lo, que poderia pular!".

Apesar de suas palavras parecerem deboche, ele transmitia muita paixão e alegria.

"Se é assim, imploro que faça algo para nos ajudar!", eu disse com dificuldade.

Pompônio veio em minha direção com um sorriso. Ao mesmo tempo Caronte e seus homens nos alcançaram, mas imediatamente ficaram paralisados, como se tivessem virado estátuas. Pompônio se aproximou e me olhou nos olhos.

"E o que faria por mim, velho amigo?", ele questionou.

"Se salvá-la, se salvar a nós, lhe darei o que desejar!", respondi.

"Então será meu escravo por toda a eternidade, e no dia que me trair terei permissão de matá-lo."

Pompônio estava me pedindo para abandonar aquilo que, naquele momento, poderia ser o mais importante para mim... mas não era, pois o mais importante era Brunhilde. E também descobrir quem eu era, algo mais importante que a liberdade. Por isso, aceitei.

"Então temos um local para ir, mas temos que ir rápido", disse ele, que depois fechou meus olhos e pediu que não os abrisse, mesmo que isso significasse a minha morte. Eu já tinha ouvido falar que os Drakianos Seculares davam ordens que sempre eram respeitadas, mesmo contra a vontade da vítima, e quando Pompônio terminou a frase foi como se minhas pálpebras estivessem coladas.

Sentia como se estivesse entrando naquele local novamente; as luzes dos raios iluminavam por entre as pálpebras. Sentia que estava me movendo, e conforme me deslocava meus ferimentos se curavam, mesmo sem o sangue; imaginei que fosse Brunhilde, mas ela também não tinha sangue, então havia alguma forma mágica desconhecida para nós. Viajamos por muitas horas, voando sobre algo, até que despertamos em meio a uma floresta fria.

Capítulo IV
O último troiano

Fui o primeiro a despertar naquela floresta. Era o meio da noite, o que denunciava que eu estava desacordado havia mais de um dia. Estava frio, o que para nós não era problema; o verdadeiro problema era que estávamos sem nossos pertences, além de roupas rasgadas e a bolsa de couro que Mytrael portava. Estávamos ao léu.

Antes de acordá-los, cacei para mim e para eles um grupo de animais cujo nome eu desconhecia na época, mas hoje sei que os cervos foram nosso alimento naquela noite. Apesar de nunca ter caçado em um local como aquele, meu treinamento me tornara perfeito nessa atividade. Alimentei Mytrael e Brunhilde esperando por suas respostas.

Uma dúzia daqueles animais foi o suficiente para que voltássemos a ter aparência normal de vampiros. Mytrael nos explicou que o náufrago havia nos salvado e nos levado até ali, e que havia feito isso por achar que merecíamos viver. Ele não sabia como nem o porquê, mas disse que precisávamos estar ali; através de seus dons ele descobrira que havia se passado quase um ano desde os eventos no navio.

Eu estava irado; não conseguia pensar em mais nada além de comer o coração de Carontes por ter me derrotado. Fora a primeira vez fora de Alamut, e aquela derrota envergonhava a mim e a minha família. Depois de ouvir a história do golpe pelas costas desferido pelo barqueiro, então eu soube que iria destruí-lo – além de tudo, eu fora derrotado por um ser sem honra, e só havia uma forma de limpar a minha: com o sangue dele.

Antes de sairmos em busca de civilização, orei para Alá, pedindo desculpas pelo tempo em que não pudera fazê-lo, mas também pedi que trouxesse aquele barqueiro para mim. Para que eu o destruísse.

Começamos a vagar pela floresta. Mytrael usava seu dom de sensibilidade para nos guiar até a estrada, enquanto eu procurava presas com o meu, afinal ainda estávamos famintos.

Quando encontramos trilhas, utilizamos apenas o instinto para nos guiar; a que decidimos seguir era lamacenta, com desvios entre as árvores que nos impediam de seguir reto, além de extensa o bastante para um cavalo. Provavelmente a trilha levava a algum vilarejo de maior porte.

Enquanto andávamos, Mytrael, com sua visão apurada, anunciou a proximidade de um cavaleiro de armadura e estandarte. Também pude vê-lo enquanto se aproximava, vestindo armadura completa de batalha. Mytrael disse que no estandarte havia a imagem de uma serpente engolindo a própria cauda, símbolo que reconheci na hora. Eu contei a Mytrael, através da mente, que aquele era o símbolo de Fafnir, o Ganancioso, a quem meu pai jurara lealdade.

Com tal informação ficamos acanhados de nos aproximar, afinal aquele homem era nitidamente alguém de posses, por possuir armadura e cavalo, e o estandarte de Fafnir era algo grandioso; afinal, até onde se sabia, era o mais antigo Drakiano vivo.

Mytrael e Brunhilde estavam decididos a não interagir com o cavaleiro, então tive de argumentar que estávamos desarmados e com fome, precisávamos de ajuda, e talvez, sabendo quem eu era, ele nos ajudasse, por isso pedi que nos apresentássemos. Mytrael, racional acima de tudo, concordou; falaria com ele por nós se utilizando de sua sensibilidade para reter mais informações.

Assim fizemos, nos aproximando com calma e modéstia, até o cavaleiro parar e virar o cavalo em nossa direção. Mytrael disse nossos nomes, que eles dois eram Strigois e eu Leyak, filho de Hassan, e que chegáramos ali fugidos de Barcelona, mas que sequer sabíamos onde estávamos e tínhamos fome. Mytrael tentara ser o mais conciso e humilde possível.

O cavaleiro escutou tudo, em silêncio, e quando Mytrael terminou ele removeu o elmo. Ao ver seu rosto, olhei para cima, agradecendo a Alá; era Carontes bem na minha frente, para ser destruído, e quando firmei os pés para atacá-lo escutei em minha mente o grito de Mytrael e Brunhilde, aconselhando-me a ter calma. Olhei para os dois, mas só Brunhilde me olhava de volta; de seus lábios escapavam as palavras "Espere, Abedah". Esperar? Como poderia? Mas tinham razão; agora Carontes servia ao mesmo Milenar que meu pai servia, não tinha permissão para matá-lo.

Ele disse, logo após retirar o elmo:

"Que surpresa, este velho homem do mar..."

"Para nós também, pelo visto este tempo em que ficamos fora foram bons para você, senhor." Mytrael não era um orador, mas sua língua era afiada como uma espada, tão afiada como a resposta de Carontes.

"De fato, agora atuo fora do mar, servindo ao meu senhor Fafnir, que é grato por ter salvado sua cria de vocês naquele dia, no mar.

Sabíamos que ele dizia a verdade; o poder político que Carontes tinha agora, servindo ao Milenar, estava acima do meu desejo de matá-lo. Tive de engolir em seco.

Mytrael rapidamente se decidiu por negociar.

"Neste caso, creio que passado é passado, e agora no presente, podemos nos dar ao luxo de fazer novas alianças, o que acha?"

"Tolice", pensei. O que faria um homem apoiar quem outrora o atacara? Mas, para a minha surpresa:

"Claro, homem de Ur, façamos uma aliança enquanto nestas terras" – foi a resposta do barqueiro.

Eu havia entendido o que aconteceu: para ele, fora mais de um ano sem nos ver, mas para nós, tudo aquilo tinha acabado de acontecer. A frieza no sangue de Mytrael deixou tanto a mim quanto Brunhilde incomodados. Seguimos pela trilha enfileirados, conversando.

"Então, o que faz nestas terras?", questionou Mytrael.

"Estou a serviço de meu soberano. Ele tem interesse nestas terras, deseja dominá-la, fazendo com que o rei de um dos principais vilarejos daqui passe a usar seu estandarte. Já há membros nesta vila, outros Milenares têm interesse nestas terras, portanto parte do meu trabalho é destruí-los e tomar posse deste reino."

Ficamos boquiabertos; o ser que até então era o mais poderoso vampiro vivo dera a Carontes o poder de carregar seu estandarte e tomar para si o título de rei. Isso era impensável, um absurdo... Mytrael nos fez viajar no tempo com seu poder; era a única resposta com sentido em minha mente. O que o bardo tinha a ver com tudo isso? De todos os lugares do mundo, por que estávamos justo ali? Eu tinha dezenas de perguntas, e só Mytrael tinha as respostas; todavia, não era o momento de questioná-lo.

Enquanto andávamos, Carontes nos disse quais eram aquelas terras: Dinamarca era o nome, e o vilarejo, Honglev, no extremo-sul do reino. Seu senhor era regente do Sacro Império Romano e, por sua vez, também da Igreja. A influência da Igreja já estava instaurada no coração da população e do mortal que era o atual rei do vilarejo.

Seguimos agora mais calmos, por sabermos onde estávamos nos envolvendo e também porque aquele estandarte nos confortava. Ao longo do caminho passamos pela frente de uma casinha, à beira da trilha. Tivemos um curto debate mental sobre entrar ou não; Mytrael e Brunhilde queriam fazê-lo, já eu, movido pela fome do sangue humano, disse que precisava ir para a cidade, e dessa forma nos arranjamos de nos separarmos. Assim, eu e Carontes seguimos em silêncio, rumo ao portão da cidade.

Havia três homens guarnecendo o portão, uma pequena muralha de pedra cercava a cidade. Os três, sentados, importunavam uma garota de vestido verde, puxando-a, tentando beijá-la à força. Ao se aproximar, Carontes gritou para que parassem. Eles se voltaram para Carontes, até que o mais encorpado o questionou:

"Quem pensa que é para me dar ordens, cavaleiro?"

Carontes desmontou, com o elmo em mão, foi até o homem.

"Eu sou Carontes de Pompeia, representante da Coroa Ouroboros, regente do Sacro Império Romano, cavaleiro responsável por trazer a carta do Cardeal Hermann II para o seu rei plebeu. Pare de brincar com meretrizes, abra os portões e os mantenha abertos para a minha passagem."

Após esse banho de títulos, o homem ordenou que abrissem o portão e passamos; não pude conter o riso, o que deixou todos irritados. Conduzimos a mulher para dentro e depois para a sua casa. O vilarejo era grande, mas com muito espaçamento entre as casas, com apenas duas construções dignas de se dizer que eram altas: a fortaleza do rei e a igreja, nitidamente recém-construída.

A menina nos convidou a entrar. Eu não quis a princípio, mas Carontes concordou e insistiu que o fizéssemos. Lá dentro ele se sentou e aceitou um copo d'água, que apenas segurou, sem beber. Fez várias perguntas sobre a cidade, e a ingênua menina respondeu a tudo. Eu estava me acostumando com a sedução vampírica, já Carontes era mestre nela. A casinha era simples, com apenas dois cômodos, a porta do segundo estava fechada, presumi que fosse o quarto. Estava eu, escorado na porta, e ela disse que seus irmãos dormiam; disse também que Catherine de Veneza, que lhe havia dado pães que os guardas tinham confiscado, era a dona da casa onde agora Mytrael e Brunhilde estavam. Tecia elogios tanto para ela quanto para o homem que vivia com ela. Engraçado... quando uma pessoa fala muito de si, torna-se fácil se apegar a ela, e eu estava gostando da mulher. Até que Carontes usou sua sedução para fazê-la desmaiar.

Sem entender, tensionei meu corpo. Carontes se virou e disse para que eu bebesse dos irmãos e ele beberia dela. A frieza daquele homem o fazia conseguir tudo o que queria daquela menina que gostava dele e estava agradecida, disposta a compartilhar conosco o pouco que tinha: seu lar e sua água.

Carontes era verdadeiramente um ser inescrupuloso, e o predador já havia se tornado um ser como ele... um ser sem remorso, que vagueia pela noite enriquecendo, matando e conquistando. Eu precisava de sangue, era jovem e inexperiente, e queria provar desse tipo de crueldade. Não me orgulho do que fiz, mas quando saí daquele local não estava com fome e minhas roupas novas estavam de acordo com o frio da região.... acabara de matar crianças, aliado a um homem que há pouco eu estava jurando de morte; eu já não sabia mais quem eu era. Pedi para Carontes seguir sozinho pela cidade, pois desejava retornar para junto de Mytrael.

Caminhava de volta para os portões quando Mytrael me disse, mentalmente:

"Abedah, está tudo bem? Sinto que está estranho."

As capacidades sensitivas de Mytrael eram realmente incomuns; disse que estava bem, para eu não me preocupar. Passei pelos portões, agora sabendo o nome daquele que desafiara Carontes: Axel, o chefe da guarda, bastante influente na cidade. Andei um pouco, até chegar à casa de Catherine; da trilha já se podiam ouvir risos de lá de dentro. Aproximei-me e bati na porta, e um rapaz louro e bonito a abriu para mim. A cabana de Catherine era espaçosa e de mobília bastante luxuosa. O homem chamava-se William, e disse ele que estavam me esperando. Catherine e o casal estavam sentados, enquanto ela os ensinava a produzir um enrolado de fumo semelhante ao que Carontes consumia.

William me convidou a entrar. Portava uma armadura leve e espada longa, e quando passei pela porta vi, na mesa ao meu lado, animais recém-predados, de que haviam se alimentado. A anfitriã era uma de nós, e eles estavam bem à vontade; Mytrael parecia estar bem familiarizado com a dona da casa, já Brunhilde exibia uma expressão que me pareceu ciúmes. De fato, Mytrael estava muito alegre, e Catherine era até aquele momento a mais bela mulher que já se vira em vida e morte, sem falar em sua presença, que me tocava como se fosse perfume.

Eu me aproximei e me sentei ao lado de Brunilde. Estavam do outro lado Catherine e Mytrael, ela ensinando ele a enrolar as folhas. O rapaz, sentado, lia um livro estupidamente grosso, de luxo, que não podia ser obra de um vilarejo medíocre como Honglev. Além disso, aquele tipo de fumo era coisa de árabe. Notei a sedução vampírica que ela exalava e chamei-a:

"Catherine de Veneza."

Todos ficaram me observando, e enquanto isso relatei minhas desconfianças na mente de Mytrael, que tomou para si a palavra:

"De Veneza, senhorita? Está muito longe de sua terra natal."

Em seguida, desandou a falar. Como eu disse, Mytrael não era um orador, porém era o melhor de nós três com as palavras. Infelizmente, não foi suficiente; Catherine parecia ter o dom de falar por horas sem dizer nada, as palavras que saíam de sua boca pairavam entre diferentes assuntos, mudando tão rápido que era impossível se apegar a qualquer coisa. Sua beleza distraía o ouvinte.

Tudo isso até Carontes chegar, batendo à porta e exigindo sua entrada. Ela se levantou para recebê-lo; assim, tive noção das curvas de seu corpo, que mais pareciam melodias encarnadas, realmente uma mulher diferente de qualquer outra. Quando voltei de meu transe, uma discussão se iniciara: Carontes ordenava-os a abrir a porta, e Catherine afirmava que não o faria. As vontades deles se digladiavam em suas seduções, cortando o ar; não entendemos o porquê da atitude dela na hora. Então o Liogat, ofendido, ameaçou usar da força. William sacou sua arma e gritou a Carontes para se afastar, caso contrário sairia para matá-lo, por ter ameaçado sua senhora.

Todos fomos seguindo os dois; aquela seria uma terrível batalha. Carontes iria trucidar o rapaz, que era apenas um Revenant, afinal. Paramos na estrada, posicionando-nos junto de Catherine atrás do menino e Carontes do outro lado; o menino estava confiante e sua senhora também, já nós três pensávamos: que absurdo, aquele garoto morrer por uma bobagem!

Eles se olhavam, estudando um ao outro; eram dois guerreiros habilidosos, então demoraram a se mover, e quando o fizeram foi em movimentos calmos e planejados. Carontes deu poucos passos e parou subitamente; nós não estávamos entendendo. Olhamos para o rapaz, pensando se era alguém tão poderoso, até que ele próprio se ajoelhou, como um cavaleiro diante de seu rei.

Então presenciamos a verdadeira fonte de tal poder; um homem que vinha com vestes simples, porém belas, cabelos cacheados e barba por fazer. Seus olhos pareciam brilhar diante da noite. A sedução vampírica daquele ser era algo inédito para todos; fazia qualquer outra tornar-se ridícula, era verdadeiramente poderosa. Parou o cavalo ao lado de Carontes e, com uma voz grave e potente, exclamou que ele fosse embora e voltasse no dia seguinte.

O barqueiro agradeceu e se foi, como se seu pai lhe tivesse dado uma ordem e que o deixava feliz em acatar. O homem desmontou do cavalo e veio em nossa direção ainda sério; não sabíamos o que pensar, esperávamos por tudo. Diante de William, pediu que ele se levantasse, o menino obedeceu, e já de pé se abraçaram, sorridentes como irmãos doces e gentis. Era um colosso tão grande quanto eu, porém mais musculoso; seu sorriso era inocente como o de uma criança.

Catherine pulou em seus braços gritando "Pai". O tempo de ele caminhar até nós foi o necessário para sua presença nos acalmar.

Em nossa frente, com uma mão dada para Catherine e a outra apoiada no ombro do rapaz, ele se apresentou; era tão belo, incrivelmente até mais do que sua filha, como se seu rosto redefinisse o significado de beleza. Era até então o homem mais musculoso que eu já encontrara. Eu me sentia um fraco ao seu lado.

"Eu sou Heitor de Troia!", ele exclamou. As histórias de Troia eram lendárias, e o maior guerreiro da caída cidade chamava-se Heitor. Mas isso fora há milênios; e o que um Milenar estaria fazendo ali? Uma coincidência, ou alguém se aproveitava do nome mitológico?

Dissemos nosso nome para ele, que nos convidou a voltar para dentro da casa, e foi o que fizemos; sentamo-nos nos mesmos lugares, enquanto ele tomava a ponta da mesa para fazer o mesmo.

"O que posso fazer por vocês, viajantes?", perguntou ele.

"Apenas um lugar para passar este dia, meu senhor", disse Mytrael.

E ele nos convidou a ficar nos estábulos da filha, onde era seguro da luz.

Estávamos todos curiosos a respeito de quem ele era, então Brunhilde disse:

"Meu senhor, nós dois somos Strigois, e este ao meu lado é um Leyak. Qual é a família do senhor?"

Ele olhou nos olhos dela com tal suavidade, que pareciam se conhecer havia anos.

"Súcubbus, eu e minha querida cria compartilhamos a casa dos belos, enquanto William, guardião de minha criança, é apenas um mortal que recebe a bênção do sangue de Catherine e se mantém jovem e belo ao lado dela", esclareceu.

Dois seres da segunda família mais nobre na Nocturnal estavam ali, ambos poderosos. Eu me lembrei do que Carontes dissera sobre outros querendo dominar a cidade. Alertei Mytrael sobre minha lembrança.

"Senhor, o que traz velhos e poderosos Súcubbus a este pequeno vilarejo?", perguntou ele, evitando o olhar de Heitor.

"O mesmo que vocês e Carontes, a possibilidade de ser rei", respondeu, expressando malícia.

Era com certeza um blefe; não teria como saber, mas foi o suficiente para Mytrael negociar em nossas mentes, conversando simultaneamente às palavras que proferia.

"Ele parece ser mais velho e poderoso do que Carontes, sinto-me mais tentado a fazer acordo com ele e abandonar o barqueiro" – foi o que disse para nós, em pensamento. Enquanto para Heitor: "Não me diga! O senhor quer ser rei? Não me entenda mal, mas não parece ser alguém que tenha estandarte próprio. O nome de quem você usará para apoiá-lo?"

Enquanto isso, conversávamos em mente que sim, que trairíamos Carontes. Para mim era óbvio, não apenas por Heitor ser mais poderoso e transmitir mais confiança, mas por Carontes não merecer nossa lealdade.

Para responder, Heitor passou a mão no bolso e puxou um lenço dobrado que, ao ser esticado, revelou um grifo com cabeça de dragão – o escudo que Griffin usava. O Rei do Norte estava apoiando Heitor, mas como? Por quê? Antes que eu pudesse questioná-lo, ele guardou o grifo e disse que precisava ir, pois o amanhecer estava por chegar.

Despediu-se, abraçando-nos gentilmente, e se foi com um forte sorriso no rosto. William nos acompanhou até os fundos da casa, onde havia um pequeno estábulo com cinco baias e apenas duas ocupadas – achei que Mytrael e Brunhilde dormiriam juntos, mas a dona da casa a convidou para dormir lá dentro. Então as duas então se foram, deixando apenas nós, homens, ali.

O jardim de Catherine era incrível: ela cultivava flores, plantas e ervas de todo tipo. A mulher realmente possuía um dom para a terra. William nos cobriu e se foi para seus aposentos, na edícula ao lado do estábulo.

Ali, no escuro, esperando o amanhecer, questionei:

"Mytrael, nós somos amigos?"

Eu sabia que era pergunta de criança, mas eu precisava saber o que ele me considerava. Sequer hesitou em me responder:

"Claro que sim, Abedah, nossa amizade com o tempo se tornará irmandade."

"Era tudo o que eu precisava ouvir. Quando lerá a Canção?", questionei, curioso.

"Amanhã, assim que despertarmos. Eu estava aguardando ficarmos seguros", respondeu.

Assim nós dormimos; eu mal podia esperar para ver o que estava escrito.

Na noite seguinte, Mytrael me acordou, chamando-me em minha mente, para pedir que eu caçasse para nós, e assim eu fiz: me destampei e saí do estábulo. William, já desperto, lavava roupa; foi a primeira vez que vi um homem lavar as roupas de uma mulher.

"A senhora possui um arco?", perguntei, debochando. Com bom humor ele respondeu:

"Tem, mas deve procurar um homem para usá-lo, primeiro."

Nós rimos, e ele emprestou-me seu arco curto; peguei a aljava também e adentrei a floresta, pois precisava de grandes presas para sustentar-nos bem.

Consegui predar uma alcateia, depois fui procurar algo para Mytrael – um cervo foi o que peguei para o sustento dele. Carregava o animal nas costas; como minha flechada fora na cabeça, preservei todo o sangue para ser consumido. Um caçador experiente e sobrenatural como eu precisa de menos de uma hora para tudo isso.

Quando voltei para o jardim, Heitor lá estava, conversando e fumando com Mytrael e William. Larguei a presa na frente dos aposentos do rapaz, onde devolvi o arco e as flechas; conversavam sobre o vilarejo. Aproximei-me de forma sutil. Dizia ele que de certa família fora drenada uma menina e seus irmãos, e que os homens da guarda estavam procurando os membros responsáveis.

"Eu e Carontes a acompanhamos, como os guardas devem ter denunciado."

Antes que eu terminasse, Mytrael me interrompeu:

"Então foi isso, foi Carontes. Ele ficou mais tempo lá. Já Abedah não mataria crianças."

Nunca soube se ele dissera aquilo porque era o que queria acreditar, ou era o que Heitor deveria crer. Notei que ele segurava um buquê de belas tulipas; o fumo que tragavam tinha o cheiro doce do cravo. Aquele homem claramente tinha absorvido inúmeras culturas, durante séculos.

Ele estava na cidade havia um ano; apropriara-se da igreja local onde desempenhara seu poder, caindo nas graças do atual rei, que estava velho e doente. Heitor o convencera a passar a cidade para a posse da igreja, assim ele teria poder absoluto pela nobreza e pelo clero local. Dessa forma, também daria poder para Griffin, que ainda não exercia influência sobre a igreja.

O plano dele era bom e estava sendo muito bem executado; aquele ser demonstrava sabedoria, aparentemente vivera anos dentro de governos e servindo a príncipes... dominava aquele jogo como se o tivesse criado.

"Porém, há dois problemas: um é Carontes. O outro é, o herdeiro da coroa, que retornou trazendo consigo uma mulher chamada Anelise, ambos vampiros. Anelise transformou o príncipe para que ela se tornasse a regente. Eles têm usado o estandarte de Yaga, uma Milenar Katala."

Mytrael questionou-o:

"Que poderes os Katalas têm?"

Heitor o observou, compreendendo que era um jovem ignorante.

"São dotados de magia como todos os Katalas, com capacidade de fazer ilusões, amaldiçoar e até fazer encantos, além de outros dons da noite", Heitor nos explicou, com calma e atenção, para que acreditássemos nele. Segundo Mytrael, ele agia o tempo todo para nos seduzir... e segui-lo foi exatamente o que fizemos: ouvimos todo o seu plano e concordamos.

Esperaríamos até o dia que o velho estivesse para morrer; Heitor o faria assinar os documentos, passando tudo para o clero, e enquanto isso estaríamos na igreja esperando pelos dois Katalas. Heitor convenceria Carontes a uma parceria, pela qual este levaria os dois até lá, acreditando que Heitor o ajudaria a derrotá-los – porém, na verdade, naquela igreja mataríamos os três.

Após combinar tudo, apertamos as mãos e juramos que seguiríamos o plano. Heitor, então, foi até a casa falar com Catherine, além de lhe entregar o buquê; Mytrael foi se alimentar; e William começou a carnear o animal. Ficamos sentados em tocos, um do lado do outro. Mytrael perguntou o que eu achava de tudo aquilo; era simples para mim: Heitor tinha mais a nos oferecer, assim pararíamos de vagar sem rumo. Além disso, através de Heitor eu estaria seguindo o Milenar Griffin, como meu pai havia ordenado, e assim, claro, poderia me vingar de Carontes. Eu não havia esquecido; afinal, nunca esqueço.

Mytrael disse que por ele estava de bom tamanho; ganharia algo ali, e não planejava ficar por muito tempo na Dinamarca.

Após resolvermos isso, ele sacou o pergaminho e disse, sorrindo:

"Eu estava lhe esperando Abedah, vamos ler!"

Colei ao seu lado, esperando-o abrir o pergaminho; nós dois sorríamos como lunáticos, em busca dos segredos contidos ali. Mytrael traduzia para mim as escritas em persa:

"Descobri muito agora, sei onde encontrar quem buscava, mas não me atrevi a perturbar, se achas que consegue desafiar tal ser, eu lhe digo: basta vir para este local do continente negro, ao oeste do Cairo, um grande lago de nome Chott, no subsolo de uma cidade chamada Tozeur, onde estarão dormindo o Oculto Vrykolata e seu amante. Agora eu vagarei para o Oeste, e caso deseje me encontrar estou indo para a Anatólia. Ouvi dizer que lá um Verdadeiramente Antigo descansa. Estou com saudades de Al-Tabari, de seu amigo e Professor Tenlura de Seletrósia."

Era o que estava escrito na mensagem. A localização de dois Verdadeiramente Antigos; atônito, disse que deveríamos largar tudo e sair de imediato para conhecê-los. Mas Mytrael estava sério e imóvel – parecia atormentado por pensamentos, e disse para eu segui-lo. Fomos para dentro da floresta, onde ficamos sozinhos, e ele se virou e me revelou:

"Abedah, quando li sobre aquele lugar, onde Vykrolata está dormindo, tive uma visão, ou melhor, uma premonição: eu estava em um lugar onde a água passava de meus tornozelos, o céu era estrelado e chovia, estava escuro e eu pude sentir meu corpo cair desfalecendo até tudo se apagar. Eu acho que, se eu for para este lugar, morrerei, Abedah."

Fiquei sem saber o que fazer e dizer, apenas o encarava. Enquanto o fazia, vi o sangue começar a escorrer em seu rosto, e gradativamente vinham as lágrimas de sangue, algo que é tão raro ver. Estavam ali, diante de mim. Eu o abracei, enquanto o ouvia dizer:

"Eu não quero morrer, Abedah."

Quando estas palavras terminaram de sair de sua boca, Mytrael me afastou com os braços e encarou o vazio.

"O que foi?", perguntei. Sua resposta foi usar o seu dom para mostrar-me o que seus olhos viam: era como se eu pudesse ver de sua perspectiva, e eu nem sabia que isso era possível. Mas Mytrael fez como se para ele fosse algo simples: o homem diante dele dizia a seguinte frase:

"O conhecimento tem um preço, Mytrael. Se quiser descobrir tudo que procura, o único caminho é este."

As palavras de Mytrael pareciam sair de minha boca.

"Eu vou morrer, mestre? Enmerkar, por favor, me diga, este será meu fim?"

Após esperar os berros que proferiam perguntas terminarem, o homem apenas disse que sim e desapareceu. Mytrael voltou-se para mim.

"Abedah, você o ouviu. Este será meu fim — não será hoje, mas um dia irei até este lugar. Você vira comigo, Leão de Judá?"

Eu o encarei; ainda não sabia quem era Enmerkar, mas senti que era importante.

"A qualquer momento, meu amigo. Vou segui-lo para o fim com um sorriso, prometo" – essa foi minha resposta. Mytrael sorriu e nós voltamos, agora de face limpa do sangue. Nos sentamos próximo dos estábulos.

Não havia muito a fazer. Brunhilde fora com Catherine e Heitor até a cidade para conhecê-la; acho que Catherine nunca havia conhecido outra vampira, então estava se esforçando por construir uma amizade. Sozinhos, apenas esperamos pelo sinal de Heitor; procuramos ficar longe da cidade, e resolvemos que seria melhor deixar Brunhilde fora desse combate, afinal ela ainda nutria um sentimento de amizade por Carontes, o que poderia atrapalhar tudo.

Por isso, quando retornaram, não contamos nada do plano para ela, apenas que seguiríamos Heitor e ela deveria aguardar. Obviamente a Valquíria ficou irritada, e assim ficou por uma lua inteira; é claro que após esse tempo ela acabou aceitando as coisas e ainda emprestou sua espada para Mytrael; dizia ela que, assim, pelo menos poderia ir em espírito à batalha, para protegê-lo. Ela realmente amava aquele homem...

Eu não a julgo; ele era apaixonante, sem ser belo, forte, sábio e perfeito como Heitor, mas Mytrael de Ur era diferente de tudo que eu conhecera. Esse mundo, de dor e pestes em que vivíamos era horrível, e nós, seres que bebiam sangue e matavam, éramos influenciados pelo Predador. E saber que, lá fora, seres de milhares de anos comandavam o mundo com poderes divinos... tudo isso tornava nossas existências mortas-vivas um tormento.

Mytrael conseguia fazer qualquer um acreditar que valia a pena ser bondoso, que a nossa vida era uma bênção, fazia qualquer um seguir em frente todas as noites, e ver graça em meio a todo esse desespero... por isso nós o seguíamos e o amávamos.

Após mais algumas noites, minha amizade com William se tornara forte; descobrimos que tínhamos mais em comum do que pensávamos. Ele me emprestara sua armadura e sua espada para a batalha, mas nós dois estávamos preocupados, queríamos ir até a cidade para investigar, sem que chamássemos atenção.

Então eu descobri uma capacidade de minha família: falar com animais. Com isso, pude usar ratos e corvos como espiões para entrar na cidade, voltar e me revelar coisas. Eram seres primitivos demais para fazerem coisas muito complexas, todavia permitiram que soubéssemos que Axel, o chefe da guarda, estava sob a influência do sangue de Anelise. Eles estavam dominando a guarda inteira, e talvez, se ele não fosse destruído também, um golpe militar aconteceria na cidade.

Levamos essas informações até Heitor, que afirmou fazer com que ele fosse junto dos três para a emboscada. O problema meu e de Mytrael só piorava; eu e ele agora passávamos os dias afoitos, apenas aguardando o sinal. Dessa forma, quando este finalmente chegou, foi um alívio.

Na frente da muralha, uma das piras foi acesa – esse foi o sinal. Corremos para os portões, que tinham sido deixados abertos, e depois seguimos até a igreja, onde entramos e nos certificamos de que estava vazia. Em seguida apagamos as velas, pois ambos víamos no escuro – eu, por minha natureza animal, ele, por sua sensibilidade – e contávamos que nosso inimigo não tivesse tal dom.

Era uma igreja grande e bem ornada, com um enorme mitral diante do altar; no centro havia um grande corredor, com um tapete que se estendia da entrada ao altar, e em cada lado os bancos de oração iam até as paredes laterais. Ficamos entre esses bancos, um na frente, próximo à porta, e o outro próximo à cruz, no final, para assim dar a emboascada. Esperamos com paciência. Agora era questão de instantes, afinal já havíamos esperado semanas.

Quando finalmente a porta se abriu, os quatro entraram: Carontes na dianteira, Axel, e logo após, os dois Katalas. Aguardamos que chegassem ao centro, então nos revelamos, partindo direto para os golpes. Nossa iniciativa os assustou, dando-lhes pouco tempo para sacarem suas armas, e quando estávamos quase chegando, de corpo a corpo, a bruxa Anelise nos tirou os sentidos; era como se flutuássemos no vazio. Senti o golpe da espada cortando meu peito então golpeei de volta, na mesma direção. Os golpes se repetiram, um a um, me cortando, sem que eu conseguisse rebater, e quando percebi que estava sendo burro, pois já tivera treinamento para isso, corrigi minha postura na defensiva e recuei alguns passos. Conforme me atacavam, eu permitia o golpe, mas devolvia uma resposta na mesma direção. Agora funcionava; estava acertando. Minha resistência foi a maior que já vira, depois da de meu pai. Porém, mesmo com essa vantagem, eu não era páreo para eles.

Eu tentava cortá-los, trocando golpes no escuro e sofrendo danos graves, sem saber se meus danos surtiam efeito. Até que Mytrael me disse, através da mente:

"Consegui, veja por meus olhos."

Através de sua sensibilidade, agora eu podia enxergar pelos olhos dele; dentro de sua mente eu controlava meu corpo. De primeira estranhei, mas peguei o jeito rápido. Anelise e Carontes me atacavam, enquanto Axel e o príncipe lutavam com Mytrael, que estava quase virado em pó, de tanto dano. Então, além de batalhar com os dois, eu o instruí, ditando que movimentos fazer, e obedecendo a mim ele começou a revidar.

A batalha estava virando; eu e Mytrael estávamos ganhando! Até Carontes usar seu poder das sombras, evocando bestas gigantes como ursos, que logo tomaram o ambiente: eram anomalias vindas de reinos sombrios que não deviam ser proferidos, prontas para nos destruir. Sabíamos que não resistiríamos a tais seres. Mas Mytrael me orientou a não me intimidar.

Ele estava fazendo algo; senti um tremor em seu corpo, que nos fez ficar com a visão turva. Agora eu podia observar de três ângulos aquela sala. Mytrael me disse para controlar o meu e um outro, que ele usaria o terceiro; de início não entendi muito bem. Mas aquele Khounsurianis havia feito cópias temporais de si, de tal forma que estava em dois lugares ao mesmo tempo. Ali, vi pela primeira vez a capacidade dos Khounsurianis, realmente algo incrível, como diziam as lendas – agora, tínhamos conseguido ficar em igualdade. Mytrael usou também outro de seus dons, que fazia o alvo se mover tão lentamente que parecia estar parado. Assim, rapidamente destruí as bestas, e ele conseguiu acabar com os Katalas. Então, voltando para meu corpo, e Mytrael desfazendo suas cópias, estávamos mais preparados para lidar com Carontes. E, também com um golpe, encerrei a vida de Axel.

Mytrael foi na direção de Carontes. Aparentemente não era apenas eu que estava nutrindo ódio; o Liogat novamente invocou suas sombras, trazendo as bestas, mas sem sangue no corpo a invocação falhou, e seu Predador berrou dentro dele. As sombras voltaram ao normal e seu poder havia acabado. Mytrael então aproveitou a chance e atravessou a espada de Brunhilde no peito dele, fazendo-o paralisar.

Ambos caíram após o golpe. Ferido e exausto, tive de erguer Mytrael, sentei-o em um dos bancos, e em seguida decapitei todos os corpos, para que virassem cinzas e tivéssemos certeza de que nunca mais voltariam. Deixei Carontes por último, pois queria desfrutar o momento, mas com um grito de "Basta!" fui interrompido: Mytrael me ordenou que parasse, e quando questionei o motivo ele disse:

"O barqueiro pode ser útil ainda".

A contragosto, aceitei sua decisão. Sentei-me ao lado dele, estávamos feridos de tal maneira que mal conseguíamos nos mover. Mytrael olhou em volta e disse:

"Fizemos um bom trabalho, um de nós deve ir até Heitor contar que está tudo bem agora."

Entendi o que ele quis dizer com "um de nós", e sem nada dizer levantei e fui. Cambaleando, andei da igreja até o castelo, que eram próximos um do outro, mas por conta de meus ferimentos foi uma caminhada difícil. O castelo estava completamente vazio; fui andando e subindo os andares, procurando por nosso líder. No segundo andar, luzes de velas escapavam por baixo da porta, que abri lentamente.

O quarto era luxuoso, com cama e lareira enormes, tapeçarias, mobília bem-feita e uma bela escultura de Cristo na parede. O velho moribundo, que chamavam de rei, estava deitado, assinando um documento, e Heitor conduzia o movimento de sua mão, sentado ao lado da cama, sorrindo como o novo senhor daquelas terras.

"Senhor", eu disse, para chamar a atenção dele. Prontamente fui respondido; com o documento assinado em mãos, Heitor se levantou e andou até mim.

"Sim, Abedah. É um momento de deleite, eu venci e vocês também; agora Honglev é minha." Colocou a mão em meus ombros e continuou: "Outrora fui senhor da mais bela cidade do Mediterrâneo, durante dez anos lutei por ela contra os gregos, mas perdi e tive de fugir sem nunca ser rei. Dessa vez, meu reino será grandioso e eterno, e vocês compartilharão isso comigo."

Naquele momento não tive mais dúvidas: estava tocado com as palavras daquele Milenar, o Grande Heitor de Troia. Nós seríamos seus generais, governaríamos junto dele aquela cidade. Heitor estava nos oferecendo poder, poder este que abraçamos.

Capítulo V

Um sonho chamado Honglev

Eu, Abedah, Brunhilde, William, Catherine e Carontes: graças àquele homem, nossas vidas tinham sido modificadas para sempre. Heitor, o último troiano, tornara-se o senhor daquelas terras, eu seu conselheiro, Brunhilde, Abedah e William, seus generais, Catherine, a boticário do reino, enquanto Carontes fora para os calabouços do castelo, onde lá permaneceu.

Heitor era um gênio; com a sabedoria das eras, ele nos guiou e ensinou, sendo um pai, professor e amigo de todos. Não tomava nenhuma grande decisão sem antes se reunir com todos e detalhar o que pensava fazer, apesar de sempre acabarmos fazendo o que ele queria. Mesmo assim, sentíamos que éramos donos daquele vilarejo, que em poucos anos se tornaria uma grande cidade mercantil. Heitor investiu na agricultura e manufatura, e com a ajuda de Abedah, que se mostrou um talentoso ferreiro e artesão, construiu ferrarias, madeireira e campos de mineração.

Eu e Catherine conseguimos evoluir a medicina local através do plantio de ervas e a alquimia através de estudos patrocinados por mim. Rapidamente tivemos de expandir as terras, pois a população estava crescendo, os vampiros vinham de todos os lados querendo fazer de Honglev sua moradia; assim, tivemos de construir uma segunda muralha, que levantamos com grandes pedras até a altura de vinte metros.

A cidade sozinha era responsável por enriquecer também toda a Dinamarca. Heitor estava tão rico que patrocinava todos os nossos desejos e trabalhos. Com seu apoio, por exemplo, mandei que construíssem uma universidade que nomeei Endelose Tarn; a minha torre era repleta de livros e alunos de toda a Europa, e com o tempo apenas a erudição não me bastou, então fundei uma guilda de ladrões nos subsolos da cidade. Enquanto a guilda se expandia, eu era o arquiteto de tudo, adotando a tecnologia romana com cisternas e concreto. Assim, esconder minha guilda foi simples.

Também trabalhei para que nossa cidade fosse militarizada, afinal tínhamos uma grande rixa com um dos gêmeos. Com o suporte de Brunhilde, usei meus sábios para trabalharem nos estudos de construções de armas de guerra, e com trebuchet, balistas, óleo e táticas de combate avançadas, Honglev foi construída com todo o amor dos vampiros que nela viviam.

Heitor era um diplomata fantástico, que conseguiu fortes alianças com outros Milenares da Europa. No entanto, o Sacro Império Romano sempre nos ameaçava; mesmo assim, foram décadas de paz, e foi no ano de 1268, durante a primavera, que os ataques começaram.

Os avanços de nossas muralhas, aliados ao desmatamento e à mineração, provocaram as bestas que viviam naquela floresta: lobisomens começaram a nos atacar em todas as noites de lua cheia, quando nos reunimos para debater. Logo concordamos que atacá-los seria suicídio, pois eram bestas incrivelmente fortes, além de serem em número muito maior. A decisão de Heitor foi formar um pelotão para responder a esses ataques e proteger a cidade, liderado por Brunhilde, Abedah e William. Um grupo de cinquenta homens, denominados Espartanos, foi treinado e fortalecido com o sangue, e foi assim que se resolveu o problema com os lobisomens.

As muralhas voltaram a se expandir, agora sendo três, as quais separavam a plebe dos mercantis e afortunados, e nós, nobres, destes últimos. Novamente precisei cuidar dessas questões, fundando uma guilda de comerciantes, nomeando um rapaz sábio e eloquente como líder. Agora eu era o senhor dos ladrões, que controlava o comércio e presidia a quarta maior universidade da Europa, além de ser o segundo homem mais rico de Honglev, perdendo apenas para Heitor.

Comecei a ajudar meus iguais a crescerem. Primeiro foi com Abedah, que instruí a transformar seus dois ajudantes para lhe serem mais úteis: o espadachim e ferreiro Calladus ficou responsável pela mineração e manufatura de metais, enquanto Murahim controlava as madeireiras e a investigação sobre os lobisomens. Abedah, com tempo sobrando agora, passou a trabalhar melhor para se tornar um administrador competente, estudando em minha universidade, até que se tornasse tão rico quanto eu.

Depois foi Catherine, a quem meramente emprestei dinheiro; como filha de Heitor, já tinha todo o necessário para crescer. Eu e ela nos tornamos bem próximos nessa época, e confesso que até pensei em ter algo com ela, mas ela tinha olhos apenas para Heitor, e a essa altura eu também, pois queria passar o máximo de tempo possível aprendendo com aquele ser. Já Heitor só tinha olhos para a cidade; todos trabalhávamos para o crescimento dela, porém Heitor era diferente – ele se arriscava, viajava e negociava com outros, perguntava o que precisávamos para evoluir, que ele traria de qualquer lugar do mundo o que fosse preciso. Em todo aquele tempo, não houvera sequer um segundo em que Heitor não tivesse se dedicado àquele local.

Após décadas, passei a visitar o calabouço de Carontes, pois começara a sentir pena dele. Talvez para fazer companhia ao corpo paralisado dele, ou por me sentir sozinho, falava com ele durante as visitas, primeiro do lado de fora da cela, depois mandei botarem um banco do lado de dentro, para que eu pudesse passar horas lá. Foi mais ou menos nessa época que os Katalas apareceram, querendo se instalar em minha universidade para estudar.

Concordei com a intenção, contanto que bebessem meu sangue; usei a influência da sedução vampírica também. Os estudos deles revolucionaram minha escola; agora meus alunos estavam estudando magia, os mortais estavam ficando úteis, e a líder deles, Genevive, era Secular e poderosa. Tê-la em meu domínio acrescentou muito, até para eu aprender sobre mim mesmo. Arakur, que era meu Revenant e cuidava da universidade, rapidamente tornou-se proeminente nos conhecimentos arcanos, por isso também trouxe meus outros dois servos de sangue, o ladrão Simon e o comerciante Soren, para que também estudassem.

Simon, o meu favorito, rapidamente alcançou poderes mágicos que lhe permitiam se mesclar nas sombras e desenvolver algo parecido com a sensibilidade vampírica. Já Soren apenas conseguiu aprender truques de atrair atenção para si, usando essa presença de forma semelhante à sedução. Nada útil para um vampiro de verdade, mas muito útil para seus trabalhos.

Eles já eram meus servos fazia um século, e imortalizados com o sangue mantinham-se jovens, mas no momento em que eu os abandonasse voltariam a envelhecer. Pensar nisso me fazia lembrar de meu destino em Tozeur, de Enmerkar, e principalmente Pompônio; quando eu faria aquela viagem, que já estava procrastinando havia décadas? Enmerkar raramente aparecia para me lembrar de seguir meu destino, já Pompônio nunca mais vi.

Honglev tinha muralhas tão grossas quanto as de Jerusalém. Éramos conhecidos no mundo todo, e em 100 anos nos tornáramos senhores de uma potência. Em Honglev não havia moradores de rua, apenas vampiros cometiam assassinatos, não havia fome, nem analfabetos. Todos os mortais do mundo inteiro eram bem-vindos em nossa utopia, no sonho que Heitor sonhara e realizara.

Havíamos proibido a presença de Vykros ali; os motivos eram eu e meu medo. A essa altura não havia segredos entre nós, e cem anos fora tempo suficiente para nos apaixonarmos, cansarmos e enjoarmos um do outro, para depois voltarmos a nos amar. A imortalidade é algo cansativo, se você não aprende a vivê-la da maneira correta.

Além de não haver Vykros, os Katalas que havia eram controlados por mim, através de minha faculdade; tinham jurado lealdade. Os Drakianos que tinham vindo viver na cidade sentiam-se incomodados em terem de seguir a mim e Brunhilde, dois Strigois sem linhagem pura; mas Heitor os deixava em seu canto. Com o tempo, não conseguimos mais evitar todos os tipos de vampiros que tinham vindo para Honglev, o que me permitiu conhecer a todos e suas famílias.

Os Drakianos eram, segundo eles, descendentes do dragão caído Leviatã, que fora o primeiro filho de Lilith, dizem que com o próprio Jeová. Esses vampiros eram extremamente arrogantes e presunçosos, chamando a si mesmos de dragões; acreditavam que o controle do mundo devia ser deles. De qualquer forma, hoje a família é regida pelos trigêmeos de Leviatã, Griffin, o Rei das Bestas, nosso atual aliado; Fafnir, a serpente eterna, que dizem ser o mais poderoso ser que caminha pela Terra e o nosso atual inimigo político; por fim Tiamat, o Dragão do Leste – esta é que é a única fêmea, pouco envolvida com a política segundo os Drakianos. Está sem aparecer desde que os Khounsurianis sumiram.

Com essa informação, juntei as coisas e passei a crer que quem escreveu aquela carta e disse estar indo para a Anatólia estaria junto de Tiamat. Busquei Abedah e perguntei o que ele achava; discutimos bastante e decidimos que iríamos nos preparar para partir. Em 10 anos iríamos embora, apenas eu e ele.

Brunhilde estava segura aqui, eu nunca a levaria para uma jornada de morte. Nessa época decidi aprender a magia dos Katalas, infelizmente para mim. Para alguém fora da família era impossível, porém me contaram sobre mortais que tinham dominado uma magia muito mais poderosa; esses mortais estão presentes em várias lendas antigas, assim como nós, e geralmente eram profetas e outros messias, inclusive.

Os Katalas eram um povo misterioso, que pouco falava de si, mas pelo que entendi tinham uma ligação especial com a morte e com os espíritos, por isso eram capazes de usar sua necromancia e seus dons com os espíritos que escravizavam ou negociavam. Eu invejava o poder versátil deles, e gostaria de tê-lo para facilitar os estudos; em compensação...

A família Liogat, sim, tinha um poder que fazia arrepiar a espinha; através de outros que tinham chegado à cidade, descobri que Carontes era um novato em seu poder. Na verdade os Liogat podiam se unir com as sombras ou se tornar como elas, evocando tempestades de escuridão ou entrando no inferno. Diziam que o progenitor dessa família, Belobog, podia literalmente trazer o inferno para este mundo.

As famílias Nocturnal, por sua vez, eram bem mais poderosas, e os Liogat, os mais poderosos depois dos Nocturnal. Fico até arrepiado só de imaginar o poder de um Drakiano Secular.

Em dado momento, a cidade já era tão grande e diferente que nem lembrávamos como fora um dia. Nós, seres Seculares agora, mal nos reconhecíamos também. Brunhilde, após tantas batalhas, já estava ríspida, Abedah já estava envolvido por carência, lutando pelo amor e pela provação de todos, Catherine voltada à sua aparência e trabalho, entregue a futilidades, e Heitor cansado; ele me dizia às vezes que precisava dormir, pois muitos séculos desperto acabariam com ele. Dizia também que eu deveria ficar em seu lugar, comandando Honglev.

Eu não tinha coragem de dizer que iria embora e levaria Abedah comigo; na verdade, ansiava por ir embora, não sei exatamente por quê, mas sentia que estava vivendo uma vida que não me pertencia – eu era um viajante, um erudito e aventureiro, e ali eu me tornara um magnata com posses e poder absoluto. Mas Mytrael de Ur nasceu para ser livre, para viajar e ter tudo e nada ao mesmo tempo.

Em dado momento, vendemos o corpo de Carontes de volta para Fafnir, o que enfureceu Griffin, que por pura soberba retirou seu estandarte de nós. Assim, pela primeira vez em uma centena de anos, estávamos vulneráveis a uma guerra. O rei da França, o Súccubus Clotero I, ofereceu uma possibilidade de negociação, o que era surpreendente, pois havia rumores de que ele era aliado de Fafnir. Mesmo assim Heitor e Catherine foram para Paris negociar, deixando a administração nas mãos de William após eu recusar o cargo.

Eu sabia que isso atrasaria ainda mais nossa viagem, jamais deixaríamos Honglev durante uma guerra; então, mais uma vez nos reunimos, Abedah e eu, dentro da sala de reuniões do castelo, para debatermos sobre o futuro. Tínhamos construído durante cento e trinta anos o sonho de Heitor, que se tornara também o nosso, e agora esse sonho estava sendo abalado.

Organizei uma reunião entre os últimos vampiros nobres, que ainda estavam em Honglev. Mandei que meus servos fossem encontrá-los para entregar-lhes cartas, com a hora e o local. Abedah sempre chegava cedo, por isso me adiantei; mesmo assim, quando entrei na sala de reuniões, lá estava ele, sentado com os pés sobre a mesa.

Após nos cumprimentarmos, eu me sentei do outro lado da mesa, e da mesma forma que Abedah repousei os pés. Sabíamos que William demoraria, afinal as funções de um rei eram acachapantes, e era isso que o rapaz transformado por Heitor se tornara. Todo aquele castelo possuía a pompa, a beleza e o luxo que somente um decorador como Heitor era capaz de promover, talvez por isso aquele local fosse tão confortável, ou talvez pelas memórias de tantas vezes que rimos, choramos, sofremos e brigamos ali dentro. Aquele local também ocupava um espaço cativo dentro de nossas mentes. Logo Abedah quebrou o silêncio:

"Sabe, Mytrael, um de meus filhos, o espadachim Calladus, me pediu permissão para partir de Honglev."

Estávamos em uma posição de relaxamento que Heitor nunca permitiria. Antes de responder, enrolei um dos fumos que Heitor me ensinara a fazer e tomara como hábito fumar.

"E para quê? O que ele planeja encontrar fora da maior cidade da Dinamarca?"

Ele sorriu e me observou com o jeito de quem ia contar uma piada.

"Ele disse que aqui estava vivendo à minha sombra, deseja partir e construir sua história, deseja que seu nome seja maior que o nome de Abedah, o Leão de Judá."

Eu o encarei seriamente.

"Tolice. É um tolo! Que ridículo pensamento, e para que serviria tal status?"

"Ah, Mytrael, você não é árabe, você não entende nossa cultura. Na verdade eu até pensei em fazer algo semelhante a isso quando jovem, mas sou filho de Hassan e tenho noção dos meus limites."

"Mas é o que estou dizendo: para alguém como Calladus superá-lo, meu amigo, ele terá de nascer de novo."

Começamos a gargalhar, fumamos juntos e compartilhamos histórias de nossos negócios. Fiquei assustado como minha percepção de tempo estava abalada; achava que fazia apenas dias que não encontrava o meu amigo, mas descobri que o nosso último encontro fora há três anos. Com essa conclusão me veio o pensamento: há quanto tempo não encontrava Brunhilde, minha bela amazona? Há dias batalhando com lobisomens, era isso que significava ser nobre ou general, uma rotina de trabalhos incessantes, condizentes com a responsabilidade de sermos os príncipes desta terra.

William entrou, finalmente; estava com sua túnica de nobre molhada. A túnica marrom era mais cara que a de um cavalo treinado. Estava arruinada pela chuva, mas éramos tão ricos que na verdade essas coisas não passavam de besteiras.

"Desculpem a demora, senhores, estava averiguando a manutenção das muralhas e máquinas de guerra", disse, até que se sentou na ponta da mesa, normalmente ocupada por Heitor, e se debruçou sobre ela, demonstrando seu cansaço físico. Dissemos que entendíamos seu atraso, para em seguida eu tomar a palavra.

"Devem notar que não chamei Brunhilde, devido ao fato de ela estar matando bestas agora; mas o motivo de estarmos aqui, senhores, é o meu medo. Temo pela segurança de nossa amada cidade, de nossos queridos amantes, filhos e irmãos, e pela nossa própria. Heitor está agora negociando com Clotero uma aliança, entretanto os senhores da Europa estão contra nós. Temos Griffin, o Senhor do Norte, possuindo tudo de Novogárdia até a Irlanda, e de outro lado Fafnir, senhor do Sacro Império Romano e da Igreja. Por mais poderosa que a corte parisiense seja, não se compara ao poder de nossos inimigos. Nossos espiões ainda me disseram que os Vykros que controlam Aragão estão se aliando a Fafnir para invadir a França. Do Leste, os exércitos de Tiamat marcham em nossa direção trazendo o risco de uma cruzada, então, meus amigos, o que faremos se Heitor não conseguir a aliança? Como evitaremos de ser esmagados?"

Após eu terminar de falar, William ficou encarando o chão, como se eu tivesse trazido um pensamento que ele escondia de si próprio. Já Abedah me encarou enfurecido, levantou-se e gritou comigo, deixando até mesmo William assustado:

"Mas que porra, Mytrael, vá conversar com a latrina antes de despejar tanta merda na nossa frente!"

Após proferir essas palavras com toda a potência de seu corpo, ele ordenou que o seguíssemos, o que acatamos; nos levou até o topo da torre, onde havia o terraço. Depois do cume de nossa catedral e de minha Endelose Tarn, aquele era o local mais alto de Honglev. O vento e a chuva dificultavam a visão de toda a cidade.

Abedah, apontando para toda a cidade, e proferiu:

"Olhe para isto, Mytrael! É Honglev! Dentro dessas muralhas mora quase meio milhão de pessoas. Destas, cem mil são nosso exército, o maior da Dinamarca, possuímos vinte trebuchet, quinze catapultas e cinquenta balistas, três reinos vizinhos e vinte e três aldeias de vassalas. Um lugar onde todos têm profissão e educação, todos amam e são gratos, talvez sejamos a maior cidade da Europa. Meu querido Mytrael, por mais que Copenhague seja a capital, somos o coração e a alma da Dinamarca! E os Drakianos de lá, que servem a Griffin, sabem que, no momento que Honglev quiser, poderá varrer a Dinamarca e sua preciosa Copenhague."

Enquanto ele dizia seu discurso apaixonado, pude sentir como eu estava errado. Aquelas palavras raivosas eram o que eu precisava. Abedah tinha razão: que lugar, na Europa ou no mundo, chegava a nossos pés? Um império militarizado era o que éramos, e a perspectiva de Abedah tinha me tocado a ponto de me inspirar de um modo que não acontecia fazia mais de cem anos; agora eu sabia ao certo o que fazer.

Eu gritei "É isso! Tens razão, meu irmão", e agradeci a ele e William, que estava inspirado assim como eu. Pedi licença, desci as escadarias para fora do castelo e segui correndo até a minha preciosa Endelose Tarn. Foi uma curta corrida, e quando estava chegando já gritava para os servos trazerem o cavalo de Brunhilde. Eu já estava na porta da torre quando o cavalo era trazido e eu designava ordens para que os meus feiticeiros mais habilidosos fossem a cada um dos vilarejos trazerem os aldeões, e que os reinos se preparassem para um cerco. Em seguida, montei e disparei, cavalgando na direção da primeira muralha; eu precisava proteger meu povo, parar de deixar Heitor cuidar de tudo sozinho. Os aldeões estariam seguros dentro de nossas muralhas, e agora eu cavalgaria para Copenhague, usar aquilo que Abedah dissera para convencê-los a formar uma aliança conosco: a força.

Próximo dos portões de saída, mandei que os abrissem, assim não precisei reduzir a velocidade; o cavalo de Brunhilde bebera do sangue dela desde potro, o que o tornara anormalmente forte e veloz. Slipner, nomeado em homenagem aos deuses de seu passado, era a única montaria capaz de me levar para tão longe antes do amanhecer. Havíamos construído estradas entre as vilas e os reinos, de Honglev a Copenhague, no Norte, então seria rápida a viagem.

Na metade do caminho, vi um homem sentado à beira da estrada, algo preocupante, afinal passara esse tempo todo refinando minha sensibilidade e não consegui sentir sua presença. Mesmo agora, quando já estavam em meu campo de visão, era na verdade invisível para mim. Saquei minha adaga longa e acelerei, e só quando estava mais perto é que reconheci o náufrago Pompônio. Então reduzi bruscamente e parei a poucos passos dele, onde desmontei, esbravejando:

"Bardo, me pegou em um péssimo dia! Por que interrompe minha viagem?"

Estávamos a poucos metros um do outro, eu com a arma pronta para sangrá-lo. Já ele, desarmado, sorriu e respondeu:

"Mytrael, há quanto tempo, não é? Eu estava com saudades."

Enquanto falava, Pompônio caminhava para o centro da estrada, assim ficamos um de frente para o outro.

"O que quer de mim, Bardo?"

"Ah, Mytrael, quero tantas coisas... quero que volte a ser quem foi, e principalmente quero que se lembre de mim."

Eu não entendia o que ele queria dizer com aquilo, então apenas esperei.

"Mytrael, vamos lá. Volte para Honglev, ainda não é hora de partir."

"Veio apenas para isso? Décadas sem aparecer, e veio para me mandar voltar?"

De fato, durante todos esses anos aquela foi a vez em que mais me afastara da cidade.

"Sim, neste momento meu único desejo é que volte e cumpra seu papel em meu plano."

"Quem pensa que é, bardo? Sigo meu caminho, construo meu próprio destino, manipulo o tempo como ninguém mais. Não há sobre a Terra ser mais livre do que eu."

Após concluir a frase, usei meu sangue para fortalecer minha musculatura. Mais rápido e forte que o mais hábil dos humanos, voei para cima dele com a adaga erguida e, com a força de meu braço e o peso de meu corpo, projetei um golpe potente e preciso; mas, quando a lâmina chegou perto do chão, notei que não havia tocado nada; logo ouvi uma voz, vinda de minhas costas.

"Desista, Mytrael! Não é nem sombra do que foi um dia, nunca irá me tocar."

Fiquei irritado por não entendê-lo.

"A qual família pertence, monstro?"

Ele acariciava o cavalo como se lhe pertencesse, e ao ouvir minha pergunta começou a rir. Entre as gargalhadas, deixava a resposta escapar:

"Pensa que sou vampiro, seu tolo? Não, não, não..."

Pompônio virou-se na minha direção e me encarou com uma presença tão poderosa que me fez cair de joelhos. Eu sentia tanto medo, como se diante de meus olhos houvesse um abismo que me roubara todo o orgulho e a coragem, como se ele observasse através de minha alma e fosse devorá-la; senti tanto medo dessa presença que fiquei paralisado. Slipner correu de volta para a cidade, relinchando de pavor.

Aquela fora a sedução de Pompônio, tão forte quanto diziam ser a dos Drakianos Milenares. E ele sequer estava se esforçando! O sorriso de deboche permanecia em sua face.

"Basta, Mytrael! "Estou farto de esperá-lo! Meu tempo está se esgotando, e você a brincar de casinha."

E continuou:

"Eu sou o poderoso Ukro, mais velho que o próprio tempo, o maior e mais poderoso ser que ainda caminha pela Terra! Devorei anjos e copulei com demônios!"

Enquanto eu dizia isso, Pompônio caminhou em minha direção e segurou meu rosto, voltando-o para seus olhos.

"Quem é você para me fazer esperar? Você voltará para Honglev e dirá a Heitor que tomará conta da cidade durante seu sono, que permitirá a tomada de Fafnir, e depois que o fizerem virei buscá-lo. Enquanto Heitor estiver fora, você destruirá aqueles lobos e roubar o que protegem, e usará isso para se lembrar do máximo que conseguir, você me ouviu?

Sua presença estava me esmagando, mas me soltou quando acabou de falar. Eu tinha muitas perguntas, e a primeira que me veio à mente foi: "E se eu não obedecer?"

Quando me ergui novamente, vi que ele estava sorrindo, e novamente senti uma presença; mas dessa vez era diferente: era puro poder, irradiando a partir de seu corpo como se fosse o próprio sol emanando energia. Seus cabelos se erguiam e balançavam pelo poder emanado.

"Então irei para esta guerra e destruirei seu sonho."

A energia se intensificou, quase me arremessando para longe, e raios negros começaram a sair dele, formando um redemoinho de poder. O tom era escuro, avermelhado, até tornar-se um furacão pequeno e aparentemente maciço. Sua força me jogava com tanta violência que tive de agachar; então houve uma explosão que me arremessou vários metros. Na sequência, do furacão emergiu uma colossal fera reptiliana: Ukro, o que antes era Pompônio; o bardo não era um vampiro Drakiano, mas sim um verdadeiro dragão, um ser de pura magia e poder, a verdadeira essência universal.

Pouco me feri com o arremesso, mas mesmo assim fiquei um tempo parado, digerindo tudo aquilo. Assim que me restabeleci, comecei a correr em direção a Honglev, que jamais alcançaria antes do amanhecer, mesmo com a minha agilidade vampírica. Estava distante demais. Foram décadas refinando meu poder, e agora eu conseguia manipular o tempo com muito mais precisão, então o acelerei à minha volta, tornando-me muito mais rápido. Quem me visse enxergaria apenas um borrão, passando em alta velocidade.

Gastei muito de meu sangue para usar essa habilidade por tanto tempo sem parar, então, assim que cheguei à cidade, fui obrigado a beber de alguns aldeões; não tinha noção de quantas pessoas matara ali, mas depois ordenei que doassem dinheiro para suas famílias. Chegando à minha torre, corri para os livros e, à beira do amanhecer, ordenei que meus alunos e todos os Katalas reunissem tudo o que tivéssemos sobre dragões e levassem o conteúdo para os meus aposentos.

Ao terminar de dar as ordens, subi as escadas exausto e sujo de terra pelo arremesso, e também do sangue de inocentes que drenara. Vagarosamente me dirigi ao último andar, onde ficava nosso quarto, e, meticulosamente treinado para evitar o sol, fui tirando e largando as peças da armadura que sempre usava. Enfim, diante da porta, já estava nu.

Ao abri-la, vi as janelas abertas, revelando o amanhecer, e, deitada em nossa cama, estava Brunhilde: um deleite para mim.

"Amor!", disse a ela, fechando a porta.

"Meu amor, o que houve com seu corpo? Está imundo e ferido."

Ela veio em minha direção; de fato, o golpe do arremesso me fizera quebrar algumas costelas, o que não era nada para um corpo morto-vivo. Mas para minha Brunhilde isso era o suficiente, e usou seu dom assim que me tocou. Com isso, curou-me e me acompanhou até a banheira, logo fechando as janelas, para me banhar e me lavar. Perguntou inúmeras vezes o que havia ocorrido, mas eu nada disse, pois não queria perturbá-la.

Eram poucas as vezes que dormíamos juntos; nos últimos tempos, os lobisomens estavam atacando muito frequentemente a madeireira, assunto de que Murahim não dava conta sozinho.

Afinal, depois de tanto tempo sem minha amada, eu não iria estragar tudo com problemas e guerras; tudo que eu fazia era incentivá-la a falar, enquanto admirava seus olhos, que brilhavam ao falar do passado. Ela ainda não sabia que eu iria partir dali a pouco tempo, que iria deixá-la, e confesso que não era homem o suficiente para olhar em seus olhos e dizer isso para ela: a mulher que me seguira em todos os lugares, sempre fazendo de tudo para me apoiar. Eu nunca pudera demonstrar como a amava... além disso, em breve iria deixá-la.

Felizmente não seria naquela noite. Naquela noite seríamos como amigos íntimos, como irmãos e como amantes. Foi mágico; adormecemos na cama, olhando um nos olhos do outro. Estávamos sem roupa, e ela brincava com meus cabelos... Assim, o amanhecer nos fez dormir.

Na noite seguinte, fui despertado por meus empregados, que me avisaram da chegada do mensageiro de Heitor. Eu e Brunhilde nos arrumamos e fomos até seu encontro o mais rápido que pudemos. Pouco mais tarde, já estavam na sala de reuniões, além do mensageiro, Abedah e William, que nos informou que a comitiva chegaria em até três dias. Disse também que com Heitor viria uma cria de Clotero, o que demonstrava o sucesso dele nessa aliança.

Após o mensageiro ser pago e se retirar, uma reunião teve início, na qual William tomou a dianteira:

"Irmãos, nosso senhor virá trazendo mudanças, é certo; com a aliança, provavelmente teremos de começar a usar o estandarte de Clotero, tornando-nos seus vassalos. Sabemos que são Súcubbus, dessa forma devemos promover um festival para a chegada deles, com muita pompa e luxo. Porém, mesmo eu sendo cria de Heitor, meus dotes são a batalha e o governo, então devemos pedir aos Revenant dele que cuidem disso."

Todos ouvimos atentamente as palavras redundantes do príncipe; todos sabíamos daquilo, mas era claro que ele, como líder, deveria dizer algo. Nós nos olhávamos apenas aguardando a dispensa, ansiando por aquele momento havia anos... tínhamos planos pessoais a executar, ainda mais eu, atônito com a visita do dragão Pompônio.

William estava discursando para nós, tentando inspirar-nos, mas era tempo demais para esperar. Pedi licença e me retirei, e Abedah veio logo atrás. Caminhamos em silêncio até o pátio externo, próximo aos estábulos, onde ele cortou o silêncio me questionando:

"Já faz cem anos, Mytrael, e não demos nenhum passo na direção do destino escrito naquela carta. Prometemos que iríamos juntos, mas sei que agora é impossível deixar esta terra, seria o mesmo que trair Heitor. Quero ter certeza de que você não me deixará para trás."

Abedah estava sério; sua expressão não deixava brecha para nenhuma hesitação ou ironia.

"É claro que não, meu irmão! Estamos juntos nesse destino, tenha certeza disso!"

Ele fez sinal de positivo com a cabeça e foi na direção de seu cavalo.

Após sair da fortaleza, dirigi-me até minha torre, de onde peguei uma passagem pelos esgotos que levava a um túnel secreto. Era lá que minha guilda de ladrões se refugiava. Precisava encontrar meu favorito, Simon. O local era escuro e fedorento, porém muito bem adornado, decorado com a melhor mobília que se poderia roubar em Honglev, ou seja, a melhor da Europa; e era um local espaçoso. Lá homens jogavam, tocavam instrumentos, negociavam espólios e treinavam luta.

O meu garoto estava no meio de todos, apenas observando, calmo como alguém que tinha o controle de toda a situação. De longe o cumprimentei:

"Simon, meu filho."

Ali todos sabiam de minha natureza, e da de Simon também.

"Meu Senhor, o que este pobre gatuno pode fazer por você?", respondeu-me.

"Tenho ordens", disse eu, me aproximando e sentando do lado dele, já cortando o pulso para alimentá-lo. "Preciso que mande os homens pararem por um tempo. Não quero mais crimes na cidade, e além de não cometê-los vocês deverão matar qualquer um que o faça."

Após beber, Simon limpou os lábios e me respondeu, olhando em meus olhos:

"Entendo. Visitantes, imagino."

"Sim, garoto esperto. De Paris. E devemos tomar muito cuidado para causar-lhes boa impressão."

Simon concordou. Era o melhor de meus Revenants, esperto, talentoso e leal, gostava muito dele. Passei mais alguns instantes ali, conversando sobre como a cidade estava e o que aconteceria; eram meus espiões, que viajavam por toda a Dinamarca para me trazer novidades. Se pudesse, ficaria ali por horas, mas a noite era curta e o trabalho muito extenso. Então me retirei, pegando um dos túneis que atalhavam por debaixo da cidade e que conduziam à zona comercial, o grande mercado de Honglev. Lá estava o meu outro protegido, Soren, dentro da casa de câmbio – sua base, que usava para manipular a movimentação de posses e títulos. Estava negociando com três homens diferentes. Parei para apreciar, antes de interrompê-lo; aquela negociação deveria ter posto Soren no calabouço. Os homens foram roubados e saíram de lá sorridentes. Talentoso, mas pouco confiável: esse era Soren.

"O que posso fazer pelo senhor?", questionou-me.

"Preciso que empreste dinheiro à igreja. Os Revenant de Heitor vão promever um festival. Além disso, agora os ladrões vão tirar férias, dessa forma quero que instrua os mercantes a esbanjarem e ostentarem mais. Quero que meus visitantes vejam como minha cidade é rica."

"Entendo. Sabe, milorde, ouvi dizer que o senhor Abedah está fazendo coisas parecidas, mandou que os artesões trabalhassem e esculpissem formas nos postes e nas principais casas e que os ferreiros forjassem joias. Além disso, William ordenou que limpassem a cidade. As visitas são tão importantes assim?"

"Não importa se são ou não, Soren, o que preciso é que elas vejam como somos importantes."

"Compreendo." Antes de sair, ele me questionou: "Senhor, perdoe a minha afronta, mas preciso saber, para onde vai todo aquele ouro que o senhor separa para si todos os anos?"

Aquela pergunta me pegou de surpresa; Soren cuidava da distribuição de minhas posses, e aquele era o dinheiro que eu guardava para a viagem. Nunca havia pensado em quanto já havia, provavelmente uma fortuna; eu só disse para ele, de costas, que um dia talvez contasse, e me retirei.

Após cumprir meus afazeres, retornei para a minha torre. A cidade estava realmente sendo limpa, e os artesões de Abedah, por todos os cantos, ornavam as ruas... tantas coisas estavam acontecendo: a pergunta de Soren, a chegada de Heitor, novas alianças, a guerra que parecia a cada noite mais próxima... porém havia algo que ficava à frente de tudo isso; Ukro, Pompônio, seja lá qual fosse seu nome, atordoava minha mente, tomando para si todos os meus pensamentos. Queria vê-lo, questioná-lo, e apenas uma solução me vinha, algo que talvez pudesse ser feito. Meu dom, que só conseguira usar uma vez, aquela habilidade misteriosa que não vinha de meu sangue vampírico, aquilo que usara para derrotar os Drakianos no barco de Carontes.

Por isso, desviei meu caminho até a parte de trás do castelo, onde ficava o cemitério. Um local ermo, onde eu não seria perturbado. Não sabia como faria aquilo, mas um instinto de meditar me guiou; concentrei-me profundamente, tentando me lembrar do que fizera e sentira naquela noite. Após um bom tempo, senti como se estivesse à beira de um precipício; levantei um dos pés e o pus à frente. Realmente não pude sentir o chão, coisa que não fazia sentindo, pois em teoria eu estava em um plano. Estava de olhos fechados, não podia ver e não me atrevia a abri-los. Não tinha muita escolha além de permitir-me cair; quando estava prestes a ceder escutei:

"Eu não faria isso se fosse você."

Instantaneamente abri os olhos e o encanto sumiu. O pé que usara para sentir o precipício estava agora enterrado no chão, na exata profundidade em que o colocara. A poucos metros atrás de mim, sentado sobre uma lápide, estava Pompônio, com um alaúde nas costas e trajes nobres.

"Consegui chamar sua atenção, enfim. Sua habilidade não é brinquedo, Mytrael; seu dom é singular dentro de sua espécie."

"O que é este dom, Dragão!"

Arranquei o pé da terra e me virei para ele.

"Você ainda não está pronto para usá-lo portanto também não deve saber o que é."

Eu me enfureci com aquilo.

"Escute aqui, seu maldito, estou farto disso. Fica me manipulando, me mandando ir para lá e para cá com seus enigmas, me dizendo que não estou pronto, o que quer de mim, seu porco? Sou Mytrael de Ur, o último manipulador do tempo, senhor de meu destino, e prefiro morrer a continuar com seus joguinhos."

Soltei tais palavras mais alto do que gostaria. A ira me havia tomado, e aquilo já estava entalado em minha garganta desde a última noite. Pompônio deu de ombros, suspirou e respondeu à minha ira com um sorriso:

"Calma, calma, irritadinho, escute; eu só estou lhe ajudando, seu destino e o meu estão ligados. Você diz ser o manipulador do tempo, mas não faz ideia do verdadeiro significado dessas palavras. Acredite quando lhe digo que estou ajudando você e a todos que ama."

Não esperava por aquelas palavras, que pareciam revestidas da mais pura mentira. Como assim, me ajudar? Que tipo de ajuda era aquela? Sem respostas, como poderia fazer o que ele pedia? Aquilo parecia muito mais as brincadeiras de um bobo do que os planos de uma entidade.

"Então escute, besta: estou farto disto. Seguirei meu próprio coração daqui para frente, e se não gostou, me destrua!"

Dei-lhe as costas, andando na direção da cidade.

"Farei pior: destruirei tudo o que ama e lhe dá sentido na vida."

Ignorei suas palavras e segui andando, ainda sem respostas, levando comigo o fardo de ser o último de minha família, sem instrução nem orientação.

Caminhei até minha fortaleza, onde Genevive, minha mais proeminente Katala, veio me relatar que não havia achado nada de útil sobre verdadeiros dragões, porém me mostrou algo interessante: o local onde os lobisomens se protegem possui um poder mágico. Era um solo sagrado. Como seres primitivos que adoravam a natureza, viam aquele solo como a manifestação de seus deuses. Genevive me disse também que aquele local provavelmente potencializaria qualquer uso de magia, o que era uma boa notícia; um solo sagrado era inútil a vampiros e até nocivo algumas vezes. Mas meu dom não vinha do vampirismo.

Naquele momento, não fiz nada com aquela informação. Agradeci a Genevive e segui para meus aposentos. Estava cedo, mesmo assim deitei tentando dormir. As palavras de Pompônio ressoavam em minha mente. Eu havia testemunhado seu poder, e, se ele quisesse, poderia nos destruir.

O tempo estava passando tão rápido; ser alguém antigo tinha seus pesares: enjogar-se das pessoas, da paisagem e de tudo mais, nossa pior maldição. A imortalidade, esse era o verdadeiro, esquecer quem se você ama. O tempo passava tão rapidamente, fazendo quem está do lado perder a importância.

Nós, vampiros, sonhamos também, tão profundamente quanto qualquer mortal, mas naquela noite eu não sonhei, apenas; flutuei na escuridão, quando uma voz me disse:

"Não existe vida curta ou longa, não se trata disso! E sim de viver ou sobreviver, e isso é uma escolha!"

Na época, pensei que havia sido Enmerkar quem me dissera aquilo...

Capítulo VI

Tempo de barbárie

Não entendam errado o que vou contar; a França era um lugar maravilhoso, muito belo, tanto quanto minha bela terra. Mas já estava tempo demais longe de casa, tempo demais longe dos meus amigos e amantes.

Estava ansioso pelo retorno, e agora faltava tão pouco que mal podia conter tamanha empolgação. Minha terra, meu amor, meu sonho.

Quando a comitiva entrou em territórios dinamarqueses, notei que as coisas estavam diferentes; os vilarejos estavam vazios, as estradas sem tráfego, o silêncio reinava. Aparentemente meus aliados acharam melhor se preparar para a guerra, lamentavelmente eles estavam certos. Para nosso lar, carrego uma grande aliança, mas também o anúncio de batalhas.

Comigo estava minha querida e amada Catherine, que muito me ajudou nas negociações; sua beleza e doçura eram irresistíveis. Na França, o coração de minha família, beleza a graça eram tudo; o talento e a ternura reinavam, e nos sentíamos muito à vontade com isso. Além disso, conosco estava a doce e assustadoramente charmosa Camille, a progenitora de Clotero, uma menina de apenas oito anos de idade aparente e séculos de pós-vida, cruel como o diabo e o rosto de um Tronos. Ela veio conosco para representar os interesses de seu pai em Honglev, ou seja, tornar-se membro de meu conselho. Esse era um trabalho difícil, afinal já fazia um século de entrosamento, e um rosto novo estrangeiro não seria bem-visto por meus amigos. De qualquer forma, contava com o apoio de Catherine.

Havia outro membro novo do conselho, este que viera trazer a discórdia, entretanto, seria *sine qua non*[1] para a prosperidade de meu reino. Durante a viagem, pouco aproveitara da vista; por

---

1 Sine qua non: indispensável, essencial

segurança, a carruagem protegida do sol só se abria ao ser desmontada. Minhas noites se resumiram a escrever cartas e fazer planos. A viagem fora longa, mas agora estava perto. A vegetação e o cheiro de casa pareciam encurtar a distância.

Interrompi meus trabalhos para aproveitar esse gosto do lar, quando próximos, trocamos de carruagem para uma mais luxuosa; ao ver as muralhas de minha cidade, o deleite foi quase orgástico: os gritos do povo reunido, os portões se abrindo, a comitiva entrando, nós sendo ovacionados por centenas de milhares, a cidade limpa e decorada... William se esforçara para a nossa recepção, e funcionara, pois nós três estávamos regozijando de luxúria, com aquele apelo todo; mas, principalmente eu, ouvia meu nome sendo proferido pelos plebeus, e a marcha da comitiva foi curta demais para aproveitar tudo aquilo.

A carruagem parou em frente aos portões da fortaleza, onde estavam enfileirados, vestindo os mais belos trajes que o dinheiro podia comprar os membros de meu conselho: William, meu amado filho, Menescal, em seguida, meu amigo e confidente Mytrael, de braços dados com Brunhilde, que trajava uma armadura polida que brilhava como se nela houvesse diamantes, e então o melhor ferreiro e artesão de toda a Europa: Abedah, vestido com trajes de sultões de sua terra.

Fui o primeiro a descer e, logo depois ajudei minha cria, posicionando-a ao lado de William. Em seguida, ajudei Camille a descer – sua face transmitia ingenuidade e inocência infantil, como se fosse uma armadilha. Estranheza era o que havia nos rostos de Abedah, Mytrael e Brunhilde; Camille fez a reverência e eles responderam.

"Nobres de minha terra, súditos de minha coroa, eu lhes apresento Camille Valois, nossa mais nova baronesa de terras, aquela que traz ouro e prosperidade", disse eu, em alto e bom som, usando de minha sedução vampírica para que todos ouvissem. Os plebeus se agitaram e gritaram o nome de Camille como se ela fosse uma deusa; meus nobres, por outro lado, nada expressaram, com exceção de William, que aplaudiu discretamente. A menina reverenciou ao povo, sem nada dizer, o que era seu comportamento padrão – silêncio com um olhar cortante era o que ela entregava até abrir a boca e o fio de sua língua decapitar homens.

Após a apresentação, adentramos a fortaleza diretamente para a sala de reuniões. Este era o momento que eu temia durante toda a viagem: convencê-los a seguir meu plano. Poderia usar minha sedução de Milenar, mas não era isso que eu queria; esse não era o tipo de soberano que eu era ou pretendia ser. Então, precisava convencê-los com meu discurso, com minha confiança.

A sala estava como eu havia deixado, com a mesma mobília, e o mesmo sentimento, diferentemente do resto da cidade, o que demonstrava como William me conhecia. Aquele era meu santuário, o qual deveria permanecer intocado. De qualquer forma entramos e nos sentamos. Um servo serviu sangue direto de seu pulso nos cálices de ouro, e esperei até todos estivessem confortáveis para começar meu discurso.

"Bom, vou iniciar a noite agradecendo e parabenizando meus amigos, pois vejo que cuidaram bem de nossos súditos e de nossa cidade. Como estão os demais Vampiros?"

William foi quem respondeu:

"Preocupados, meu senhor. Alguns Drakianos deixaram a cidade, os demais estão afoitos e temerosos com a guerra, questionando se poderemos protegê-los."

Abedah tomou a palavra, esbravejando:

"Ridículo, esses fracos estão com o rabo entre as pernas em suas fortalezas. Eu, Brunhilde e William defendemos esta terra de lobisomens há mais de um século, sem falar nas guerras que já tivemos para conquistar os reinos menores ao nosso redor. Somos nós que arriscamos nosso pescoço lá fora, e nunca falhamos com eles. A madeira, as pedras, as armas, os móveis, as joias que estão nas mãos deles vêm de meus domínios. Há ainda a proteção que Mytrael fornece aos Mortais; é graças a ele e Catherine que a peste se mantém longe de nós, ou a William, que mantém a Inquisição e os caçadores distantes de nós. Esses incompetentes não valem nada, Heitor. Somos o coração desta cidade. Que todos eles saiam, esses ingratos!"

O discurso raivoso de Abedah estava parcialmente correto, e quando eu ia refutá-lo, Camille tomou a frente.

"Senhor Leyak, a guerra que está por vir não será entre Mortais, mas sim entre seres da noite. Um exército de centenas de vampiros virá, e se o senhor não der valor aos seus conterrâneos, para que eles sejam seu exército, o senhor não terá força para proteger-se, que dirá a sua tão gloriosa fortuna que eles gozam."

Abedah manteve-se calado, e eu sorri.

"Sim, de fato, senhorita Camille", continuei. "Tenho certeza de que todos estão curiosos para saber o que obtive de minhas negociações com Clotero. E, bom, a presença de Camille aqui deixa claro que fizemos um acordo: Camille agora faz parte do conselho e também desta cidade, para representar os interesses de seu pai em nossa terra. Ele nos apoiará com seu estandarte trazendo-nos alianças comerciais e políticas."

Brunhilde interrompeu-me para questionar o que era a dúvida de todos.

"Mas, Heitor, não precisamos de política ou dinheiro, e sim de vampiros para nosso exército."

Continuei:

"De fato, exércitos seriam o ideal, mas o que Clotero nos ofereceu foi diminuir o número de nossos inimigos. Fafnir, sendo aliado dele, também é nosso agora, o vampiro mais influente da Europa agora está do nosso lado. Portanto, agora temos força política contra Griffin."

Mytrael sutilmente levantou a mão, como uma criança que não quer chamar a atenção, e eu dei a palavra a ele, que calmamente se posicionou e disse:

"Parece ótimo, meu rei, mas conhecendo os hábitos diplomáticos de Fafnir, eu me pergunto: o que ele pediu em troca para ir contra seu irmão?"

Eu queria prepará-los para aquela resposta, tranquilizá-los para dizer o preço, mas Mytrael me pusera contra a parede; eu que o ensinara a fazer aquilo, o que ele sabia de oratória, diplomacia e negociações. Agora eu estava sendo a vítima, o que me perturbava, mas também ne enchia de orgulho. Respondi com uma abordagem diferente.

"Grande pergunta, muito capciosa. É simples. Dentro de alguns dias, ele virá para cá, trazendo consigo Carontes de Pompeia, que se tornará membro deste conselho representando os interesses de Fafnir."

Só com isso, a surpresa tomou a expressão de todos, mas não lhes permiti mais do que isso, então continuei:

"Além disso, o Sacro Império Romano está em guerra com os otomanos, ou seja, o terceiro gêmeo Tiamat está tentando invadir as terras de Fafnir, e devo apoiá-lo nessa guerra. Levarei nosso exército comigo, e claro, ligações comerciais que enriquecerão ambas as partes. Esse será o preço a pagar."

Todos ficaram sérios, e por quase um minuto ninguém disse nada, até Mytrael quebrar o silêncio:

"Aqueles que concordam com esse acordo levantem a mão."

Apenas William e Catherine o fizeram.

"Aqueles que são contra?"

Abedah, Brunhilde, e ele mesmo ergueram as mãos. Então ele me olhou e disse:

"Você vê, Heitor, não estamos satisfeitos com isso."

Eu simplesmente ri dele por alguns segundos e então, ainda com um sorriso no rosto, comentei:

"Acho que anda lendo demais, Mytrael. Eu assisti ao nascimento da democracia e posso lhe garantir que não funcionou bem. Não sei o que o levou a pensar que isso era um governo democrático. Eu sou o rei, eu decido o que é melhor para vocês e para a minha cidade."

Ficaram impressionados; foi a primeira vez que agi daquele jeito. Mas era necessário, não tínhamos muito tempo, e eles eram muito jovens para entender a natureza do meu plano ou a grandeza de nossos inimigos; não tinham experiência para compreender aquilo. Então eu tive de ser duro; deixara minha cidade ruir uma vez, e nunca me perdoara. Honglev não teria o mesmo destino, custasse o que custasse.

Após aquele, digamos, esclarecimento, todos se calaram. Suspirei propositalmente:

"Tenho ordens para todos. Brunhilde e Abedah, quero que exterminem os lobisomens da região até a próxima lua cheia, pois é quando Fafnir chegará."

Brunhilde expressou fúria em seu rosto e disse:

"Já os caçamos há mais de um século e não conseguimos destruí-los. A população é grande, perderemos muitos bons homens, membros e Revenants fazendo isso."

Eu a olhei bem nos olhos e rebati:

"Então planejam bem! Se ele constatar que temos problemas com feras há tanto tempo, pensará que somos fracos, e se eles atacarem depois que levarem o exército varrerão a cidade".

Brunhilde se calou.

"Mytrael, organize o povo e prepare a cidade para um cerco".

Ele consentiu.

"Minha filha, ajude Camille em seus próximos passos, e William, prepare o exército para a viagem."

Deixei a sala assim que terminei de falar, sem me despedir ou agradecer, e fui direto para a igreja. Entrei e marchei para meu quarto no segundo andar; ali era meu santuário, ali estava minha oficina, meu ateliê e meu leito, silencioso; era tudo o que eu precisava naquele momento, um local para pensar.

Sentei-me e comecei a pintar algo abstrato, algo bruto que demonstrava o que sentia: medo, raiva, dor, tristeza, autopiedade.

Eu passava por cima da vontade e dos sentimentos de todos que amava para proteger meu reino – e isso era egoísta, era mesquinho, isso era ser um rei, isso era ser o príncipe. Extravasei tudo naquele quadro, que terminei no fim da noite. Talvez tivesse sido o melhor que já fizera, e o admirei por vários instantes, até perceber que alguém batia à porta.

Atendi sem pensar em como estava: nu e imundo de tinta. Era meu filho William, que entrou sem se importar com meu desleixo. Foi direto para a frente do quadro, analisá-lo. Dei-lhe um tempo para refletir bem, então questionei se havia gostado. William sorriu de maneira doce e respondeu:

"Meu pai, é seu melhor trabalho, devo dizer. É lindo, mas fico triste em ver que está tão desolado.

A percepção dele era tocante, de tão aguçada.

"Quero fazer o que é melhor para todos, e para isso sou obrigado a passar por cima deles."

William foi em minha direção e me abraçou; a roupa que ele usava era tão cara quanto um navio.

"Meu pai, o senhor se preocupa demais, esse é seu maior defeito e sua maior força. Eles agora se amargaram pelo que ouviram, e todos sabemos que o senhor está fazendo isso porque deve ter essa postura agora. Para quem virá, para quem veio, ver que tu és forte. Entendemos isso."

E continuou abraçado a mim, até soltar-se e olhar nos meus olhos, nossos narizes se tocando. "Ele é tão belo", pensei. Tão sábio.

"Porém, meu pai, Abedah é deveras passional, e temo que seu sangue Leyak não tenha escolhido servir você, e sim Mytrael. Talvez devêssemos ficar atentos a ele."

Sorri.

"Meu querido, não se preocupe com Abedah. Ele é fiel, mesmo sendo imprevisível. Ele nos ama e nunca nos faria mal nenhum."

Nos beijamos, e ele continuou:

"Pai, confio cegamente no senhor e em seu julgamento, farei o que me ordenou."

Queria dizer-lhe como me enchia de orgulho; Catherine era mais parecida comigo, mas ele tinha uma doçura, uma humanidade que eu nunca vira em outro vampiro, por isso o escolhera, por isso todos o amavam, por isso era meu herdeiro.

Deixou a sala após me tranquilizar. Agora, voltei a pensar em qual seria o nome de minha obra, o que com a mente clara foi fácil: *A Barbaria*...

Na noite seguinte, ao terminar de me banhar, vesti a mais bela e bufante túnica que possuía, além de usar o mais caro perfume da Europa. Então fui a meus afazeres de soberano, que naquelas circunstâncias se restringiam a averiguar o trabalho de meus conselheiros e acalentar o coração dos súditos.

Primeiro me dirigi a Brunhilde e Abedah, que estavam na forjaria do Leyak. Lá sempre havia dezenas de pessoas aprendendo o ofício. Optara por ir a pé; uma longa caminhada, mas queria matar a saudade de casa. Fui da igreja até o segundo anel da muralha, onde estavam os comerciantes e trabalhadores de maior estirpe. No caminho pude ter uma boa noção de como Honglev estava mudada: pessoas para todo o lado, indo e vindo, vendendo e comprando; mulheres com filhos lavando roupas nas ruas, muito alvoroço e confusão. Todo o reino, com seus vilarejos, estavam ali; provavelmente naquele momento éramos a cidade mais populosa do mundo, o que me deixou feliz. Achei cômico todo aquele povo dos vilarejos, apenas fazendeiros vassalos a mim... que agora estava gozando de toda a magnificência de Honglev. Era como se Deus tivesse aberto a porta do céu para as almas condenadas.

Aproveitei não só para observar, mas também para perguntar o que as pessoas achavam da nobreza e da monarquia. Minha sedução me garantia que ouviria a verdade: a grande maioria estava satisfeita, falava que se sentia segura, dos perigos tanto de dentro quanto de fora das muralhas. As pessoas falavam da igreja e do rei e como elas estavam engrandecendo a vontade de Deus no mundo; foram palavras que me encheram de alegria. Meu povo estava satisfeito, e agora eu só precisava satisfazer os verdadeiros súditos. Aos menos afortunados, para me divertir, distribuí dinheiro lançando moedas para o alto, enquanto gargalhava...

Estampei em meu rosto um sorriso pelo restante do caminho; logo comecei a escutar o som da forja – claro, alguém como eu podia ouvir os menores ruídos e os mais altos na cidade inteira simultaneamente. Mas não era desse jeito que eu gostava; o mistério e os segredos dos súditos me excitavam, e ali estava perto o bastante para não ignorar o ruído das batidas de metal. Fui até a entrada, onde um Revenant me atendeu e me guiou até uma sala fechada, passando por toda a área de trabalho. Entendam que a forja de Abedah era a melhor e maior da Europa, talvez do mundo, ocupando uma enorme área da cidade; então, da entrada até a sala de reunião, foi uma boa caminhada.

A porta de madeira grossa e polida, com uma aldrava de rosto de leão, foi até onde o Revenant me guiou, e então cheguei ao encontro com eles. Alinhei as roupas e bati a aldrava apenas uma vez – Brunhilde foi quem abriu. Estava sem sua armadura, mas usava um camisão branco com calça e botas de couro, o cabelo preso; acompanhava-a a nítida e visível palidez da fome. Logo atrás vi, por cima dos ombros dela, que Abedah, também pálido, ainda trajava a túnica do dia anterior; estavam naquela sala iluminada por velas havia um bom tempo. Era ali que Abedah guardava seus registros pessoais. Ambos estavam em volta da mesa, com o mapa da Dinamarca à frente, debatendo como resolver a missão que lhes dera. Brunhilde desejou-me boa-noite, o que me trouxe um sentimento de remorso por ter feito aquilo com eles. Mas respondi com secura e frieza.

"Nem tanto, espero que tenham boas notícias, então talvez melhore."

Após encerrar a frase, dei um passo à frente, obrigando-a a sair do caminho, e fui direto até o mapa conferir o que de fato estavam fazendo.

"O que é isto?", perguntei. Abedah respondeu:

"A estrada principal. Estamos pensando em atraí-los, para usarmos a vantagem do pouco espaço para compensar os números."

"Como em Termópilas..."

"O que é isso?", questionaram.

"Nada, apenas algo do passado, mas digam-me, e como os atraírão?"

"Ainda estamos pensando", respondeu ele, insatisfeito. Estavam dando tudo de si. Eu sentia orgulho de ambos, mas, naquele momento, tudo o que disse foi:

"Continuem o bom trabalho!"

Depois disso fui embora. A noite era curta e minha próxima visita estava distante. Meus generais estavam indo muito bem, então era hora de ver o que meus filhos estavam tramando.

O boticário ficava no primeiro anel das muralhas, bem próximo da Endelose Tarn, o que não era de se estranhar; Mytrael fora quem patrocinara o trabalho de Catherine. Na época Brunhilde estava muito ocupada na caçada aos lobisomens, minha filha sempre fora muito atraente, e Mytrael estava sozinho e carente de amor... um alvo fácil para os desejos dela. Pensei em intervir na época, todavia não o fizera, e esse evento ficara de ensinamento para meu amigo, que nunca mais se deixara levar por luxúrias. Algumas coisas só podem ser aprendidas com os erros, e eu me esforçara para ensinar tudo o que podia a todos eles. Hoje, sequer precisariam de meus conselhos ou companhia para governar o reino, e era isso que eu queria: amigos, e não servos...

De longe pude sentir o aroma das flores, loções, essências e sangue. O boticário estava funcionando, vendendo, tratando e curando os enfermos, de perto eram tantos aromas que chegavam a incomodar. Ao adentrar, tentei não chamar a atenção, dirigindo-me ao segundo andar. Os servos de Catherine estavam por todos os lados, o aumento da população se refletira em aumento da concorrência; poderiam ir aos demais boticários, mas não, queriam o melhor. Afinal, era quase de graça o serviço que minha filha fornecia ali.

No segundo andar, adentrei a sala onde estavam. Facilmente os reconheci pela conversa que tinham através de sussurros, inclusive percebi a voz delicada de Camille. Entrei dando boa-noite, com um sorriso no rosto, e minha querida Catherine veio rapidamente me abraçar. Em seguida, eu e William apertamos as mãos, e Camille estendeu a mão para que eu a beijasse. Guiaram-me até uma mesa onde havia desenhos arquitetônicos que reconheci como obra de William. Explicaram-me as ideias que Camille trouxera, de como poderíamos montar tavernas luxuosas que serviriam para a socialização e alimentação da plebe vampírica; Catherine pensara na aparência e decoração do local, e William as materializara nos desenhos, bem detalhistas. Estavam tão empolgadas aquelas crianças... foi pura diversão. Camille se adaptara bem a eles.

Finalizadas as socializações, meu trabalho ali também estava terminado; pedi licença e me despedi, mas, ao chegar à porta, Camille pediu para me acompanhar, o que eu consenti, pois fiquei curioso. Saímos do boticário e caminhamos pela rua.

"Aonde vamos?", questionou ela.

"Para Endelose Tarn", respondi.

Estava preparado para tudo o que aquela serpente do Éden em corpo de criança poderia tramar. Um sorriso amigável marcava meu rosto, desde muito jovem aprendera isso; independentemente da situação, quem sorri tem mais a ganhar.

"Milorde, sua cidade é sempre assim, ou é a guerra?"

Estava abrindo espaço para o bote, tão previsível, mas me deixei cair.

"Sim e não. Honglev é enorme e única, mas a guerra fez com que trouxéssemos o povo dos vilarejos para cá, e isso a deixou caótica. As pessoas temem o cerco, pois tivemos que dar parte de nossos recursos aos reinos vassalos, então o povo pensa que não poderemos sustentá-los durante um cerco. Há medo em seus corações, tal como nós, membros, também teremos. Somos uma represa prestes a romper, e como vê, eu sou a corrente que a segura."

Camille parecia ter ficado satisfeita com minha resposta, pois ficou calada por um tempo, até que, ao nos aproximarmos da torre de Mytrael, perguntou:

"Você contará a eles o que nós fizemos?"

Por um estante me deixei levar, e a fúria tomou conta de meu rosto, mas rapidamente voltei a sorrir e disse, gargalhando baixo:

"É claro que não. Eles têm prioridades nesse momento, e claro, se qualquer um sequer desejar desviá-los delas, sofrerá de minha intensa ira. Apesar de não demonstrar e de não parecer, carrego comigo o verdadeiro poder de milênios... então vou esperar um pouco mais para essa conversa"

Camille se calou, e adentramos a torre.

Endelose Tarn era uma enorme torre, cujo primeiro andar era uma imensa biblioteca. Os mais proeminentes estudantes faziam suas pesquisas, assim como os Katalas que serviam Mytrael; eu nunca entendera a necessidade disso. Mytrael mentia para o mundo inteiro que era um Strigoi e era bem-sucedido nisso, somente nós sabíamos a verdade – para que arriscar sua identidade e a de Brunhilde, trazendo esses usurpadores para nossa casa? Sempre soubera que havia coisas que ele escondia até de mim, e o deixava em seus mistérios.

A partir do segundo andar havia as salas de educação dos alunos, onde aconteciam debates, discursos e orações inteiras a respeito das mais complexas dúvidas de todas as ciências, além de laboratórios onde experimentos, devo dizer caríssimos, aconteciam. Manter tudo aquilo era tão custoso que, no final, Mytrael era o mais rico e mais pobre entre os membros do conselho.

Depois, havia o último andar, onde Mytrael e Brunhilde residiam; bibliotecas, tapeçarias, esculturas e obras de arte, além de uma decoração particularmente exótica, facilmente confundível com o lar de um Súcubuus. Alegrava-me a influência que eu tivera na vida e no gosto deles.

Quem me escoltou por todo o caminho foi Arakur, o Revenant que administrava a torre. Devo dizer que era o mais sábio entre os servos de Mytrael, apesar de o meu favorito ser o ganancioso e belo Soren. Guiou-nos também até o laboratório pessoal, em cuja porta havia os dizeres poéticos "Vós que entrais, abandonais toda a esperança", frase de um poema florentino, a que ele gastara grande quantia para ter acesso e agora estava apaixonado. Arakur disse-nos que ele estava ocupado e apenas eu poderia adentrar, por isso pedi que Camille esperasse ali.

Ao passar no laboratório, deparei com o mesmo vazio; os livros e maquinários todos ali, o ambiente desorganizado e sujo. Caminhei pela sala um tanto quanto preocupado, quando de repente ouvi um ruído de algo caindo, vindo do centro do salão. Rapidamente me dirigi para lá, onde encontrei Mytrael caído, machucado de queimaduras e roupas chamuscadas. Tenso, chamei por seu nome, e logo ele reagiu, mexendo o rosto e iniciando um processo de abrir os olhos. Sorri aliviado.

"Não devia estar aqui, Heitor", disse ele, levantando-se e indo até os papéis jogados sobre uma mesa. Com pressa os organizou, e entendi que eram anotações de sua experiência.

"O que está acontecendo, Mytrael?"

"Não é da sua conta!"

Pegou os papéis e dirigiu-se à saída. Com minha velocidade sobrenatural, coloquei-me à sua frente.

"Não sairá até me dar algumas respostas."

Primeiro Mytrael se enfureceu, depois relaxou quando usei minha sedução. Então, caminhou até uma bancada e se sentou.

"Eu tenho um dom, Heitor, é uma espécie de poder de movimento instantâneo, mas não é meramente no espaço; é como se conseguisse ir para outros locais além deste mundo... venho estudando sozinho, e agora o que viu foi meu maior sucesso. O que consegui foi cair em outro local do mundo onde era dia."

Mytrael estava agoniado com tudo aquilo, perdido, era nítido nele; dei-lhe um sorriso, caminhei até ele, posicionando-me ao seu lado, e tentei elucidar sua mente.

"Outros mundos... curioso. Sabe, meu amigo, outrora estive em uma terra distante daqui, chamada Alexandria. Lá havia uma torre parecida com essa, uma grande biblioteca, que diziam ser a melhor do mundo. Lá conheci um membro de sua família muito gracioso. Seu nome era Máximus."

Mytrael me olhou com os olhos cheios de brilho quando ouviu aquilo.

"Ele era jovem, cerca de um século de vida. Sabe, na época nem contávamos essas coisas... mas estou desviando do assunto. O importante é que Máximus me contou que seu pai, o próprio Khonsu, de nome Egípcio do Progenitor, de sua família, como deve saber, possuía uma capacidade única de, através da lua, atravessar o reino dos homens e adentrar mundos misteriosos, onde tudo era possível. Havia infinitos outros mundos. Através dessa habilidade, Khonsu aprendeu a essência do tempo e tornou-se o primeiro de vocês. Ele chamava este local de reino dos homens de Duat."

Mytrael estava boquiaberto com aquelas informações.

"Mas... mas... eu procuro por respostas há tanto tempo, gastei tantos recursos sem ter quase nenhum resultado. E você tinha todas as respostas que eu precisava desde o início..."

Ele começou a rir ao terminar a frase, e eu o abracei.

"Pouquíssimos seres são tão velhos quanto eu, meu amigo, nunca hesite em zombar de meu conhecimento."

"Eu estava confuso, tantas coisas estão acontecendo, meu irmão."

"Sei que esconde coisas, Mytrael, e tudo bem, mas saiba que somos amigos, somos irmãos e sempre vou ajudá-lo, pode contar comigo."

Ele virou o rosto em minha direção, e vi lágrimas de sangue escorrendo por sua face.

"Obrigado, eu achei que estava sozinho."

Sempre soubera que Mytrael se sentia assim por não ter família nem instrução, tivera de aprender tudo sobre si por conta própria, mas ele nunca demonstrara se importar, nunca fraquejara, até aquele dia. Eu o abracei e dei-lhe todo o meu amor, para que ele se sentisse confortável... meu amigo, meu rival, meu irmão.

Após Mytrael se restabelecer, conversamos sobre a cidade, a administração e os preparativos para a guerra. Disse-lhe que organizaríamos um baile para a chegada de Fafnir, e todos os vampiros de Honglev seriam convidados. Isso acalmaria suas preocupações e também seria uma demonstração de poder necessária para que nos seguissem na guerra. Depois, ele me acompanhou até o local de alimentação dele, onde nos satisfizemos, e, no caminho de volta, finalmente declarei a ele o motivo dessa visita. Coloquei a mão em seus ombros, sorri e lhe disse:

"Mytrael, como sabes, és aquele por quem mais tenho apreço. Outrora, tive um irmão que eu amava, do fundo de meu coração. Mesmo quando ele traiu a mim, traiu sua família e nosso reino por uma mulher, fiquei do lado dele. Eu o protegi porque o amava, mas esse amor me custou tudo: minha terra, minha esposa, pai e filho, e até minha vida. Mas não me arrependo; fiz o que fiz por amor, acreditei que era justa a minha causa, e hoje, quando olho em teus olhos, vejo o meu Paris. Obrigado, Mytrael..."

Ele tentou interromper, o que não permiti.

"Por isso, vou te pedir o maior dos fardos: esta cidade é a minha redenção. Como não pude salvar minha Troia, criei Honglev, que é tão magnífica quanto. Mas agora terei de partir, deixarei minha terra desprotegida e desamparada, por isso só confio em você como meu substituto. E, se eu morrer, quero que treine William até que ele possa assumir a coroa e continuar meu legado... aceite e jure para mim!"

Mytrael ficou calado e sério por vários minutos. Eu sabia que ele não queria aquele fardo.

"Eu juro, juro pela minha pós-vida, que honrarei meu posto, e a vontade do magnífico Heitor de Troia."

Com aquelas palavras, nada mais precisava ser dito; beijei as mãos dele e ele as minhas, então me juntei a Camille e partimos. Precisava escrever um convite para cada vampiro de Honglev, o que levaria tempo.

No caminho, a pequena me perguntou por que eu me preocupava tanto em ser benquisto por todos, por que fazia tudo aquilo, se tinha o poder para dobrar a vontade de todos. Eu ri e disse o maior ensinamento que qualquer imortal pode ter:

"Não importa se viverá dez ou mil anos, uma hora ou outra morrerá. A verdadeira imortalidade está na memória daqueles que te conheceram e passarão adiante seu legado. Quando se lembrarem de mim, quero que sorriam."

Camille me observou e sorriu, como se dissesse que entendera o que me motivava... e aquele sorriso foi a inspiração que eu precisava para adormecer e sonhar durante aquele dia... um momento de paz, antes de tragédias, deve ser aproveitado.

Com um despertar abrupto, logo após o anoitecer, meu principal Revenant, o frei, me avisou que Abedah organizara uma reunião de imediato, pedindo a presença de todos. A notícia era tão surpreendente que nem me irritei por ter sido tão violentamente acordado; raramente Abedah organizava reuniões. Vesti uma túnica de pouca pompa e me dirigi ao castelo.

Ao entrar pela porta da sala de reuniões, todos me olharam; já estavam todos lá, com exceção do anfitrião. Cumprimentaram-me, achando que seria Abedah; estavam tão curiosos quanto eu, que busquei ficar relaxado. Sentei-me e me servi um cálice de sangue. Havia um tom de expectativa no ar, mais uma das diversões da corte, pois sempre havia algo de novo para acontecer.

Camille não parava de falar com Mytrael e Brunhilde, curiosa a respeito de seu romance secular, e eles gostando de tal interesse, principalmente Brunhilde. Mytrael ainda fazia resistência a ela, devido à sua paranoia, algo que Brunhilde já havia superado.

Abedah levou tempo suficiente para que eu secasse o mortal, bebendo. Mesmo assim, quando entrou, ficamos quietos; o bobo estava com um sorriso de orelha a orelha, e disse, antes de nos cumprimentar ou se sentar:

"Meus amigos, trago ótimas notícias. Minha cria Murahim descobriu que os lobos farão uma espécie de migração esta noite, deixando sua base desprotegida."

Todos se entreolharam, sérios; aquilo estava estranho demais, era bom demais e tinha jeito de armadilha. Então, viraram-se para mim.

"Bom, muito bom, mas como Murahim descobriu tal informação?", perguntei, brincando com o sangue no cálice e expressando desinteresse. Ele se aproximou:

"Murahim os estava espionando. Sabemos que eles vivem como tribos primitivas. Este local onde se abrigam e que defendem com unhas e dentes possui alguma simbologia religiosa para eles, por isso nunca conseguimos chegar lá. Mas hoje será perfeito, poderemos ir até lá sem perdermos nenhum homem. Tomando essa base, eles ficarão desorganizados, então será fácil caçar os restantes."

Já próximo da minha poltrona, olhei em seus olhos para dizer:

"Creio que todos entendemos a natureza do plano, mas isso está estranho, está me cheirando a emboscada."

Abedah se ajoelhou para ficarmos com os olhos na mesma altura, sorriu e disse:

"Eu sei, mas confie em mim, Heitor, me dê esse voto. Quero mostrar que tenho valor."

Fiquei surpreso com aquelas palavras; tanto tempo que eu havia me esquecido da natureza dos Leyak, a necessidade de seguir um líder, um alfa. Ele só queria mostrar que merecia estar ali... me enfureci comigo mesmo por fazê-lo pensar daquele jeito.

Levantei-me e pronunciei a todos, com a mão no ombro de Abedah:

"Preparem-se, quero todos nessa batalha, com exceção de Catherine e Camille. Eu, pessoalmente, também irei. Brunhilde, divida os espartanos em cinco grupos, que cada um de nós liderará. William, traga também trinta dos melhores de nosso exército para reforçar cada pelotão."

Abedah me interrompeu:

"Mas Heitor, não precisamos de tanto..."

Eu ri.

"Claro que precisamos, meu amigo, não vamos desperdiçar a grande oportunidade que nos trouxe hoje". E acrescentei, dirigindo-me a todos: "Não percamos tempo, quero que tudo isso seja providenciado em uma hora."

Abedah sorriu alegremente, agradecido, e todos foram saindo. Analisando a face de Mytrael, vi nitidamente sua preocupação; realmente, meu Predador dizia que algo estava errado. Por fim, éramos apenas eu e William, que esperou para questionar-me:

"Tem certeza, senhor?"

Foi apenas o que eu disse:

"Eu preciso confiar em Abedah, ele é nosso melhor guerreiro."

William ousou discordar.

"Sim, Brunhilde é mais sabia e melhor general, porém Abedah é selvagem e brutal. Nessa guerra precisaremos dessa força, confiarei nele hoje, para que amanhã ele confie em mim."

Enfim, William aceitou meu argumento e saiu, enquanto eu fiquei ali mais um tempo, bebendo o sangue de uma mulher bêbada; bebi dela até a sua morte, até sentir que o álcool em seu sangue havia feito sua bênção sobre meus sentidos. Então, parti para vestir minha armadura e pegar minha arma; já fazia quase três séculos que não tinha de batalhar contra ninguém, e estava prestes a ir para uma nova guerra. Minha verdadeira armadura e espada estavam enterradas na ilha que outrora chamara de lar; minhas armas lendárias faziam os melhores trabalhos de Abedah parecerem feitos por uma criança, mas prometera que nunca mais as tocaria, prometera para aquela cidade que a espada de Troia nunca mais seria manejada por mim... após me preparar, fui até os estábulos, para selar meu cavalo, e aquilo tudo me trouxe tantas memórias... o cavalo fora símbolo de minha terra, como também nossa ruína.

Não falo com eles do meu passado; engraçado como algumas feridas são tão profundas que sequer milênios podem curar. Eu era um guerreiro, um general, e sempre que ia para uma batalha, lembrava-me daquela época... milênios fugindo dessa natureza, mas agora tais batalhas que viriam não seriam ignoradas. Montei e parti para a frente da cidade, para alinhar minhas tropas e liderá-las.

Fomos cavalgando pela estrada em direção à floresta, eu à frente de todos e logo atrás nosso estandarte. Em seguida, iam meus generais, e atrás deles estava o melhor que o exército de Honglev podia oferecer. Era tanto poder reunido, que podia fazer o solo tremer. Quando entramos na mata, ativei minha sensibilidade, sem ouvir nada além da floresta e de nós mesmos. Foi estranho; certos seres eram capazes de se camuflarem da sensibilidade.

Todos sacaram suas espadas, sob a minha ordem. Éramos muitos, a maioria montados. Ocupar a floresta não era uma opção. Eu também estava lá para mostrar poder, liderar uma batalha que geraria épicas canções. Dessa forma, quando alinhamos caminho com a base das feras, ergui a espada e ordenei que acelerassem. Fomos em disparada para o centro da clareira, que para nossa surpresa estava cheia deles – algumas dezenas de lobisomens. As feras imediatamente atacaram, deixando claro a todos que se tratava de uma emboscada.

Uma batalha não era como nas canções; era suja, caótica, angustiante e barulhenta. A pressão e o medo nos impediam de sequer compreender onde estávamos. E, quando alguém surgia à frente, atacávamos por puro instinto... era algo verdadeiramente horrível, e aquela fora um pouco pior.

Um lobisomem era uma fera de quase três metros de altura e pelo menos quatrocentos quilos de puro músculo. Tinha um couro duro e quase impenetrável, além de ser tão rápido quanto vampiros Seculares. Lutavam como verdadeiros animais e, diferentemente de nós, que nos curávamos com sangue, eles se regeneravam. Eram máquinas de matar formidáveis, embora, ao longo dos milênios, nós vampiros tivéssemos aprendido a dominar a noite, havendo bons motivos para isso. Eles só se transformavam à noite; durante o dia eram humanos fracos. Então, nossos Revenants os matavam, pois eram bestas burras, amaldiçoadas, sem propósito e desorganizadas. Viviam como qualquer humano, ou seja, muitas vezes era só questão de tempo para destruí-los. Claro, eles tinham uma fraqueza, uma fraqueza que podia ser facilmente explorada. Naquela noite, todos nós contávamos com espadas de prata.

Primeiro, eles atacaram dos flancos por entre a mata; os humanos logo se assustaram e pouco ajudariam dali em diante. Podíamos contar apenas com os espartanos. Estávamos cercados em meio à clareira, e antes que eu pudesse dar ordens, fui atacado por duas feras: uma golpeou o meu cavalo, matando-o na hora, e a outra saltou para me pegar. Seus dentes atravessaram a armadura de placas, mas não eram o suficiente para penetrar minha pele; um golpe da espada foi o suficiente. Contudo, o outro veio me pegar, cujas garras eram afiadas. Começamos a trocar golpes, enquanto Mytrael montava o seu cavalo – ele se valia dessa vantagem para atacá-los constantemente, e até que se saia bem, decapitando-os.

Abedah, por outro lado, estava em dificuldade; lutava contra três ao mesmo tempo, já muito ferido. Embora sua espada tivesse sido destruída, o Leyak tinha suas próprias garras. Brunhilde era quem estava se saindo melhor: de cima do cavalo, ela meramente se defendia, enquanto liderava os espartanos, que se saíam muito bem com sua Formação Tartaruga, já os outros cento e cinquenta serviram só para serem massacrados.

Facilmente matei o meu rival e me dirigi a apoiar Abedah, porém William também estava indo em sua direção, e os dois dariam conta. Alguém precisava apoiar os mortais, então chamei a atenção deles com minha sedução, e consegui que pelo menos duas dúzias deles corressem em minha direção. No calor da batalha, esquece-se facilmente o que está à volta, era como se o Predador assumisse o controle, mas eu os estava dilacerando. Os golpes deles mal eram sentidos por mim, apesar de poucos machucarem de fato... aquela sensação, tão prazerosa quanto fazer amor, já fazia tanto tempo que eu não vivenciava, que me deixei levar.

Quando o grito de William me chamou, eu parei, mas foi tão rápido que aqueles que me agrediam pareciam estar parados também. Abedah fora golpeado de forma extremamente violenta; o lobo que o atacara era imenso, daí o grito. William se jogou à frente, rápido o bastante para apunhalar a cabeça da fera com sua espada quebrada e contê-la, mas não o bastante para evitar ser mordido pela colossal boca que o partiria ao meio. Já fazia quase um milênio que eu não perdia o controle.

Quando acordei, a batalha havia acabado; corpos e sangue por toda parte. Mytrael estava no meio dos mortos, bebendo quantidades obscenas de sangue, enquanto Brunhilde me curava. Foi aí que me lembrei; levantei-me empurrando-a para trás, enquanto gritava o nome dele:

"Abedahhhhh!"

Abedah estava com curativos, sentado sobre um corpo, com a armadura chamuscada de William em mão.

"Fique parado!", gritei, enquanto caminhava para confrontá-lo.

Ele estava com a expressão confusa, como se não entendesse a situação, mas quando o peguei e ergui pelo pescoço, usando minha sedução para aterrorizá-lo, foi nesse momento que sua face se transformou em uma caricatura do medo. Eu iria atravessar seu peito com o meu braço e arrancar-lhe o coração, porém, quando puxei a mão para trás, Mytrael a segurou, incrivelmente rápido. Parecia calmo.

"Isso não resolverá nada. Já perdi um amigo, não preciso perder outros dois!"

Ele me olhava nos olhos enquanto fazia a ameaça, mas funcionou; eu sabia que, se matasse Abedah, eles nunca me perdoariam. Mesmo assim, algumas coisas precisavam ser esclarecidas. Por isso olhei nos olhos dele, tentando ler sua mente em busca de traição. Após obter a informação, eu disse:

"Você matou seu amigo, matou seu irmão. O mais puro e inocente dentre nós. Ele amava você a ponto de dar sua existência por você. Por essa vergonha que você chama de vida, e agora terá de conviver com isso!"

Em seguida, dei-lhe um soco tão forte que quebrei seu pescoço e o fiz voar para dentro da floresta. Olhei em volta para vistoriar a situação: uma dúzia de espartanos havia sobrado, Slipner e nós, claro. Peguei a montaria e ordenei que Brunhilde e Abedah limpassem tudo:

"Assim que o Leyak terminar, deve se retirar de minhas terras, pois não é mais membro do conselho, muito menos habitante de Honglev."

Conduzi Slipner em direção à cidade e voltei o mais rápido possível para casa. Algumas lembranças do Predador vinham à minha mente; eu não havia matado apenas os lobos, mas também membros de nosso exército e até mesmo espartanos... apenas novos pesadelos para a coleção. A morte de William fora tão terrível que chegava a ser inacreditável. Quando cheguei à igreja, larguei o cavalo ao léu e fui para meu quarto mergulhar em minha banheira, onde ninguém me ouviria gritar. Dentro dela retirei o restante de minha armadura e lavei o sangue.

Depois do banho, vesti uma roupa de William e tentei pintar, mas sem sucesso; como um homem sem musa, eu estava vazio de talento, então apenas fiquei de pé, olhando pela janela e desgustando um saboroso sangue alcoolizado.

Mytrael veio a mim, já próximo do fim da noite, em silêncio, respeitando nosso luto. Eu o servi e pedi que falasse o que queria:

"Quero o local dos lobos, quero-o para mim, para meus experimentos."

"É seu, agora diga o que realmente quer."

Ele sorriu e encarou a cidade.

"Abedah veio à procura de conselhos. Ele deseja permanecer na cidade, eu o nomeei meu cavaleiro, passando por cima de sua autoridade e vontade... não vai arrancar meu coração, não é?"

Nós rimos do que ele disse, demos um gole, e eu lhe contei o que aconteceria:

"Murahim descobriu com mercadores que a comitiva de Fafnir e Carontes está prestes a chegar. Abedah usou essa informação para plantar na aldeia dos lobos de que, se eles fossem até lá e os destruíssem, estariam livrando suas terras do verdadeiro mal. Assim, se seu plano desse certo, Carontes morreria e Fafnir recusaria o acordo. Além disso ele seria o herói que proporcionou nossa vitória e ganharia de várias maneiras com esse golpe de sorte. Essa aposta... ele arriscou nossas vidas e o destino de Honglev em uma jogada com o destino. Os lobos sentiram que havia algo errado e ficaram à espera."

Expliquei tudo aquilo a Mytrael, que ficou em silêncio, esperando que eu concluísse.

"Que assim seja. Ele será seu cavaleiro, mas o mantenha-o longe de nossa política", advertiu, balançando a cabeça, enquanto apreciava a vista.

Nós dois sabíamos que eles chegariam na noite seguinte, então tínhamos tempo. Também sabíamos que assim que chegassem eu partiria, então procuramos apreciar a bebida sem pensar tanto em morte... no final da noite nos abraçamos, eu lhe agradeci, não sei exatamente o porquê, mas senti que devia.

Capítulo VII

100 anos em um

Nunca havia visto aquilo; Heitor realmente iria matá-lo. Todos sabíamos que cada família tinha sua maldição, como os Drakianos, consumidos por sua própria ganância até enlouquecerem, ou os Liogat, seduzidos pelos prazeres mundanos, como inveja e ganância, e claro os Vykros, com sua aparência horrenda. Mas nunca havia visto Heitor demonstrar a fraqueza de sua família daquela forma. Os Súcubbus, que eram tão passionais, com seus desejos e impulsos tornavam-se irresistíveis e, em casos extremos, perdiam a consciência para virar bestas insaciáveis, fornicadoras e movidas pelo mais luxuriante desejo. O que será que aquilo significava? Todos sentimos a morte de William, um século ao lado de alguém é sempre muito tempo, e agora era como se o tivessem roubado de nós. De fato a culpa era de Abedah, mas fora um acidente, gerado pela ignorância dele; e não queria que também ele me fosse roubado.

Heitor me deu permissão para explorar o santuário dos lobos; pretendia usá-lo para aprender mais de meu dom. Enmerkar me ajudaria nisso, apesar de que tivera dificuldade em convencê-lo. Me parecia que ele estava preocupado com algo. Eu sabia que era algo perigoso o que buscava, mas eu não ligava; a cada dia a guerra se aproximava e, com ela, a fúria de Pompônio sobre nós. Eu era o único a detê-lo, esse era meu fardo... mas medo não era motivo para fraquejar.

A cada minuto que se avizinhava de Heitor nos deixar, o peso do mundo recaía um pouco mais sobre minhas costas. Salvar Abedah, salvar o povo da guerra e de Pompônio, ser o rei, tinha de cumprir tudo isso sem que descobrissem que eu não era um Strigoi. Além disso, precisava lidar com a espiã de Clotero, que parecia desconfiar de mim.

Esta noite cuidei dos problemas de Abedah e dei as últimas ordens para os preparativos da cidade à chegada da comitiva.

William já havia deixado tudo pronto; foi só executar. Quando fui para meus aposentos, já me despindo, encontrei Brunhilde, totalmente irritada, reclamando da morte de William, dos espartanos, dos soldados e até dos cavalos, dizendo que não queria sequer olhar nos olhos de Abedah. Mesmo depois de me banhar e ao me deitar, acendi um fumo sem dizer nada.

"O que foi, meu amor, está incomodado comigo?", perguntou minha doce guerreira.

"Não com você querida, mas sim comigo."

Ela se deitou e me abraçou, perguntando-me o porquê de me sentir assim.

"Estou perdido. Não sei em quem confio ou o que faço. E, por nossa segurança, tenho medo de tomar decisões, mas preciso. Você viu o que Heitor fez hoje? Ele massacrou o inimigo e depois a nós. Se não fosse por você, ele teria nos destruído também, e esses acordos abusivos que ele faz não me agradam. Não sei se Griffin é uma ameaça menor que o mal de Fafnir, qual o poder desses seres... Heitor se considera fraco perante eles, então o que será de nós sem ele? Preciso de poder, para proteger a todos nós, mas sou covarde demais para seguir por esse caminho."

Enquanto eu falava, Brunhilde brincava com meus dedos, meus cabelos e até com meus mamilos, como se não se importasse com o que eu dizia; era sempre assim. Ela me amava como se ainda tivesse a idade de sua aparência, e esse amor intenso e infantil eu não era capaz de devolver.

"Então tenha coragem", disse ela.

Eu franzi o cenho, em sinal de dúvida.

"Você está assim porque está confortável e tem medo de perder esse conforto, tanto tempo nesse luxo te fez esquecer o que é ser homem... você não é assim, você é divertido, carismático, forte e principalmente destemido."

Então ela sorriu, de olhos fechados, alegremente, e eu a beijei – porque era ela, sempre fora e sempre seria ela.

Na noite seguinte, uma reunião foi anunciada por Arakur. Heitor nos convocava para a recepção de seu castelo. Eu e Brunhilde fomos juntos, ela com armadura e eu com uma túnica modesta. Caminhamos até a fortaleza, sem pressa, enquanto admirávamos a decoração tão rapidamente providenciada, belíssima; o povo todo nas ruas, pronto para a comemoração, e uma bela música. A maior parte sequer sabia quem estava vindo. Posicionamo-nos ao lado de Catherine, o que foi estranho, pois parecíamos incompletos, com dois membros a menos. Usei minha sensibilidade para sentir a forjaria – havia apenas uma forja acesa, trabalhando, provavelmente...

Heitor nos chamou a atenção, anunciando que William nos dera presentes... por um instante achei que ele havia perdido a cabeça, até terminar de falar:

"Planejava nos dar, quando partisse. Ele tinha o desejo de conhecer o mundo e seu Revenant veio até mim explicar tudo. Sei que não é o melhor momento nem o local, mas só temos agora."

Então entregou uma adaga na mão de cada um; para mim, duas. Eram armas belíssimas, a minha com uma ampulheta na guarda e na lâmina os dizeres "Que o tempo se prologue". Cada uma tinha seus dizeres e seu símbolo. Preferimos guardar para nós a última mensagem de William para cada um.

Da entrada principal, na terceira muralha, podíamos ouvir o grito do povo, que anunciava a chegada deles; a carruagem era lentamente conduzida até a frente do castelo, opulenta, puxada por oito cavalos. O povo brandia o estandarte de Honglev, mas, quando a porta se abriu, todos se calaram e nós também; foi como se o ar virasse água, de tão pesado, e uma vontade de cair de joelhos me tomou, difícil de resistir. Quando a bota do homem vestido de rei apareceu, todos os mortais e a maioria dos vampiros da plateia caíram calados, de joelhos ao chão. Com a sensibilidade, ouvi na mente Heitor dizer que estava usando a presença dele para aliviar a de Fafnir, por isso resistimos de pé.

Fafnir foi o primeiro a sair. Seus trajes eram os de um rei, porém era de alguma forma superior, com mais qualidade, bufante, mas não excêntrico; suas joias, metais e pedras até mesmo eu desconhecia. Tinha uma face tão bela quanto a de Heitor; era loiro de cabelo comprido e barba feita. Sua estatura era tão grande quanto a do gigante Abedah. Olhou em volta, após descer, e dirigiu-se a Heitor, saudando-o; para nós, apenas um olhar de desprezo.

Em seguida desceu Carontes, do mesmo jeito, até nas vestes de capitão, só que atualizadas a nosso tempo; também foi até Heitor saudá-lo e nos ignorou.

Heitor pediu que aqueles que conseguissem ficar de pé o acompanhassem para o salão de festa; ele tratou com bom-humor o que para nós era tortura. Apenas os oito mais antigos vampiros da cidade conseguiram ir com eles, então o salão ficou obviamente vazio, estragando boa parte da pompa da festa. Aquele esforço todo me deu fome, então, assim que entrei, fui me servir; mortais de todos os lados, prontos para cederem o pulso, encheram meu cálice. Por conta do poder de Fafnir, nem ao menos a sensibilidade eu conseguia usar.

Me ocupei de observar Fafnir e Heitor sussurrarem um com o outro no meio do salão. Carontes cumprimentava a todos, concedendo alguns minutos de diálogo para conhecer os membros. Ele seria membro da cidade agora, e já semeava aliados; dialogava com os irmãos Drakianos, Lucius e Sif... bom investimento, afinal eram os mais ricos e influentes fora do conselho. Eu tinha certeza de que ele forçaria uma aliança com todos os presentes. Ali também estavam pai e filho Vykros, Celestyn e Anton, senhores do submundo e sócios de minha guilda. Simon sempre ficava de olho neles, pois eu não confiava nem um pouco nesses parasitas, então acreditei que de fato formariam aliança com barqueiro. Os demais eu achava difícil. A Katala Genevive já era fiel a meus estudos e causa, e claro, eu a mantinha em rédeas curtas. Murahim, nem se fala; era completamente fiel a Abedah... outros que eu temia cair na lábia de Carontes eram os Súcubbus Milo, Secular que mostrava amar Heitor de um jeito sexualmente doentio, como se este fosse uma musa – esse lunático era muito influente entre os mortais, com suas tavernas e casas de burlesco. E, claro, havia a recém-chegada Camille de Paris, nossa pequena espiã.

Minha mente queimava ao pensar em tudo isso; essas intrigas recairiam a mim, quando fosse rei. Em dado momento, Heitor pediu para falar comigo em particular, e após eu aceitar fomos para a sala de reuniões. Ele também trouxera um servo para servir os cálices, o qual, após cumprir seu objetivo, teve o pescoço quebrado. Honestamente, essa frieza toda era algo que eu não gostava na personalidade dele.

"Escute, pois é bem importante. Hassan-i Sabbah está aqui, foi direto ao encontro de Abedah, e talvez, ao descobrir da desonra dele, irá matá-lo."

Fiquei atônito, e, quando meneei sinal de sair, Heitor agarrou minha mão.

"Acalme-se. Antes que vá, saiba que farei um brinde, quando anunciarei que você ficará em meu lugar e que levarei Brunhilde comigo."

Enfureci-me, mas ele não me deu espaço de fala.

"Esta é a vontade de Fafnir."

Ele parecia ter mais a dizer, mas eu estava enfurecido demais; precisava falar com Abedah, e ao bater à porta, depois de sair, escutei-o dizer:

"Um brinde a nós..."

Corri muito rápido, o máximo que um mortal podia fazê-lo, pois imaginava o pior, mas não podia chamar atenção. Fui direto até a forja, onde apenas uma pessoa ainda trabalhava. A porta estava trancada, por poucos instantes; lá dentro, em meio à escuridão, havia a luz de uma fornalha e também Abedah, que forjava algo. Caminhei até ele, observando os arredores, e de perto o chamei.

"Meu amigo, o que está forjando?"

"Estou concertando a espada dele, para o funeral", foi o que respondeu.

"Eu lhe trouxe um presente do falecido", disse eu, enquanto colocava a adaga em suas mãos. Abedah observou-a atentamente, depois prendeu-a no cinto.

Ainda muito abalado, ele martelava sem parar. Hassan já havia passado por ali, eu podia sentir, então o que fiz foi lhe dar espaço... até que, após a têmpera, ele virou-se e disse:

"Não sou mais um Hashashin. Nem sou mais digno de Alamut, nem ao menos um Leyak sou mais, ele me destituiu de tudo por minha desonra. Eu não sou mais ninguém, não sou mais nada, estou proibido de usar minhas posses aqui, proibido de usar os dons de minha família, até que me prove digno... até lá, Mytrael, não sou nada."

"Tolice! Você é Abedah, você é meu amigo, amigo de Brunhilde, amigo de Catherine, amigo desta cidade inteira!" Eu o abracei e completei: "Perdoe-se, pois preciso de Abedah, o Leão de Judá, e não tenho tempo para autopiedade."

Ele sorriu e agradeceu, soltando-se de meus braços. Eu lhe expliquei sobre Heitor e Brunhilde deixarem a cidade, contei que Carontes estava ali, e disse que eu só tinha a ele para confiar. Instruí-o a transferir suas posses para Murahim, que cuidaria de tudo e lhe devolveria quando a hora chegasse. Abedah partiu para cumprir suas ordens, e eu retornei para o festival com a mesma pressa com que saíra.

Entrei no salão bem a tempo do brinde; todos já estavam com seus cálices, voltados para Heitor. Brunhilde trouxe-me um e garrou minha mão.

"Obrigado por vir, Mytrael. É com grande honra e alegria que anuncio a aliança com nossa majestade Fafnir e dou as boas-vindas a Carontes, novo membro do conselho deste reinado... com boas notícias também vêm as não tão boas, pois eu e minha general Brunhilde teremos de partir para apoiar Hassan na guerra contra os Otomanos no Sul. Mas não temam, pois ficarão em boas mãos, senhoras e senhores; em meu trono se sentará Mytrael, e com minha filha, Carontes e os demais conselheiros, tenho certeza de que ele não terá problemas. Por esse novo tempo que traz mudanças, proponho um brinde."

Todos beberam após o brinde, menos eu. Não havia nada para brindar, afinal.

O restante do baile foi desanimador; os bardos tocavam uma melodia suave, que se combinava quase perfeitamente ao ambiente. Apenas sussurros inteligíveis atrapalhavam essa combinação. Minha sensibilidade ainda não fizera efeito, graças ao Verdadeiramente Antigo, e eu era obrigado a permanecer ali por uma questão de elegância. Passei um bom tempo observando o deus Fafnir, o primogênito de Leviatã, o mais velhos dos três, o mais antigo vampiro na Terra; segundo meus estudos, tinha cerca de quinze mil anos. Assim como seus irmãos, vinha sendo adorado como deus, ao longo de toda história da humanidade. Griffin ocupava o posto de deus da guerra, da batalha e da morte, já Fafnir sempre fora o soberano supremo; no Oriente, fora Brahma, para os suméricos fora Na, depois Zeus, Júpiter, Wotan, e assim por diante. Agora, era o dragão dos mitos Fafnir... até onde se sabia, o ser mais poderoso do mundo, o que me levava a pensar: o que o impedia de reduzir todos os seus opositores a pó? Talvez houvesse algo lá fora que incutisse medo no coração de seres como ele.

Até onde sabíamos, eles dois, Fafnir e Griffin, estavam em disputa, mas agora, com Fafnir tomando a Dinamarca através de nós, outrora território estratégico de Griffin... uma guerra nascera. Eles já deviam estar manipulando os mortais, afinal, segundo a lei dos gêmeos, não podíamos romper o véu de ignorância dos mortais, por isso batalhas como aquelas careciam de disputas no mundo humano.

O baile se prolongou bem mais do que eu gostaria, a ponto de meus pensamentos me fatigarem. Inusitadamente, Carontes convidou Brunhilde para dançar, ela questionou se devia e eu consenti; eram os únicos que dançavam no salão. Eu podia ver os lábios de Carontes sussurrando-lhe algo, mas nada com que devesse me preocupar; assim como Abedah, eu confiava cegamente nela.

Heitor, então, após a dança, anunciou o término do baile, um regozijo para mim. Já era quase dia, e sentia o sono amaldiçoado me chamando... porém, com um chamado de sedução vampírica, fui obrigado a seguir Heitor. Com certeza era importante a conversa; esse dom dos antigos de chamar, até ele, com sua vontade, era desagradável. Como Heitor, podiam fazer isso de qualquer lugar do mundo.

Fomos apressados até o teto da fortaleza, de onde se podia ver quase toda a cidade. Caminhamos até o parapeito, onde ele me libertou de sua sedução, e ali, com as mãos sobre o parapeito, ficou a contemplar o entorno e disse:

"Será uma viagem de cinco anos até lá, ou seja, temo que ficaremos no mínimo vinte anos longe de casa. E você deverá assumir meu trono durante todo esse tempo. Saiba que lhe confiro poder total de agir como achar melhor. Queime toda a cidade, se for necessário."

Eu o interrompi:

"Não posso!"

Heitor olhou-me surpreso:

"Desejo partir, já faz anos que planejo isso; meu destino está a leste, em uma terra chamada Anatólia. Eu e Abedah partiremos."

Nunca se fizera necessário interrompê-lo. Heitor refletiu por alguns instantes e me perguntou:

"E Brunhilde não irá com você? Pouco antes de nos conhecermos, li um documento antigo que continha segredos sobre meu passado, respostas que me libertariam da ignorância e do medo dos quais sou escravo. Esse caminho é meu destino, porém temo não sobreviver a ele, e aqueles que estiverem ao meu lado também perecerão... Abedah deseja me seguir e já afirmou várias vezes que tem certeza desse caminho, mas Brunhilde eu não posso permitir que venha; não posso deixá-la escolher, pois escolheu a mim. Então escolherei por ela, por seu e meu amor. Ela ficará aqui, segura e feliz, e um dia alguém virá para abrandar o coração da fera."

Heitor sorriu e me complementou:

"Sabe que isso é egoísmo, não? Você está roubando a vida daquela mulher."

Eu consenti.

"Mytrael, eu lhe peço, então, que diminua a dor daquela moça, sendo menos egoísta. Parta apenas quando estivermos de volta, a guerra tiver terminado e ela ficar segura aqui. Talvez aprecie o trono. O que são algumas décadas, para quem já adiou um século?"

Heitor sabia que eu tinha medo de partir; ele sempre enxergava o que se escondia, e depois usava isso para obter o que queria. Então, após a oratória dele, sem escolha eu aceitei. Heitor, então, puxou uma carta selada do bolso e me entregou:

"Aqui há um segredo, um segredo meu, que não quero que saiba, porém, Mytrael, se durante seu reinado desconfiar de traição, talvez o conteúdo disso possa lhe ser útil. Se ler agora, sua opinião sobre quem sou pode mudar, então só o faça em caso de necessidade, tudo bem, meu amigo?"

Não fora uma pergunta, nem um pedido; era uma ordem, mesmo com aquele tom em sua voz e palavras fazendo parecer uma súplica. Heitor me mandara fazer aquilo, pude sentir...

Após concordar, despedi-me dele e de Brunhilde, pois já se encaminhavam para a carruagem selada para partir, junto de Hassan e Fafnir. Do topo de minha torre, observei todo o caminho; apenas dissemos até logo um ao outro, como se quiséssemos acreditar que ninguém morreria, que voltariam em breve e inteiros, o que era bastante improvável.

Naquela noite, antes de adormecer, fiz algo único até então: orei para que Enmerkar os protegessem como protegia a mim, e em sonho ele veio para me prometer que o faria. Aliviado, então, relaxei em meu sono.

O trabalho veio rápido como uma flecha; fui despertado pelo Revenant de Heitor, que me trouxera roupas, me banhou e vestiu, para em seguida me conduzir até o castelo, falando de todos os afazeres que precisavam ser feitos no mundo mortal.

"Escute, frei, o senhor sabe tudo o que deve ser feito?", questionei-o, abruptamente.

"Sim!", respondeu.

"Então, cuide desses assuntos. Tenho mais o que fazer."

Em seguida, ordenei que fosse à igreja resolver seus assuntos, enquanto eu me dirigia para a sala do trono, onde logo ordenei que trouxessem todos os meus Revenants. Aquela sala era um ambiente restrito ao rei e aqueles a quem ele convidasse; qualquer outro que ali entrasse seria executado, e graças às minhas Katalas, um feitiço impedia que qualquer som dali saísse. Era perfeito para discutir assuntos particulares.

O primeiro a chegar foi Arakur. Confesso que ele era o mais neutro para mim; às vezes até me esquecia de alimentá-lo, o que não diminuía sua importância. Provavelmente, entre os mortais ele era o mais sábio de toda a Dinamarca, o mais jovem dos três. A ordem que lhe dei foi observar de perto todos os trabalhos e negócios de vampiros locais.

Ele se foi a tempo de ver Simon e Soren chegarem juntos. Simon, um jovem com traços nórdicos, de cerca de um metro e setenta, era belo, esbelto e sempre usava roupas leves de plebeu. Era o mais poderoso dos três; graças à sua alimentação privilegiada, dava-lhe sangue semanalmente, enquanto os outros bebiam apenas uma vez por mês. Ao seu lado estava o nobre Soren, o mortal mais rico da cidade; tinha traços de italiano, cabelos compridos e bigode desenhando-lhe a face. Sempre vestia túnicas tão luxuosas quanto as de um rei e joias tão caras que poderiam alimentar dez famílias por um ano. Falava oito línguas e era sábio e belo – um perfeito exemplar de tudo o que se esperava de um nobre. No entanto, tanto minha sensibilidade quanto a de meu Predador denunciavam que não era alguém confiável.

A Soren designei as ordens primeiro; disse-lhe para usar sua influência e recursos para fazer com que os mercadores parassem de levar suprimentos a Copenhague. Se preciso fosse, que usasse toda a minha fortuna, a de Heitor e a do próprio reino, contanto que fizesse falir a cidade de Griffin. Soren ficou entusiasmado com tal missão, mas, antes que pudesse dizer os objetivos de Simon, ele pediu que este saísse, para que falássemos em particular. Concordei por pura curiosidade, e após a porta se fechar ele começou:

"Meu senhor, milorde... trago-lhe argumentos antes da súplica, pois o que pedirei será grandioso. Sabe, meu senhor, que sou o mais velho em idade entre seus servos, além disso, modéstia à parte, grande parte da fortuna e influência do senhor foi fruto de meu trabalho e, claro, em mais de um século nunca falhei contigo. Portanto, peço-lhe que me transforme; peço o direito de ser igual aos meus concorrentes."

Achei o discurso dele bastante digno, o que me fez pensar; infelizmente para ele, eu nunca abraçava alguém em quem não confiava, dessa forma Soren me pediu um sonho – nada mais, nada menos. E os outros, e Arakur e Simon? Será que não desejavam também a transformação, após tantos anos? Eu era sábio o suficiente para deduzir que destruir o sonho dele seria uma motivação para fazê-lo me trair, então apenas respondi:

"Ainda não é o momento, não posso deixar meu trono para ensiná-lo, ainda é cedo para este assunto. Então o debateremos no futuro, sim?"

Assim, ele se alegrou pela centelha de esperança que recebeu e partiu, satisfeito. Em seguida, à sua saída, Simon retornou, já debochando:

"Não sabia que a velha cadeira estava ruim, meu senhor. Noto que esta nova é deveras maior e mais confortável, aplacará as dores do terrível trabalho que tem um nobre." Ele sorria enquanto falava.

"O assunto é sério, meu filho, quero que observe os Drakianos e os Vykros, quero que estejam sob observação constante e que me relate qualquer transgressão. Além disso, preciso que mande os melhores da guilda para saquear qualquer comitiva ou caravana que vá na direção de Copenhague."

"Meu senhor, noto pelo pedido que tem medo de uma traição. Tenha certeza de que eles sequer beberão de ratos sem que eu saiba, mas por que Copenhague?"

"Copenhague está sob a posse de Griffin, e nós, servindo a Fafnir, dividimos a Dinamarca entre Griffin ao Norte e nós ao Sul. Dessa forma, a guerra já foi declarada. Não temos por que não os enfraquecer. Além disso, os exércitos de Griffin virão de lá quando o tempo de marchar chegar. Entende minha estratégia?"

"Sim, entendo. Acho que passo tempo demais naquele buraco, escutando o que acontece dentro da muralha, e acabo por esquecer que há um mundo lá fora... de qualquer forma, tenha como feito. Mais alguma coisa?"

"Pergunta muito capciosa. Sim, Simon, quero aproveitar o momento para oferecer-lhe o vampirismo. Quero transformá-lo em cria, que carregue meu legado sombrio."

Ele fez uma expressão de compreensão sorriu e respondeu:

"Eu não quero. Agradeço muito, mas não é para mim."

Fiquei estupefato; eu realmente pensava que ele aceitaria sem pestanejar.

"Mas por quê?", quis saber.

"Eu não quero ter de matar todas as noites, não quero parar de sentir o calor do sol, muito menos abrir mão do prazer de comer e beber, e principalmente não quero ser eterno, ver o mundo ruir enquanto tudo que me reste são a frieza e a degeneração dos séculos. Desculpe-me, meu senhor, eu o admiro e muito, mas tenho pena de sua condição".

Disse tudo aquilo olhando-me nos olhos, como se fosse um pai explicando algo para o filho... e o pior é que ele tinha razão. O que Brunhilde havia dito, sobre eu ter mudado, era isso, a degeneração dos séculos, tão perceptível para Simon. Minha maldição de família era esta: morrer por dentro, seco e frio, um ser vazio que meramente existia... ao concluir isso, senti as lágrimas verterem e gritei, enfurecido, para que Simon saísse.

Chorei sentado no trono de Heitor; depois de tanto tempo, a verdade que eu escondia de mim mesmo, a verdade que eu negava, fora esfregada na minha face. Aquilo me desarmou, acabou comigo, então eu vi Eshmunash sentado na poltrona ao lado esquerdo do trono, onde era meu assento. Ele pôs a mão sobre a minha e, com apatia, me disse:

"Não chore, isto, grande ou pequeno, não mudará o mundo, nem será eterno... então por que chorar?"

"Está doendo, minha maldição fará eu me tornar tudo que desprezo."

"Um homem que sequer a verdade pode aceitar não consegue aceitar seu destino."

Acabara de confirmar que eu estava certo, e minha maldição era esta; porém, também levantou uma questão.

"Meu pai, então é isso. Morrerei se seguir meu destino, mas prefiro a morte e me tornar vazio..."

"Você é um vampiro, Mytrael. Já está morto. Seus órgãos estão velhos e mumificados, resta-lhe apenas o básico, de que seu corpo mágico necessita para cumprir suas funções. Você já morreu para tornar-se o que é, apenas não se lembra, e sim... essa é a profecia. Diante de um céu estrelado e chuvoso, águas em chamas e amantes levantando, você cairá... esse é o destino de Mytrael de Ur."

Meu desespero era tão grande que eu só conseguia chorar, gemer e me balançar em posição fetal naquele trono. Pronunciei então a dúvida mais simples – era o que o espanto me permitia – e ainda gaguejei.

"Que... que... quem profetizou?"

"Chespisichis, é obvio. Quem poderia prever tão longe e com tanta precisão? Foi por isso que ele o enviou no tempo, eu estava esperando."

"Esperando o quê?", questionei, irado. Levantei-me e tentei agarrá-lo, o que era impossível, afinal ele era apenas uma visão, um espectro ou algo em minha mente.

"Acalme-se, meu filho. Sou apenas o mensageiro, não planejei o caminho... eu ainda não lhe havia contado estas coisas porque você não estava pronto para as verdades. Talvez sabê-las o desviasse de seu propósito, e também fiquei com pena. Você estava tão feliz aqui..."

Sequei minhas lágrimas, pronto para cuspir minha indignação e perguntas, mas quando a última palavra saiu de sua boca, Enmerkar desapareceu. E, em minha mente:

"Agora sabe de tudo e deve escolher! Viver mais alguns séculos até sua alma secar completamente, ou seguir seu grandioso e belo propósito."

Gritei do fundo de meus pulmões o nome dele; precisava vê-lo. Mas em vão berrava. Nunca houvera dúvida, sempre fora óbvio para mim: preferia uma existência curta a passar a imortalidade imerso na ignorância. Se Enmerkar não me dava explicações, eu sabia onde buscá-las...

Solos sagrados eram coisas raras neste mundo depravado. Certa vez eu ouvira de um viajante que na Inglaterra havia um local com grandes pedras empilhadas; a população dos vilarejos próximos a ela dizia ter sensações estranhas e ver coisas em sonhos... eu acreditava que essas pedras também fossem um local sagrado.

Essa foi a única história que escutei de um destes locais, o quão raros eram, talvez houvesse menos de dez no mundo inteiro. Eu não sabia, mas era estranhamente conveniente haver um ali, do meu lado. Ukro me trouxera para aquele local e declarara interesse em que eu o explorasse; teria ele me trazido só por isso?

Eram perguntas que só aumentavam. No centro da clareira, comecei a procrastinar e pensar nessas dúvidas, e ali fiquei por um bom tempo. A clareira era formada por um círculo quase perfeito e plano, de modo quase artificial, e bem no centro – medi para verificar – havia um pedregulho que lembrava de leve uma pirâmide, com cerca de setenta centímetros de altura. Assim que ativei a minha sensibilidade, me senti atraído pela rocha. Quando me aproximei, meu Predador mostrou grande receio.

Como eu disse, demorei, procrastinando... em dado momento, a lua tomou o centro do céu, alinhando-se com a rocha, e comecei a sentir a energia vindo dela, iluminando-se e tornando-se parecida com diamante. Soube que era o momento... iniciei uma meditação, usando a sensibilidade, para absorver a rocha, mentalizei meu desejo por respostas e, quando atingi o nirvana, mergulhei – foi como mergulhar em águas mornas, com calma, paz e tranquilidade. O silêncio – a melhor forma de descrever seria como estar novamente no ventre da mãe.

Ao abrir os olhos, percebi que estava caindo na direção de uma construção estranha. Não sentia velocidade, porém a construção se aproximava de tal maneira que parecia que com meu peso eu me chocaria violentamente na superfície. Usando de sangue para reforçar meu corpo, cobri a face e aguardei. Estranhamente, não sentia nenhum medo.

A construção parecia primitiva e era enorme, cerca de três quilômetros quadrados e no mínimo quinze metros de altura, com paredes brancas e amareladas, um aglomerado de pequenas construções cúbicas, com entradas na superfície de cada uma, escadas para subir de um cubo para o outro... eu parecia estar prestes a bater.

De olhos fechados, senti meu corpo tocar o chão suavemente. Estava dentro de um daqueles cubos, um dos maiores, as paredes repletas de pergaminhos... eu estava no centro do ambiente, que possuía também uma mesa rústica e assentos de pedra, que pareciam esculpidos no próprio chão. Sentado diante da mesa, um homem alto e magro, cujas vestes pareciam um véu que o cobria inteiro do pescoço para baixo, escrevia em um desses pergaminhos; parecia não ter me notado. Tive tempo para me levantar e analisá-lo bem. Tinha também braceletes de ouro, ornados com touros, a barba grossa e curta e cabelos crespos. Além disso, sua pele pálida parecia como a de um morto. Ele me lembrava de Enmerkar.

"Pai..."

Ele me olhou, demonstrando surpresa e depois alegria.

"Sim, meu filho", disse ele, enquanto se levantava. Estava desconfiado; talvez fosse o meu mentor mais jovem, quem sabe, mas nós, vampiros, permanecíamos imutáveis do momento de nossa morte até a eternidade. Ele me abraçou sem ser correspondido.

"Voltou cedo de sua viagem, meu Anunáqui. Deve estar com fome, pedirei que lhe tragam leite e carne."

"Leite e carne! Do que está falando?", perguntei, empurrando-o; sua face, ao se afastar, expressou dúvida. Dei-me conta de que era frio como um morto-vivo, e seu toque me fora desconfortável, pois eu estava quente – meu corpo queimava com o calor da vida. Tanto tempo sem saber como era que até demorei para compreender.

"Entendo", disse ele, sorrindo de olhos fechados. "De que era você veio, Anunáqui?"

Não entendi muito bem; minha sensibilidade não podia me ajudar. Aparentemente eu era um mortal, de fato.

"No meio do inverno de 1337 d.C.", respondi com precisão. Aparentemente, segundo a pergunta dele, meu problema não era onde, e sim quando eu estava.

"Entendo. É a primeira vez que volta. Aguardava há um milênio, já."

"Como assim, onde estamos? Quem é você e por que disse que voltei? Que viagem é essa?"

Ele sorriu e ofereceu que sentássemos, e eu consenti. Esperamos, a pedido dele, um homem mortal trazer sangue para ele e chá para mim. Era velho e se vestia igual a ele e nada disse; sequer olhou em meus olhos.

"Não esperava por você, e sim pelo Mytrael dessa época."

"Como assim?", perguntei. Mil coisas passavam pela minha cabeça.

"Acalme-se, vou lhe explicar tudo, apenas escute."

Sua voz era estranhamente familiar, e eu tinha certeza, a essa altura, que aquele não era Enmerkar. Eram até semelhantes, enquanto a postura e o jeito de se expressar eram bastante diferentes, até antagônicos.

"Tudo bem, então, fale tudo, depois terei perguntas!"

Ele riu. Disse que, em certos aspectos, eu não havia mudado nada, então seguiu.

"Imagino que já tenha adivinhado quem sou. O você deste tempo ainda é meu aprendiz, mas já faz dois mil anos, e seu poder superou o que posso lhe oferecer. Por isso, há dez anos você partiu de nosso lar, em busca de novos conhecimentos e desafios, era por esse que eu esperava. Você, meu Anunáqui, está muitos milênios distantes de sua era; é a primeira vez que vem, e haverá outras. Deixei estes bolsões temporais meticulosamente posicionados para momentos em que seu destino fosse abalado."

Eu já tinha quase certeza, mas precisei perguntar.

"Quem é você?"

Ele riu, como se aquela tivesse sido uma pergunta tola de criança.

"Atualmente tenho os nomes Na, Nantar, Gugalana e Nana. Já você me conhece pelos nomes que terei, Chespisichis e Khonsu."

Era isso, eu tinha certeza; lágrimas humanas escorriam em minha face ao encará-lo. Nada pude dizer além de "obrigado" e fazê-lo rir com isso. Então ele me acalmou e me serviu o chá; após bebermos um pouco, voltou a falar.

"As distorções temporais lhe trouxeram com a aparência que você possui nesse tempo. Você deve estar se perguntando como é possível. Bom, isso é tudo obra minha, você, meu Anunáqui, é o meu salvador. Você é aquele que enviei no tempo para salvar toda a nossa família."

"Por que eu, meu pai? Sou um reles e fraco vampiro perdido... além disso, não entendo como posso ser humano aqui. O senhor disse me treinar há dois mil anos?"

"Noto que veio ainda bem jovem. Deve procurar essas respostas em seu tempo, Anunáqui; todas as interações que temos aqui podem abalar a frágil estrutura que é o espaço-tempo. Você não é um mero mortal, Mytrael de Ur, como o batizei; é o primeiro Magus, com o poder de manipular a realidade. Você é um dos seres mais poderosos do mundo, Mytrael, tão poderoso quanto eu; já fez coisas inimagináveis para a maioria dos homens."

O que ele estava dizendo era muito para eu assimilar, mas sua abordagem me fazia compreender e nele acreditar.

"Pai, eu estou perdido, minha terra está ruindo, meus amigos em perigo, meu destino causa-me medo. Por favor, pai, preciso de ajuda!"

"Não, meu filho, precisa de mais do que meramente ajuda."

Ele se levantou e foi até as prateleiras.

"Já possui ajuda; deve já ter se encontrado e interagido com o guia que enviei para você..."

Pegou algo embrulhado em couro e voltou à mesa.

"Sim, pai, ele vem me ajudando desde que acordei, mas Enmerkar tem estado misterioso e distante."

Ele pôs sobre a mesa o item, que se revelou um rubi vermelho-sangue, do tamanho de um punho fechado.

"Este foi o nome que ele escolheu... aquele tolo, em vez de usar seu verdadeiro nome para facilitar sua memória. Este artefato é o que precisa, meu filho. É um de meus mais interessantes dons materializados."

Peguei o rubi, que era pesado, obviamente, e muito belo, mas não parecia ser mais do que isso.

"Qual é o nome de Enmerkar nesta época, pai?"

"Assim como todos nós, ele possui vários nomes. Você o chama de Musussu, o seu melhor amigo."

Eu sorri ao escutar aquilo; aprendera tanto, tantos esclarecimentos, pela primeira vez não me senti sozinho. Sentia o gosto do carinho paternal.

"É hora de partir, Anunáqui..."

"Como assim, pai? Tenho perguntas, não quero ir!

Ele riu, me observando, e comecei a sentir como se eu e o ar estivéssemos ficando mais leves.

"Haverá outras oportunidades, meu Anunáqui."

O espaço à minha volta rachou, estilhaçando-se, como se eu estivesse dentro de um reflexo, restando apenas escuridão. Agora o que eu via se aproximando era a Clareira, e dessa vez, sabendo como seria, não temi. Aterrissei confortavelmente em frente à rocha. No restante da noite, ignorei completamente minhas obrigações como rei, tentando repetir minha viagem; o rubi estava comigo, e tentei usá-lo também, mas não adiantava; não era o solo sagrado, nem mesmo era eu. A porta estava fechada, e eu não poderia abri-la.

Nas noites que se seguiram, pouca atenção dei ao que me rodeava, menos ainda às pessoas que estavam comigo; minha mente vasculhava a si mesma, em busca de memórias da época que eu visitara. O rubi, que aparentemente era só uma pedra, também tomava o meu sono.

Abedah estava sempre ao meu lado, usando armadura completa com elmo, e nada dizia, apenas executava; seguia minhas ordens como se fosse a palavra de Deus. Diferente, Abedah estava diferente, havia voltado a orar todos os dias na direção de Meca, além disso descobri que também tinha voltado a beber sangue contaminado. Ele havia largado essa droga junto de seu criador, ambos buscavam a pureza física, como diziam, mas pelo visto tinha voltado a seguir o caminho da bestialidade.

Talvez em parte isso tivesse sido culpa minha, afinal, como citei, eu estava distante, distante por anos, e nesse tempo não só Abedah, mas também Catherine, que estava se tornando cada vez mais libidinosa e burlesca em suas atividades; seus negócios e servos em uma vida de profanidades me enojavam, e claro, com ela patrocinando suas orgias e bacanais públicos, a cidade seguira seu exemplo...

Camille, por sua vez, sussurrava nos ouvidos dos vampiros locais, fazendo-os cair na teia de manipulações rançosas que ela tramava; até mesmo eu me deixara levar por suas palavras.

Carontes, nomeado general por Heitor, atuava na guarda interna, posto que era de William. Com a diminuição de soldados para apenas cinco mil homens, nosso novo general decidira que a melhor coisa a fazer seria usar de severidade e violência para manter o povo sob controle. Dia e noite, soldados agrediam gratuitamente as pessoas, matavam idosos e artistas de rua – até membros de minha guilda foram esquartejados em praça pública.

Sem o nosso bastião de beleza e vontade, estávamos nos corrompendo, ruindo a beleza de seu sonho, e obviamente, com todos esses problemas, não demorou muito para a economia também ruir, a opinião pública mudar e a beleza deixar as ruas.

Minha negligência estava indo longe demais, e tudo que fiz foi desenvolver grande paranoia a respeito de todos. No Natal do mesmo ano em que Heitor saiu, chegou até nós a notícia de que a Casa Plantaganeta e a Casa Valois estavam em guerra; os envolvidos eram muito poderosos e possuíam aliados por toda a Europa. Os motivos não estavam claros para nós, ambos lutavam pela sucessão do trono francês após a morte do monarca.

Clotero e Griffin estavam em guerra, e ao que parecia Griffin queria tomar para si a França, mas eu sabia que essa era uma desculpa no mundo mortal, não seria apenas a França e a Inglaterra que travariam esse confronto, e sim vários reinos vassalos, como o nosso; agora o véu fora jogado sobre nós, poderíamos queimar o mundo sem que os mortais se revoltassem contra nós.

Isso agravou muito a minha paranoia. Tomei providências como ordenar que Abedah treinasse Revenants para serem meus assassinos particulares, além de impor um toque de recolher para mortais e membros, o qual resultaria na destruição de quem não o respeitasse.

Mesmo assim, a carta de Heitor permaneceu intacta; por muitas vezes pensei até em queimá-la, afinal não tínhamos nenhuma informação havia quase dois anos. Se eu perdesse a fé nele, talvez também perdesse em minha sanidade...

Essas noites de trevas se seguiram durante mais alguns anos, até o ponto em que tudo o que eu fazia era me sentar no trono e ordenar decapitações. Em dado momento, acreditei estar me tornando um insano. Enfim, houve o benigno dia em que um mensageiro chegou e, com ele, uma carta de Brunhilde:

"Querido Mytrael, através desta epístola informo-lhe que sua dama, Brunhilde de Belgrado, encontra-se desacordada após sofrer calamitosos danos sofridos por um incêndio e diversos golpes desferidos por diversos oponentes. Seu corpo não resistiu e desfaleceu. Embora não tenha despertado após muitas luas desde sua queda, a integridade do seu corpo permanece, sem se transformar em cinzas. Os senhores Heitor de Troia e Hassan I-Sabatt elogiaram a performance de Brunhilde em combate, entretanto a guerra está longe de acabar. Caso surja alguma novidade, enviaremos o quanto antes. Assinado: Escudeiro de Honra de Brunhilde de Belgrado, Al-Naasik."

Eu estava no trono enquanto lia; minha dama, desacordada lutando por seu pós-vida. Aquela carta veio como um choque de realidade, enquanto eu fugia de minhas obrigações, enquanto fugia da realidade em busca de um tempo em que as coisas eram mais fáceis pra mim. Eu estava deixando a cidade deles ruir, enquanto eles estavam dando suas vidas e seu sangue por nós.

Como ousava menosprezar os sacrifícios de todos que amava? Meu passado era importante, sim, mas ficar anos usando-o como desculpa para fugir dos verdadeiros problemas era a maior e mais vergonhosa das imaturidades. Num lapso de autoridade, ordenei que Abedah colocasse Catherine, Camille e seus servos no calabouço. Enquanto ele fazia isso, fui para casa, à procura de Genevive; entreguei-lhe o rubi e ordenei que descobrisse o que era aquele artefato. Em seguida, mandei Arakur procurar por toda a biblioteca por qualquer informação sobre os nomes que ouvira de meu pai, inclusive os dele próprio.

De volta a meu trono, chamei meus outros dois Revenants – a essa altura não precisava mais de servos, minha sensibilidade permitia invadir suas mentes para chamá-los. Soren disse-me que navios atracavam nos portos da Dinamarca vindos da Bretanha e da Escandinávia e traziam homens e suprimentos – preparavam-se para a batalha. Simon, por sua vez, denunciou que Celestyn e Anton estavam negociando com Vykros do Sul europeu, e que já faziam isso desde antes da saída de Heitor, enquanto Sif aparentemente sabotava os negócios do pai. Provavelmente o jovem queria sua liberdade, porém tal sabotagem afetava também os meus negócios e os de Catherine.

Assim que eles se foram, falei na mente de Abedah que, quando acabasse ali, pedisse a Carontes que viesse até mim.

Minha conversa com o barqueiro foi simples: perguntei se ele tinha experiência com liderança de exércitos em batalhas e também com cercos, e ele disse que sim. Desse modo, troquei o cargo dele e o de Abedah; Carontes agora seria o general de campo e meu braço direito, assim poderia ficar de olho nele, enquanto Abedah seria o general interno, fiscalizando os humanos e membros, sem tanta brutalidade.

Em apenas uma noite, consegui colocar a cidade nos eixos de novo. Talvez essa natureza autodestrutiva fizesse parte de minha maldição. As coisas tinham perdido o sentido e a importância até a carta chegar para lançar-me de volta à realidade. Eu estava flutuando em anseios e dúvidas, com minha visão nublada demais para enxergar o que era importante de fato. Era como se nada valesse a pena, como se mesmo eu sabendo o que fazer e o que era melhor, dentro de mim faltava a centelha da vontade para agir, sentimento esse que só o amor podia trazer de volta. Eu aprendera mais sobre minha maldição – seria esta a única maneira de não sentir-me vazio: compartilhando os sentimentos com aqueles pelos quais se vale a pena viver.

Deixei Catherine no calabouço até todos os entorpecentes que ela vinha consumindo saírem de seu organismo. Enquanto isso, cuidei para que seus negócios voltassem a ser virtuosos, e ao final desse ciclo conversei com ela, pois precisava que ela melhorasse. Após a morte de William e a saída de Heitor, ela ficara sozinha, afinal eu estava distante e Abedah a cada dia menos homem e mais besta, então Milo a encontrou, apresentando-lhe os prazeres que uma vida de pecados tinha a oferecer.

Não era culpa dela, nem de Milo; Catherine, mesmo sendo um ser centenário e por isso muito sábia e maduro, para certas aspectos pensava e agia como uma criança – culpa dos mimos de Heitor. Bastavam palavras de carinho e promessas de irmandade para ela voltar aos eixos.

Quanto a Camille, fiz com que ela bebesse de meu sangue durante semanas, até sentir que minha sensibilidade e sedução agiam nela com facilidade. Só então a libertei e lhe ordenei que cuidasse da revitalização artística e cultural de Honglev, além de trazer mais conforto aos vampiros. E terminei com o toque de recolher; meus assassinos treinados agora meramente faziam espionagem dos membros de que suspeitava. Também ordenei que todos os vampiros e humanos mais abastados doassem verbas para o sustento da cidade.

Não demorou muito para que as coisas voltassem a seu curso normal. O povo agora havia recuperado a sua felicidade costumeira, embora os vampiros estivessem me odiando. Sem as carnesias patrocinadas por Catherine, eles não podiam mais beber sangue, desinibidos como antes, e sem poderem mais explorar o povo com sua sedução, também não conseguiam enriquecer. É engraçado como seres tão antigos e poderosos podem ser tão limitados em visão – com uma nação rica e próspera, todos ganham juntos, mas não; preferiam ser corruptos e enriquecer sozinhos enquanto muitos passavam fome. A Coroa me fizera entender isso e como esse era o motivo de a nossa sociedade ser tão decadente.

Quando enfim era Natal novamente, tínhamos a oportunidade de fazer uma grande festa para todo o reino. Surpreendi-me ao descobrir que já era o décimo Natal após a saída de Heitor – eu era rei havia dez anos, e, longe do que Heitor me sugerira, nem mesmo por um dia gostei da Coroa. Para mim, era só um fardo sobre a cabeça.

Um banquete foi organizado – o meu grande plano. Enquanto os mortais se deliciavam com carne, no castelo, os vampiros se deliciavam com sangue, porém, os mortais que lá estariam para nos servir já vinham sendo alimentados com meu sangue há meses.

A cidade estava bem iluminada; orações e canções eram entoadas nas ruas e na igreja, o povo na praça pública bebia e comia até se fartar. Na fortaleza do rei, o salão estava cheio: os melhores menestréis da cidade, incensos e uma decoração harmoniosa deixavam o ambiente relaxante para todos, além disso os mais belos e belas jovens desfilavam seminus pelo salão, oferecendo seus corpos a quem quisesse.

Ninguém além de mim sabia do plano – eu queria que fosse tudo perfeito, afinal não teria uma segunda chance, e para minha alegria estava tudo indo como o planejado. Sentado em meu trono enquanto era paparicado por Camille, eu podia ver todos bebendo sangue enquanto tramavam e negociavam uns com os outros, embriagando-se dos mortais. Alguns alcoolizados, outros drogados – havia sangue para todos os gostos. Dera-me ao trabalho de conseguir jovens de diferentes raças... os pervertidos caíam como lebres em minha armadilha.

"Atenção a todos!", disse alto, enquanto me levantava. Os menestréis calaram-se, e todos os convidados se dirigiram a mim.

"Meus conterrâneos, espero que estejam apreciando o banquete. Foi feito especialmente para alegrá-los. Sei muito bem que minhas atitudes nos últimos anos nos afastaram, mas vejam bem: o soberano deve estar alinhado com seus súditos, portanto questiono: o que está lhes faltando?"

Todos me olharam quietos, alguns sorrindo, outros sérios, mas ninguém teve coragem de abrir a boca. Então, ataquei meu primeiro alvo:

"Senhor Celestyn, ouvi dizer que o senhor anda se comunicando com familiares de fora. Segundo me consta, franceses e germânicos... o que foi, Celestyn, os membros da cidade não são companhia boa o bastante?

Meu tom foi sarcástico, mesmo assim, as palavras pesaram no ambiente. Do meio do salão, Vykros veio, tomando a frente de todos acompanhado de seu filho. Encarei-o profundamente, para verificar em sua mente se ele diria a verdade.

"Meu soberano, lamento que desconfie de minha fidelidade ao senhor e a Honglev. De fato fiz comunicações com vampiros de fora sem seu consentimento, mas entenda o meu medo. Sempre fui visto com desconfiança por você, e se não conseguisse meu objetivo, não teria por que perturbá-lo. Serviria apenas para fomentar mais a sua desconfiança em relação a mim. E meu objetivo era o melhor. Estava tentando conquistar vampiros para lutarem em nosso exército, conheço vários de minha espécie que vivem na miséria e dariam tudo pela chance de serem habitantes de Honglev."

E então se ajoelhou e completou:

"Perdão."

Tudo o que ele disse era verdade; voltei ao meu trono e fiz um sinal com a mão para que ele se retirasse. Agora só havia um alvo de minha paranoia, mas confesso que estava um pouco decepcionado. Tinha certeza de que Celestyn era um traidor, mas Sif, o jovem Drakianos, não era perigo para ninguém. De todo modo, desmascará-lo serviria para mostrar a todos que eu sabia o que se passava por toda a cidade.

"Senhor Celestyn, por agir pelas minhas costas, receberá a sentença de doar para a igreja metade de suas posses e as de seu filho também, porém está livre para continuar com esse plano. Estarei esperando por novidades." Ainda sentado, acertei a postura e continuei falando: "Antes que os menestréis voltem, gostaria de falar de outro assunto um tanto desagradável. Meus negócios, senhoras e senhores. Não sei se sabem, mas nos últimos anos estou me tornando mais pobre, assim como minha amiga Catherine, e sabem o que é pior? Não somos apenas nós, mas o senhor Lucius também, e claro, devo dizer que essas fortunas estão indo para algum lugar. Admirem-se de saber que é para o bolso de Sif, que rouba de todos nós há anos, bem debaixo dos bigodes de seu pai."

Todos o observaram, calados, e se aproximaram. Lucius baixou a cabeça e fechou os olhos, em sinal de decepção; segurava o braço de Sif, que estava nitidamente assustado. Vieram até mim. Os Drakianos viviam em um mundo de *status*, e Lucius, um Secular, fora passado para trás pelo filho, tornando-se piada na família.

"O que diz em sua defesa?", questionei-o olhando em seus olhos.

"Perdoe-me, fui tolo em acreditar que poderia passar impune. Aceitarei qualquer punição, implorando por sua misericórdia."

O que ele dizia era verdade – e cômico, eu admito, mas não toda a verdade. Seu pai tinha algo com isso, mas por que ele roubaria de nós? sua fortuna era imensa, como a de um rei.

"Senhor Lucius, que punição acredita ser digna deste crime?"

"A que desejar, senhor."

"Curioso, por que sinto que não posso puni-lo, dado que é meramente um peão neste plano todo?"

Levantei-me do trono, erguendo a mão para os assassinos que se disfarçavam de guardas. Agarraram ambos os Drakianos pelos braços e os colocaram de joelhos diante de mim. Carontes veio da multidão, posicionando-se ao meu lado.

Lucius mudou sua expressão para raivosa, e ordenei que o fizessem olhar para mim. Carontes virou a cabeça de Lucius em minha direção. Agora, com o sangue facilitando, pude ler sua mente.

Lucius estava utilizando de seus Revenants e recursos para enviar segredos e informações para Copenhague, incluindo as falhas de nossa muralha e desenhos de nossas armas de guerra. Sif seria só um pobre coitado, usado pelo próprio pai como bode expiatório.

Fiquei extremamente decepcionado com tudo aquilo, sem entender a motivação de Lucius – fora um dos pioneiros, ajudara a fundar a cidade... Mas um rei não tinha tempo de se lamentar.

"Abedah, vá até a casa de Lucius e me traga as cartas escondidas atrás da prateleira, na biblioteca em seu quarto. Leve três homens consigo e neutralize os Revenants que lá estão."

A maioria dos convidados ficou sem entender – diferentemente, é claro, de Abedah, que obedeceu.

"Meus súditos, lamentavelmente os informo de que Lucius é um traidor, que vem fornecendo informações ao inimigo. O jovem Sif é apenas uma marionete no plano. As cartas que Abedah foi buscar são as provas do crime que ele trará, e elas serão lidas por um orador. Eu, por minha vez, serei obrigado e dar uma sentença a estes Drakianos que por tantos anos pensamos ser nossos amigos: a Lucius, por seu ato de traição imperdoável, sentencio à destruição; a Sif, por sua cumplicidade, sentencio viver o próximo século preso no calabouço, onde não verá ninguém, não beberá nenhum sangue e não terá mais nenhum benefício."

Os homens levaram Sif, que chorava como uma criança. Lucius me encarava com os olhos queimando de ódio; em sua boca, havia um sorriso de deboche. Com a licença dos convidados, tomei minha posição, enquanto Lucius era posicionado com o pescoço em perpendicular a mim, para que o corte fosse preciso. Carontes emprestou-me sua arma, mas, quando a levantei... hesitei, baixei a lâmina e perguntei:

"Por quê? Vendeu tudo isso de graça! Destruir a sua existência e a do seu filho para quê?"

Lucius virou-se para mim e respondeu:

"Porque, Mytrael, prefiro ser destruído e lembrado como traidor a viver como servo de um Strigoi."

Fiquei surpreso como não acontecia há anos; tudo aquilo por orgulho! Ri e, então levantei a espada. Com toda a minha força, cortei a cabeça à minha frente, até que a lâmina se partisse no chão.

Enquanto o corpo queimava, ergui a espada quebrada e disse:

"Senhoras e senhores, eu, Mytrael de Ur, não aceitarei nenhuma traição, mas para aqueles que estiverem ao meu lado os louros serão eternos."

Os convidados aplaudiram, alguns rindo, outros de boca aberta, horrorizados.

"Feliz Natal, meus irmãos!", completei.

Daquele ano em diante, as coisas se acalmaram. Eu não consegui ser amado e respeitado como Heitor, mas o medo foi o suficiente para manter todos nas devidas rédeas. Genevive não encontrou absolutamente nada sobre o rubi, que aparentemente era apenas uma pedra mesmo, e Arakur apenas rastreou os nomes até religiões antigas – todos eram de deuses de povos primitivos; além disso, rastreou o berço dessas civilizações. Nada que eu pudesse usar até então, mas quem sabe no futuro.

Capítulo VIII

O barqueiro

Meu nome de batismo já me era esquecido, mas foi em Pompeia que se deu meu nascimento. Filho de uma parteira e um escultor, minha família era muito abastada, o que não serviu de nada para mim. Aos três anos, fui com minha irmã e mãe para Palermo, onde meu pai foi morto por um árabe. No entanto, o casamento de minha irmã com Guilherme de Loritélo nos salvou da miséria.

Cresci em um grande castelo, repleto de servos, todavia sempre estava sozinho, pois minha mãe e irmã lidavam com os assuntos da nobreza enquanto eu, ainda infante, estudava incessantemente com os monges. A vida era boa e fácil, Palermo era uma cidade tranquila, e eu uma criança obediente; diziam que estavam me educando para que eu me tornasse clérigo, algo que fui convencido a gostar.

Aos doze anos, essa calmaria mudou; homens chegaram ao monastério afirmando estar me buscando para levar-me a Roma, onde eu seria treinado. Minha irmã havia morrido no parto de seu sexto filho e minha presença era desnecessária – da paz e tranquilidade das salas de estudo para um treinamento bruto e desumano.

Aproveitaram-se de minha erudição para me dar treinamento em áreas estratégicas, como na utilização de armas de guerra e técnicas de batalha em navios. Obviamente, fui prodígio em tudo, e esse treino, aliado a meu conhecimento em línguas, me levaram até o Mediterrâneo, onde me tornei navegador de uma pequena embarcação que rumaria até Atenas.

Fiquei muito impressionado com os helenos e sua cultura, principalmente em relação aos seus deuses; os mortais precisavam manter-se na linha do bem e do mal ou sofriam punições terríveis, mas os deuses não – eles poderiam fazer o que quisessem e quando desejassem. Isso era ser um deus, e foi retornando dessa viagem que escrevi minha primeira carta, onde relatei as paisagens, as pessoas e os meus aprendizados, e assinei pela primeira vez o nome que usaria no futuro: Carontes de Pompeia.

Quando eu tinha vinte e sete anos, sendo dez deles vividos no mar, eu tinha mais confiança nos homens do que no capitão, que, por sua vez confiava muito em mim, a ponto de beber e dormir a viagem inteira enquanto eu comandava os homens.

Estávamos em uma viagem para Trípoli e no caminho passaríamos por Palermo, o que me alegrou. Quando desembarcamos, fui em disparada ver como estava o monastério onde crescera, mas ruínas foram o que encontrei. Fui me aproximando, valendo-me de minhas memórias, e lá dentro, sob o púlpito, havia um homem, orando com vestes de padre. Não quis interrompê-lo. Quando concluiu sua oração, chamei-o:

"Senhor, o que aconteceu aqui?"

O homem encarou-me com um sorriso lunático; era velho, e mesmo assim um belo exemplo de homem, alto, forte, e com uma voz de trovão ele me respondeu:

"Os monges ficaram sem economias, então o barão destas terras ordenou que queimassem o local com eles dentro"

Disse isso com tranquilidade, apesar de expressar pesar.

"E quem foi esse barão?", quis saber, pois não entendia por que tamanha crueldade. "Jovem marinheiro, fiquei profundamente arrasado ao não receber meus dízimos."

Eu estava irado e sem reação. O que poderia fazer aquele que por pura vaidade ordenara a morte de quem tinha como mais próximos de uma família? Entretanto era um barão, e se eu fizesse qualquer coisa, seria o fim de tudo.

"Agradeço, senhor, desculpe interrompê-lo", disse, reverenciando-o, e parti dali enquanto meu sangue ainda estava frio.

"Tem hora e lugar para tudo, Carontes", era o que eu repetia em minha mente. De volta ao navio, escrevi mais uma de minhas cartas, onde dessa vez expressei todo o meu ódio e como desejava a morte daquele ser. Nela relatei meus pensamentos referentes à cultura helênica, dado que aquele homem, por ser um barão de terras, seria como um deus que tudo podia fazer sem punição – enquanto eu, um mero navegador, um mortal sem poder, se cometesse algo contra ele naquelas ruínas, seria punido pelos homens com o poder de deuses.

Engraçado como o ódio, apesar de ser um sentimento condenável, pode ser a mais pura das inspirações. Eu já estava cansado de nobres me ordenarem; tudo o que eu tivera fora dado e tirado pela nobreza, e ainda exigiam minha fidelidade. Ali, ainda em Palermo, eu fora inspirado pelo ódio a mudar tudo para sempre.

Sabe o que todos os homens do mar têm em comum? Eles trabalham muito e ganham pouco. Com esse argumento, foi fácil convencer os meus iguais de que, se nos rebelássemos e vendêssemos, nós mesmos os carregamentos, ficando com todos os lucros, deixaríamos de ser plebeus para sermos ricos como reis.

Algumas noites depois de deixar Palermo com uma grande carga de prata e bronze, assassinamos o capitão, assumi o posto e fomos para o leste, onde vendemos os carregamentos e trocamos de embarcação para uma belíssima galé portuguesa, a melhor do mundo na época. Desde então, foram vinte anos no mar.

A tripulação nos transformava; mudávamos vivendo no Mediterrâneo, sendo o terror dos navios desprotegidos. Várias vezes estivemos à beira da morte, o que mudava um homem, que se tornava frio, afinal seu melhor amigo podia morrer no dia seguinte, por causa de uma espinha de peixe. Também se vivia cada dia como se fosse o último, afinal a espinha podia parar em seu estômago.

Devo dizer que na maior parte do tempo a vida não era tão boa, porém os bons momentos eram imensamente melhores que os da vida de qualquer camponês. É claro que essa vida não durava para sempre, e foi ao Sul da Sicília que nossa última emboscada aconteceu: uma grande embarcação, que rendemos e invadimos, cujos marujos eram uns pobres coitados que nunca haviam tido um combate, por isso foram massacrados.

Quando começamos a pilhar o navio, um homem subiu até o deque. Haviam se passado vinte anos, mesmo assim o reconheci como se o tivesse visto pela manhã. Ordenei que o capturassem, mas ninguém o fez, então ele caminhou em minha direção sorrindo e parou diante de mim. Estava escuro, mas agora, com ele tão perto diante de mim, percebi que não havia envelhecido sequer um dia.

"Então é você, o terror do Mediterrâneo, aquele que roubou minha prata e por outras vezes me roubou muito mais. Fico feliz que tenha vindo, pois agora será meu novo brinquedo."

Zótico de Comana, bispo do Sacro Império Romano, usara sua sedução para que levássemos o navio de volta para Palermo, onde aprisionou a mim e toda a tripulação. Fomos torturados durante dias. Naquela época a Igreja tinha as mais modernas e criativas formas, métodos e máquinas de tortura. Tivemos o privilégio de experimentar boa parte dessa colaboração que a Igreja fornecia.

Em dado momento, eu era um dos poucos que sobrevivera, até que o bispo entrou no calabouço, perguntando se eu era o Bambino de Pompeia, que constava nos relatórios dos monges. Àquele ponto minha vontade já estava quebrada, por isso respondi sem hesitar.

Ele ordenou que me lavassem, me vestissem e me alimentassem. O que fizeram os servos foi me deixarem apresentável, para em seguida me levarem até uma sala, onde Zótico estava. Zótico me alimentou com seu sangue até minha barriga doer, para, em seguida, apunhalar-me o peito.

Na noite seguinte, um novo vampiro caminhava pela terra, e com sua sedução me obrigava a seguir suas ordens. Eu tinha de ir a batalhas com ele, liderar homens, tanto em campo quanto no mar, para em seguida ser recompensado com torturas.

Isso se seguiu por uma década; todos os dias minha vontade era redobrada para em seguida me punirem por isso. Sem querer, meu criador estava me treinando para alcançar uma vontade inabalável.

Quando me libertei e fugi, estava sozinho, desabrigado e ferido; por sorte, meu navio havia ficado com Zótico como uma espécie de troféu. Estava sujo e desgastado, mas ainda podia ser conduzido, e com minha sedução conquistei homens o suficiente para partir. Antes do amanhecer, eu já estava longe o suficiente de Palermo.

Tentei fazer algumas viagens, o que foi quase impossível; agora o Mediterrâneo possuía muito mais barcos do que antes, e graças às minhas feridas, que não se curavam, era impossível entrar em combate – fora que estávamos sendo perseguidos pela Igreja. Fomos obrigados a continuar fugindo, e por anos e anos foi o que fizemos, até nos acomodarmos no Mar Negro.

Lá, em uma taverna de que nos apropriamos, uma jovem vampira me encontrou, Brunhilde; talvez por sua beleza ou, quem sabe, inocência, Brunhilde amoleceu meu coração. Quis ajudá-la a sobreviver nesse mundo, e no final quem me ajudou foi ela. A Empusa usara seu dom em mim sem sequer saber que contava com tal habilidade.

Ela queria ir para Constantinopla, para tornar-se uma cruzada. No caminho, ensinei o que pude a ela, que por sua vez trouxe um pouco de alegria jovem a um velho peixe do mar como eu. Foi como ter uma criança no barco: ela se impressionava com tudo o que via e fazia milhares de perguntas.

Após desembarcá-la, voltei ao Mediterrâneo, agora com ambição suficiente para conquistar muito mais. Em poucos anos percebi que tinha muito mais a lucrar com vampiros do que roubando dos mortais, então troquei tudo o que tinha por um navio mais confortável e belo.

Meu novo negócio consistia em transportar vampiros e suas posses de forma segura e confortável. Os negócios acabaram fazendo sucesso e me enriqueceram mais rápido do que dava conta de gastar; logo, outros membros de minha família vieram, querendo conhecer-me e falar dos interesses dos Liogat. Estávamos tentando uma aliança com os Drakianos, e queriam minha ajuda.

Comecei então a procurar um contrato com um Drakianos de influência em sua família, o que levou tempo, mas em Barcelona uma carta com o selo da Fafnir veio até minhas mãos, infelizmente em uma língua que eu desconhecia.

Ordenei que um de meus homens fosse procurar um tradutor – era a oportunidade de ouro. Se eu falhasse com aquele Drakiano, seria o fim não só de mim mesmo, como também o de minha família.

Quando o tradutor chegou, em vez de já cobrar, como geralmente faziam, foi direto a traduzir. Fez um bom trabalho, mas pediu que o levasse na viagem, o que eu estranhei; mas, como eu era um homem justo, o levaria de graça, embora tivesse fingido cobrar. Aprendera que, quando as pessoas gastam dinheiro, respeitam mais o ambiente.

Aguardei meu convidado na proa, pois queria recepcioná-lo com toda a pompa que lhe cabia, e observando o porto vi um rosto que pensei que nunca veria igual: era Brunhilde de Belgrado, junto ao tradutor. A jovem havia sobrevivido e viajado muito. Não pude recepcioná-la como gostaria, pois meu convidado de honra precisava de toda a atenção possível.

Passei a viagem inteira paparicando-o; no mundo mortal, ele era reverenciado como um grande barão do Sacro Império Romano-Germânico, e perante os imortais era conhecido como Waldemar da Corte de São Jorge, filho mais novo de Fafnir. A ele dei todo o sangue que quis, tive conversas intermináveis ao longo dos dias para entretê-lo, dei presentes e tudo mais que me esforçara. Mas nada parecia estar adiantando, pois sempre que eu tocava nos assuntos de minha família ele desviava para outros.

Perto do estreito, Mytrael veio até mim. Questionou-me sobre a possibilidade de um duelo entre ele e Waldemar – um pedido ridículo, afinal um ser como ele nunca aceitaria tal imprudência, e ainda que aceitasse, Mytrael e seus iguais estavam secos de sangue, quase mumificados; um Drakiano bem alimentado como aquele seria o suficiente para destruí-lo com um golpe. Eu consenti, pois de qualquer forma, se ele aceitasse, poderia usar isso como brecha para uma aproximação.

Antes que ele se retirasse, alertei-o sobre o sangue – era inteligente não criar laços com a tripulação bebendo deles, mas não queria que o amado de minha velha amiga morresse tão mediocremente.

Logo eu descobriria que aquela decisão fora um erro, assim como a que tomei em seguida. Um náufrago de traços mouros, com uma história maluca, chegou ao meu navio, e tudo que fiz foi aprisioná-lo. Minha sensibilidade sempre fora fraca, se comparada à de recém-nascidos, e minha sedução, apesar de boa, não servia para interrogatórios.

Uma sucessão de más escolhas me levou até a fatídica noite em que tudo mudou. Na metade da noite, enquanto eu fumava, perdido em pensamentos, sons de gritos e golpes me trouxeram de volta à realidade. Ao botar o chapéu e sair, encontrei do outro lado do navio Mytrael carregando Brunhilde, com a bolsa de Waldemar em seu ombro e um campo de luz os rodeando. Minha família sempre fora conhecida por seu ponto fraco pelos vícios mundanos – o que não diziam é que isso se refletia em nossos sentimentos. Não nos perdíamos em vícios, e sim em pecados. E ali, ao ver aquele Strigoi nojento, destruindo tudo o que eu construíra, a ira do mais profundo poço infernal tomou conta de mim. Em uma disparada contra Mytrael, acabei sendo golpeado pelo Leyak. Mas, um atrás do outro, fui derrotando a todos. Eu os perseguia pelo navio, cego de raiva. Creio que não preciso ser detalhista daqui para frente, mas é bom que saiba que Carontes de Pompeia é o vampiro mais atarefado deste mundo.

Depois eles sumiram, Waldemar acordou, sem entender direito o que havia acontecido. Eu o convenci de que Mytrael e Brunhilde estavam em um complô com o náufrago, para sequestrá-lo.

O náufrago acreditou e me pediu que o levasse para Roma. Assim o fiz. A viagem de volta foi um tanto complicada, e após a batalha com o Strigoi meus homens perderam muito do respeito que tinham por mim. Inclusive ameaças de motim surgiam.

Todavia, ao botar os pés em Roma, descobri que aquilo não importava mais. Waldemar me levou até a presença de Fafnir, que, grato pelo que eu fizera por sua cria, ofereceu-me uma parceria de negócios. Fafnir patrocinou com fortunas a construção de portos e navios na Sicília, os Liogat tornaram-se senhores do mar, e eu, representante dos nossos interesses na Nocturnal, oficialmente nos tornamos a família mais próxima das quatro cadeiras dos senhores do mundo. Passamos a ser chamados de cavaleiros.

Apesar de ser um vassalo, minha nova posição muito me alegrou; o mar me causaria muita saudade, porém teria montanhas de dinheiro para aplacá-la. Depois de meses de planejamento, finalmente recebi minha primeira missão: de Viena, parti para a Dinamarca, a fim de conquistar terras para meu senhor e tornar-me barão.

O destino é curioso: da mesma forma que desde tempos mitológicos as estrelas do céu são seguidas por homens ao mar, destinadas a rotas que as fazem se encontrar, nós, seres imortais, nos encontramos vez ou outra. E assim, de todos os lugares do mundo, eles estavam lá, para mais uma vez arruinar meus planos. Não se pode dizer que não tentei; talvez pudéssemos ter sido amigos se as coisas tivessem fluído de modo diferente, mas não – apunhalaram-me pelas costas. Foi ironicamente ridículo Mytrael ter me criticado tanto, por eu ter golpeado suas costas, sendo que um ano depois faria o mesmo... hipocrisia!

Continuando... sobre nosso sono, existiam duas maneiras de vampiros desacordarem e assim ficarem por eras: a primeira era a falta de sangue. Uma secura autoimposta fazia o corpo desfalecer em sono por décadas para alguns, séculos para outros, e até milênios para os mais velhos. Alguns Milenares se colocavam nessa condição por estarem cansados demais para continuar e velhos demais para aceitarem morrer. Claro, mesmo nessa condição eles despertavam – o Predador é que o fazia, pronto para beber. O outro modo tive o privilégio de experimentar: nossa biologia vampírica era um mistério para os maiores anatomistas e sábios de todas as eras, que por sua vez concluíram que se tratava de magia e não havia outra explicação. Porém, sabia-se que nosso principal órgão era o coração – precisávamos do cérebro para muita coisa, mas o coração era a peça-chave. Dito isso, o modo mais assertivo de matar um vampiro é arrancando seu coração ou cortando sua cabeça. Atravessar algo no coração de um de nós poderia não ser fatal – dependia do material da estaca. O motivo de ter de ser madeira para garantir a morte do vampiro eu não sabia, e nunca conheci alguém que soubesse me responder.

Primeiro era como desmaiar; sem consciência. Mas com o tempo voltava. Primeiro, se sentia como em um sonho, e depois, flutuava-se na escuridão da própria mente. Com o passar das décadas, começava-se a ouvir e sentir, e depois de um bom tempo até enxergar era possível. Um prisioneiro submisso de seu próprio corpo. Eu já sofrera muitas torturas, de incontáveis formas, e não havia nada pior do que isso.

Mytrael, talvez por pena, quem sabe por culpa, começou a vir me ver e conversar comigo. Nunca falava da cidade ou de si, apenas me relatava como sentia falta de tempos passados, da saudade de quem tinham sido. Minha solidão era tanta que a esmola de atenção que recebia me fez amar Mytrael. Engraçado como o fundo do poço nos leva a dar valor a coisas que antes tínhamos como supérfluas...

Houve o dia em que fui retirado do calabouço e colocado em uma caixa de madeira. Venderam-me vendido para Fafnir, que pagara o montante de dez vezes o meu peso em ouro. Em minha época, fui considerado um gigante, cerca de um metro e oitenta e cinco de pura robustez. Era uma grande fortuna.

Viena, a capital de nosso grandioso império, era agora lar dos Drakianos, que haviam transferido para nós sua sede em Roma. Fui trazido de volta por súplicas de minha família, que enriqueceu com o meu legado. Fafnir e seu braço direito, Hassan, tinham planos de dominarem toda a Europa, mas nos tempos modernos, em que estávamos a guerrear, essa não era mais uma opção: era hora de dividir e nos preparar para conquistar.

Griffin, ao Norte, e Tiamat, ao sul: os três irmãos, que até poucos séculos tinham lutado juntos, agora dividiam o mundo. Segundo Fafnir, isso só servia para deixar tudo caótico. Os mortais destruíam seus próprios tesouros e se matavam, enquanto as crianças e os Seculares se aproveitavam das guerras como parasitas em uma ferida. Fafnir tinha um sonho que ele já estava colocando em prática: através da Igreja Católica, unificaria o mundo em apenas uma crença, e através do poder unificaria os vampiros em uma família única. Com isso, seríamos os eternos e absolutos governantes do mundo. Outrora os Verdadeiramente Antigos e alguns Milenares foram cultuados como deuses; agora, formavam panteões inteiros, apresentando-se de diferentes formas em diferentes tempos. Agora deveríamos governar das sombras, triunfar na escuridão. Com a derrota de Tiamat em Constantinopla, Fafnir tinha agora o plano de unificar a coroa francesa com a inglesa e assim aliar-se a Griffin – dessa forma, unificando a Europa e a família de Drakianos. Em seguida, toda a Nocturnal aderiria ao plano.

Fafnir não me fornecera detalhes, mas Heitor estava aliado a ele em um plano de derrubar Clotero, o vampiro que dominava toda a Gália, para assim facilitar negócios com Griffin. Deveríamos ir até Honglev para firmar o acordo e eu tornar-me membro do conselho de Heitor. Entendi que fazer-me voltar àquela cidade e aliar-me aos seres que haviam me traído foi uma forma de Fafnir me punir.

Pouco importava; faria daquela oportunidade meu impulso para o topo. A viagem durou meses, e deixe-me dizer algumas verdades de Honglev: as músicas, poesias, obras de arte e os ditos populares diziam que o vilarejo era o mais belo e incrível de toda a Europa, onde todos eram alegres e ricos. Saiba que isso estava longe da verdade. De fato, a fome e o analfabetismo eram mínimos, contudo o custo disso representava-lhes uma opressão absurda. Entravam em sua casa e o obrigavam a aprender o ofício que lhes fosse conveniente; se o sonho de seu filho fosse tornar-se menestrel e na cidade estivessem faltando ferreiros, guardas invadiam seu lar e obrigavam a criança a aprender o ofício da forja e trabalhar com isso. Quem tentasse impedi-los era espancado quase até a morte. Além disso, quem não fosse bom em seu trabalho era expulso da cidade ou então parava nas ruas onde os guardas o utilizavam para alimentar os cães. Quanto à riqueza, havia muita, mas apenas para aqueles que caíam nas graças dos nobres. Quem fosse o melhor artesão da cidade – embora houvesse centenas – era o único artesão que recebia um pagamento justo.

Sem falar no nepotismo. De fato, miséria não havia, mas tal desigualdade fazia qualquer um preferir o horror a terras menos civilizadas, como Honglev. E claro, havia o Exército: quando se conhecia a força militar da cidade, descobria-se para onde ia todo o dinheiro que deveria estar na mão do povo. Honglev era a cidade mais militarmente poderosa que já conhecera.

Não me entenda mal. Heitor e seus conselheiros viviam envoltos de tanta beleza e poder que essas questões sobre a cidade estavam muito abaixo de seus pés para que se dessem ao trabalho de observar – eram apenas ricos ignorantes que gozavam de um luxo sem fim... eu não os julgava.

Minha iniciação foi muito mais pacífica do que eu havia previsto. Os vampiros me aceitaram bem e rapidamente fui posicionado em um cargo. Porém, ao longo dos anos, sem Heitor as coisas iam de mal a pior: Mytrael era um péssimo regente, e os demais vampiros tinham se aproveitado disso para usufruir da cidade, o que fez os problemas se agravarem. Em minha posição como militar, pouco pude fazer além de espancar os criminosos; utilizando da força, também desfiz intrigas vampíricas, fiz o possível para segurar o reino, o que não seria possível por muito tempo. Felizmente não foi preciso, pois Mytrael enfim reassumiu sua posição como se tivesse despertado de um sono, tomando atitudes e usando ao máximo o poder da Coroa. Também me trocou de cargo, para eu ficar mais próximo dele, o que apreciei, pois era sinal de reconhecimento do meu valor. Em um ano Mytrael ergueu de volta tudo o que tanta gente tinha demolido. E, para fechar aquela década com chave de ouro, no Natal ele executou um traidor e mostrou quem era o soberano ali...

O ano seguinte foi calmo, quando comemoramos festivais e celebramos amizades. Uma dezena de Vykros veio fazer parte de nossos exércitos. Abedah ficou encarregado de supervisioná-los; aquele a quem agora eu chamava de homem-béstia já não falava nem se movia mais como humano. Já não víamos seu rosto há anos, honestamente não entendíamos o que estava acontecendo. Não era parte da maldição de homens como ele se transformarem em bestas.

Para ilustrar melhor o que digo, deixe-me contar uma passagem. Abedah foi ordenado a buscar as provas de traição deixadas por Lucius, e após a execução Mytrael mandou que eu o acompanhasse. Quando cheguei à casa do Drakiano, o que vi foi bárbaro: como todo homem abastado, Lucius possuía muitos servos, vinte e oito entre homens e mulheres, para ser preciso. Abedah espancou quase todos até a morte em minutos, deixando apenas os cinco Revenants vivos.

Ele me entregou as cartas e me pediu que voltasse, pois resolveria o problema com aqueles que ainda viviam. Talvez tenha sido por curiosidade ou, quem sabe, por algum tipo de sadismo que decidi segui-lo pelas sombras.

Em uma carroça, Abedah os levou até o cemitério da cidade, onde tirou o elmo, acordou um dos homens, deu-lhe uma pá e lhe ordenou que abrisse cinco covas. Mas não deu ao coitado o prazer da esperança: logo declarou que ele morreria também. Uma vez que as cinco covas estavam abertas, Abedah fez o homem pegar um por um de seus amigos, colocá-los nas covas e enterrá-los. Pense só: aqueles eram Revenants que conviviam juntos por décadas, eram amigos, talvez até amantes, e aquele pobre coitado teve de enterrar vivos todos aqueles a quem tinha como mais próximos de si.

Ao final, Abedah ordenou que o rapaz entrasse na cova e se deitasse. "Eis sua recompensa, traidor", foi o que disse, para em seguida cravar a espada no peito do homem. A recompensa por ter cometido tantos atos obscenos fora morrer rápido, embora a insensibilidade do Leyak tivesse sido tamanha que ele sequer percebeu que aquele jovem sofrera mais do que todos juntos, chorando feito criança o tempo todo. Em certos momentos tentara orar, e ao final daquilo não tivera sequer a misericórdia de morrer como aqueles que haviam morrido por suas mãos.

Honestamente, tenho certeza de que ele mudara tão drasticamente por causa da visita de Hassan. O senhor de Alamut havia vindo de longe para visitar seu favorito, e quando o encontrou Abedah estava manchado de desonra. Nem imagino o porquê de não o ter destruído, creio que até monstros como Hassan tinham coração.

No Natal daquele ano, chegou uma carta de Heitor, anunciando que Brunhilde havia despertado e que tinham recebido dispensa para voltar. Agora, tratava-se de uma questão de poucos anos para Honglev voltar às mãos de seu verdadeiro dono. Porém, no final do inverno, as tropas de Copenhague já se preparavam para marchar; em poucos meses, estariam em nossos portões. Segundo os espiões, eram mais de vinte mil contra oito mil do nosso lado, ou seja, nossas muralhas colossais seriam nossa única salvação. Assim, começamos a montar estratégias e treinar todos os jovens para a batalha.

Capítulo IX

A despedida

Eu nunca liderara um exército antes, nem mesmo já havia estado em uma guerra, e agora eu era o rei de uma cidade prestes a ser cercada. Teria de tomar decisões importantes e ser exemplo para todos, e toda essa pressão me mostrou como não estava pronto para tudo aquilo. Do dia em que a carta chegou até o momento em que o inimigo foi visto, passei na biblioteca estudando todo conteúdo que falasse de guerras, exércitos, cercos, estratégias e o que mais que pudesse ajudar.

Camille tomara conta dos interesses mortais, enquanto Catherine passara a cuidar dos interesses vampíricos. Carontes ficara à frente do Exército, preparando-nos para a batalha. E para Abedah designara a função de liderar os vampiros que batalhariam. Essa função era quase desnecessária, mas não podia dar algo muito complexo: o Predador compartilhava aquele corpo agora.

A cidade toda se preparou durante meses para o momento em que as cornetas tocassem. Todas as noites estávamos atentos, mas, quando a corneta de guerra enfim tocou, foi como se ainda estivéssemos nos preparando; foi como um golpe. Da minha biblioteca eu saí ordenando que levassem para os cofres do subsolo todos os documentos de valor, e em seguida corri para a fortaleza, onde encontrei os serviçais atônitos, andando de um lado para o outro sem saber o que fazer. Para eles, a ordem fora a de trancarem o castelo e esperarem.

Simon já estava lá, me esperando. Ajudou-me a vestir uma armadura completa de placas.

"O senhor tem um plano?", questionou ele.

Sim, eu tinha. Dentro do bolso de minha calça, por baixo de todas as grossas camadas da armadura, estava guardado o rubi de meu pai. Era o milagre que eu usaria para salvar a todos.

"Tenho a fé!", respondi, enquanto caminhávamos em direção ao estábulo.

Cavalgamos para a segunda muralha, onde a maior parte do exército se reunia. Lá, nos esperando, estavam Catherine e Camille, trajando armaduras leves. Os guardas em volta estavam tão confusos que ficaram impressionados ao ver uma criança de armadura, no meio do campo de batalha. Talvez eu também achasse cômico, se não estivesse nervoso.

No topo da muralha, tinhamos a visão de toda a cidade; mesmo assim, chamei Carontes em pensamento e pedi a ele que me mantivesse informado da aproximação. Ele e Abedah estavam na terceira muralha, onde iriam comandar as armas de guerra e os arqueiros. Carontes disse-me que ainda não tinha visão clara do inimigo.

Através de minha visão sobre-humana, eu podia lá de cima ver a face de cada um dos guerreiros que aguardavam; nossos melhores estavam na linha de frente. Os demais não passavam de meninos, com treinamento breve demais para serem significativos, e os pobres tinham certeza de que morreriam. Se na hora de brandir a espada ainda tivessem essa certeza, aí sim estaríamos na mão do inimigo. Por isso, eu precisava inspirar seus corações; eu lera que guerreiros sacros gritavam o nome de seus santos e oravam antes da batalha, para se lembrar por que lutavam... e por que aqueles jovens lutavam? Por meio de minhas sensibilidade e sedução, fiz que minha voz chegasse ao coração de todos, até mesmo daqueles da linha de frente.

"Quando nós, seus soberanos, transformamos esta terra no que ela é hoje, sabíamos que o mundo nunca mais seria o mesmo. Quando dissemos que não haveria fome, miséria, analfabetismo ou peste, aqueles que não acreditaram riram, os que acreditaram choraram, mas a maioria ficou em silêncio, pois sabia que estávamos prestes a viver tempos grandiosos ou então perderíamos tudo. Bem, aqui estamos, estes que virão querem destruir nossa obra, destruir nosso sonho. Querem atirar-vos na fome, na ignorância e na morte. Eu sei que agora o medo reina em seus corações, mas este é seu lar, esta é sua terra, que os vem suprindo há anos sem nunca cobrar nada. Então, lutem, meus conterrâneos, lutem pelo legado de seu pai, lutem pela herança de seu filho, pois Honglev lutará por vocês."

O grito do povo foi como um trovão rasgando o ar, talvez mais por causa da sedução do que pelo discurso, ainda assim, eu conseguira acalentar o coração daqueles guerreiros.

"Mytrael", chamou Carontes, enquanto ainda ouvia os gritos.

"Sim, o que está acontecendo?"

A voz dele demonstrava preocupação e medo.

"Pela estrada principal marcham mais de vinte mil homens... porém, voando bem acima deles, vem um dragão Mytrael, uma fera colossal."

"Um dragão... como é esse dragão?"

"Que importa? O que faremos? um Drakiano Milenar está dentre eles..."

Através da sensibilidade, olhei pelos olhos de Carontes. Não havia dúvidas: era Ukro, que cumprira a promessa de vir destruir tudo aquilo que eu amava. Mesmo que Ukro estivesse sozinho, seríamos derrotados, mas com ele havia milhares. Meu pai tinha razão, afinal, era de um milagre que eu precisava. mas felizmente eu tinha um.

"Simon, tire minha armadura!"

Na velocidade com que ele voava, chegaria ali em poucos minutos, menos do que eu precisaria para tirar a armadura. Simon e eu estávamos me despindo o mais rápidos possível. À nossa volta, todos estavam sem entender o porquê dos prelúdios do combate. Em minha mente, ouvi o grito de Carontes:

"Fujam!"

Pouco acima do portão principal, a muralha rompeu-se inteira. A grande fera negra a atravessou em seu voo, como se ele sequer tivesse existido. A rocha rapidamente começou a desmoronar, pedregulhos enormes choviam sobre as casas, o povo gritava. Todo o preparo, toda a estratégia, fora arruinada.

Após usar seu corpo como aríete, a fera manobrava-se, porém um corpo que saltou do topo da muralha, enquanto ela ainda desabava, caiu sobre as costas do dragão, cravando-lhe uma espada larga; era Abedah, que sem medo nenhum cometeu um ataque suicida contra a criatura que erguia seu voo para o céu, com o Leão de Judá em suas costas. A fera estava acima das nuvens, quando vimos o iluminar de seu fogo avermelhar o céu, e ouvimos o rugido ensurdecedor indicar que ela descia para nos queimar.

Eu não tinha tempo; estava com o rubi em mão, mas não sabia o que fazer. O povo estava enlouquecendo. Soldados cometiam suicídio, pessoas deitadas no chão encolhidas choravam. O que daria início a um milagre?

"Um desejo", ouvi em minha mente. Não pensei quem disse ou como o fez, apenas olhei para Ukro, que descia das nuvens, e gritei:

"Pai, destrua meus inimigos e salve o meu povo!"

E arremessei a pedra em direção ao céu. Surgiu então um clarão de luz avermelhada, como se nunca tivesse existido Pompônio, e o exército de Copenhague desapareceu. Por instinto fechei os olhos, mas o povo vibrou, em comemoração...

"Mytrael, você nos salvou, salvou a todos!", disse Catherine, agarrando-me em um abraço.

"Por deus, obrigado, era só isso que eu queria."

Aquela cidade era tudo para mim. Meu filho, era minha amante e confidente... e agora estava a salvo, para que eu pudesse entregá-la nas mãos de Heitor.

Ao abrir os olhos, notei que Abedah estava caindo com a espada em mão, e para salvá-lo, usei de meu dom: desacelerei o tempo ao redor dele fazendo-o cair suavemente. Ao me levantar, fui erguido pelos guardas que me levaram para baixo. Eles gritaram ao povo que eu era santo, um salvador... o povo começou a jogar dinheiro e grãos para cima, enquanto me conduzia para o centro da cidade. Abedah estava lá também, sem sua armadura; diziam que ele e eu éramos messias que tínhamos sido abençoados. Foi muito divertido, até mesmo Abedah sorriu.

Gritei ao povo que faríamos um grande festival para comemorar, assim que tivéssemos reconstruído a muralha. Enquanto nos dirigíamos a pé para o castelo, o povo nos tratava como se fôssemos deuses.

O conselho me aguardava. Catherine e Camille lhes contaram o que fiz, e uma inundação de perguntas teve início. Eu lhes respondi que aquilo era meramente poder da feitiçaria de Genevive, mas obviamente não acreditaram. Àquele ponto, pouco importava; eu só queria preparar a cidade para Heitor e me preparar para a viagem.

Quanto à cidade, foi muito simples: ordenei que Carontes tomasse conta da reforma, junto de Arakur e Soren, e para os demais, designei que cuidassem das negociações com Copenhague e pusessem um ponto final àquilo. Também nomeei Celestyn ao conselho; provou-se fiel à Coroa e muito competente, e a ele disse para tomar conta das questões logísticas do povo, dos vilarejos e dos reinos vassalos. Além disso, determinei que Simon o auxiliasse.

Quanto à viagem, eu passava boa parte das noites planejando o discurso para Brunhilde, inclusive pedi a ajuda de Camille. Também, é claro, preparei a comitiva, ordenando que me fizessem um mapa, e selecionei os servos que levaria comigo, além de armazenar as riquezas e montar a carruagem. Nossa primeira parada seria a Anatólia, em busca de Tenlura de Seletrósia. Depois, eu haveria de encontrar meu fim.

Abedah viria comigo; além dele, decidira levar também Arakur, para me fazer companhia e gerenciar os servos, e Genevive, meramente porque ela me pedir por isso, devido a seu interesse em conhecer a Anatólia.

Foram cinco anos entre a guerra e a chegada de Heitor, mais tempo do que pensávamos. E quando ele chegou, trazendo o exército para nós, foi como se um anjo tivesse descido do céu. Sem aviso, não nos dera chance de fazer uma festa, embora ver os membros do exército reencontrar suas famílias fosse melhor do que qualquer festival. Pais que tinham saído de casa, deixando crianças, agora encontravam homens e mulheres, alguns encontravam netos... Heitor, sobre a carruagem, reverenciava e se curvava ao povo; a emoção era forte para todos naquele dia.

Heitor abraçou e beijou a todos quando desceu da carruagem. Antes de entrar no castelo, ordenou que distribuíssem todo o espólio entre os plebeus. Isso, porém, gerou mais caos do que alegria; aquele homem bufante, logo em sua recepção, nos lembrou do porquê o amávamos.

Além de nós do conselho, com Heitor entraram Hassan e um homem de face coberta por turbante e cimitarra na cintura. Brunhilde não estava com ele, e não a vi em momento algum, todavia não era momento de questionar nada. Ao entrarmos, sentamo-nos e fomos servidos como sempre. Heitor, por sua vez, recusou o sangue e permaneceu de pé, junto dos dois convidados.

"Que prazer em vê-los, inclusive as novas figuras. Carontes e Camille, é um prazer ver que estão tão bem encaixados, e Celestyn, que surpresa saber que agora se senta à mesa conosco. Creio que seres como nós dispensam formalidades de explicação; tanto sei o que houve aqui quanto vocês sabem o que sucedeu em minha guerra."

Permanecemos em silêncio. Era verdade: mensageiros, espiões e informantes nos haviam revelado muito sobre o que acontecia com eles.

"Como sabem, eu sendo quem sou anseio por uma festa, um baile, portanto serei sucinto no tema. Abedah, este, caso não tenha reconhecido, é Calladus."

O homem então revelou seu rosto, confirmando quem era.

"Ele lutava do lado inimigo na guerra, até reconhecer Brunhilde. Do nosso lado do combate ele descobriu o que acontecera com você e propôs a Hassan um duelo, entre vocês dois.

Se ele ganhar, terá toda a glória de ter sido aquele que pôs fim à existência de Abedah, e se perder, Hassan o verá como digno novamente."

Assim que Abedah sentiu que Heitor havia terminado, levantou-se e disse:

"Exijo que o duelo aconteça imediatamente!"

Heitor sorriu e caminhou até a parede, dando a palavra para eles. Calladus movimentou a cabeça, assentindo, e em seguida ambos olharam para Hassan, que fez o mesmo com o olhar. Estavam prestes a sacar a espada quando Camille se levantou.

"Esperem!", disse, antes de subir à mesa. Continuou: "Senhores, esse é um ambiente de diálogo, não manchem este santuário com seu sangue. Quando vim a esta cidade, tomei a liberdade de com a ajuda de William de Catherine construir uma arena, que usaríamos para festivais... não para isso. Seria um ultraje!"

A menina não apenas falava bem, como gesticulava e se expressava com tanta paixão que era tocante. Heitor sorria com malícia enquanto ela falava, e quando se sentiu à vontade complementou:

"Sim, de fato, pequenina, acho de muito bom tom que usemos tal construção. Senhores, podem se dirigir para lá, cuidarei do resto."

Esperei que todos saíssem.

"Heitor, onde ela está?"

"Acalme-se, Mytrael, primeiro me deixe ler em sua mente tudo o que ocorreu durante esse tempo."

Assim o fiz, e ele olhou em meus olhos por poucos instantes e sorriu, satisfeito.

"Ainda fuma?", perguntou ele.

"Raramente. Por quê?"

"Fume comigo hoje."

Heitor não era de fazer mistério, então, compreendendo a seriedade daquilo, aceitei o fumo e deixei que ele me conduzisse.

"Quando ela caiu em combate, tive tanto medo que chorei. Sou emotivo, eu sei, mas isso não tira o peso das lágrimas que solto. Da mesma forma que você aqui protegia o meu amor, lá eu estava protegendo o seu. Ofereci-lhe quantidades obscenas de sangue, tentei dar o meu sangue, tentei a magia dos Katalas e nada adiantou. Então, depois de um tempo, sentado ao lado de sua cama, disse 'Acorde, guerreira pálida, desperte, Mytrael vai partir em breve, se não despertar não o verá'. Como se tivesse lhe dado o sopro divino da vida, Brunhilde acordou, e tive de dizer a verdade, tive de contar sobre sua partida e que não a levara... ela o conhece, sabe que se decidira a isso, nada nem ninguém o convenceria a levá-la. Mytrael, este ano farei dois mil e oitocentos anos de idade, garanto que já vi muito, quase tudo, e essa foi a segunda vez que vi um amor tão ardente e belo quanto o dessa criança por você. Por favor, não vá."

"Eu sei, tenho noção disso, Heitor, Brunhilde é um ser iluminado, que possui mais amor dentro de si que a humanidade inteira sonha ter. Tenho o que todos os seres deste mundo sonham. E não sou digno, entre todos os meus defeitos, o maior e pior é não conseguir amá-la dessa forma, não poder devolver este amor que recebo. Ela merece mais, mais do que eu posso oferecer."

Heitor deu um tapa em minhas costas, jogou o fumo na lareira e pediu que fôssemos ao combate. Perguntou se eu estava preocupado, e rimos disso... era tão óbvio para todos que Abedah despedaçaria o pobre Calladus.

Caminhamos lentamente até a Zona Norte. Apesar de dizer que cuidaria dos preparativos para o duelo, Heitor simplesmente não o fez, como se não se importasse. Conversamos o caminho inteiro, como amigos que não se viam há anos. Os bons quilômetros que percorremos passaram num instante, por isso tivemos a sensação de que precisávamos de mais, a saudade era muita, afinal...

A arena parecia uma miniatura do anfiteatro flaviano, o que seria muito apropriado, dado que seria um embate entre homens que buscavam a glória. Seguimos até a parte superior, onde nos esperando estavam Catherine, Carontes, Camille, Celestyn e alguns servos. No restante da arena estavam os demais vampiros da cidade e seus Revenats, até mesmo Soren e Simon estavam lá; também escondido em meio à multidão estava Hassan, aguardando o que parecia ser uma meditação.

Nós nos servimos e começamos a dialogar, não sobre o evento, mas sobre o futuro, até que os portões se abriram. Eu e Heitor acendemos nosso fumo e ficamos atentos. O silêncio era a melodia do ambiente; os dois Leyak estavam nus e desarmados, rumo ao centro da arena. Foi quando se viraram para Hassan e disseram:

"Lutaremos apenas com as bênçãos de Damarco, como homens, até o fim."

Cumprimentaram-se respeitosamente e então, feito bestas, se grudaram em socos. Ambos eram fortes, arremessavam-se por metros de distância. Abedah pegou Calladus pelos ombros e arremessou-o na arquibancada, destruindo a estrutura de concreto e madeira. O jovem, por sua vez, voltou à arena dando um aríete em Abedah, que rompeu as paredes com suas costas. Ambos eram igualmente fortes. Abedah não usava suas garras por pura honra.

A batalha durou muito tempo, mais do que qualquer mortal suportaria; com a demora, a vantagem de Abedah se mostrava clara. Apesar de cansado, estava sem nenhum arranhão, enquanto os hematomas, as fraturas e os cortes sofridos por Calladus denunciavam seu estado. Em silêncio, cansados, ficaram calados, pois ambos queriam acabar com aquilo.

Abedah apontou o dedo para seu filho e disse em árabe:

"Você me enche de orgulho, Calladus, luta tão bem quanto seu pai, tanto na mão quanto na espada, mas, criança, quem nasceu Calladus nunca será Abedah!"

Abedah gargalhou após isso. Calladus, em fúria, correu na direção de seu criador, pronto para golpeá-lo. Abedah parecia distraído ou cansado demais, até Calladus surgir em seu alcance, e, com um giro de corpo e passo de ajuste, golpeou o braço do jovem, fazendo-o se desequilibrar. Além disso, agarrou seu pescoço, como se fosse Hércules matando o leão, apertando-o durante cerca de dois minutos, cada vez mais e mais. De repente os olhos de Calladus saltaram, até que sua cabeça se deformou, quando enfim Abedah a arrancou, fazendo o combate se encerrar com o corpo do jovem queimando, de forma dramática.

Calladus voltou-se para Hassan, exibindo o crânio que ainda queimava. O velho da montanha, por sua vez, levantou-se, tirou uma algema da túnica e a arremessou na arena. Abedah pegou-a e se retirou. No ato, Heitor e Camille aplaudiram, sorridentes, como se aquilo tivesse sido uma comédia. Aguardei seus festins para marcar um encontro no início da noite seguinte, despedi-me de todos e parti.

Mais tarde, fui até Abedah, que se lavava dentro do anfiteatro. Eu tinha assuntos com ele, que ao me ver chegar disse, sorrindo:

"Mytrael, meu irmão, que saudade!"

"Do que está falando? Estávamos juntos ainda hoje."

Ele olhou em meus olhos, com satisfação, e esclareceu.

"Agora, sou eu, serei eu, Hassan me devolveu o que precisava, antes eu tinha tudo o que precisava, agora tenho tudo isso", finalizou, exibindo a musculatura, tal qual uma estátua de um deus grego. Ri tanto que precisei de um tempo para continuar falando, mas eu havia entendido o recado: o Predador fora dormir, agora o carismático e amável Abedah seria minha companhia.

"O que significa essa algema enferrujada?"

"Lembra-se da história que lhe contei sobre como Hassan me encontrou?"

Fiz que sim com a cabeça.

"Essas são as algemas que eu usava quando era escravo no dia em que ele as tirou de mim. Descubra o que tu és e, quando souberes, por mais sombrio que sejas, abrace a ti mesmo."

A cada ano da vida de um vampiro, ficamos mais fortes e poderosos. Diferentemente de um mortal, não precisamos fazer nada para que isso aconteça, e é justamente essa a diferença dos fortes para os fracos. Abedah treinava mente e corpo todas as noites, religiosamente, e naquele momento compreendi que ele era superior a mim, não só em questões físicas, o que era óbvio, mas também um ser superior – e se não fosse por meu dom singular e desigual, tão poderoso, eu e ele não poderíamos ser considerados iguais. Eu tinha de correr atrás do prejuízo – ou do lucro.

Após esclarecer as coisas com ele, alertei-o para se preparar para a nossa partida no dia seguinte. Dirigi-me a Endelose Tarn – era como se lá houvesse uma fera devoradora de homens me aguardando, mas eu já tinha adiado demais. E, com todo o tempo que tive para me preparar, no caminho, ordenei aos meus servos que avisassem Camille de que o momento havia chegado.

Ao entrar na torre, Heitor estava lá, me esperando, sentado a uma mesa, fumando. Eu me aproximei e o acompanhei.

"Sei que estou invadindo sua privacidade."

Em sua face, havia uma seriedade que poucas vezes testemunhara.

"Tudo bem, preciso de uns minutos para meus auxiliares chegarem. Prossiga."

"Com a sua partida, e agora a paz que irá se instaurar, minha existência se tornará monótona, e acredite, quase três mil anos de existência cansam qualquer um. Por isso planejo voltar para a minha terra natal e para a planície onde me casei. Vou me enterrar profundamente, para que meu sono não seja interrompido e raso o bastante para ser encontrado por aqueles que o desejarem."

"Entendo, e não vou tentar dissuadi-lo, não tenho esse direito. E quanto a Honglev e Catherine?"

"Catherine partirá em viagem com você. Vocês devem passar por Paris, e lá outra de minhas crias cuidará dela."

Quanto a Honglev, precisa de um rei, e honestamente nenhum dos vampiros dessa cidade estão à altura. Porém, Mytrael, seu Revenant Soren tem todos os atributos que a

Coroa exige, por isso quero que me presenteie com ele, a quem pretendo transformar e treinar à minha imagem."

Aquele me parecia um terrível e amargo erro, mas eu não estava em posição de negar nada àquele homem, por isso consenti. Quando Heitor me agradeceu, tirei do bolso a carta ainda selada.

"Eu não li, mas quero que saiba que, independente do que esteja escrito aqui, nada nem ninguém nesse mundo me farão deixar de amá-lo. Você é meu irmão, Heitor, é o pai que nunca tive."

Heitor tomou a carta, sorridente, e com a face emocionada a abriu e leu.

"Mytrael, meu amigo, saiba que tudo o que fiz foi absolutamente necessário. Algo que sempre escondi de todos é que eu sou o criador de Clotero, por isso foi para ele que busquei auxílio, enquanto na França descobri, através de outra cria minha que, havia uma conspiração de Fafnir e Griffin para tomar aquele local. Sim, trabalham juntos, às escondidas, e estão usando reinos como o nosso para travar guerras. Sem ninguém saber, a Europa pertencerá a eles em breve, e eu, para firmar essa aliança e fazer de ambos os gêmeos nossos protetores, tive de trair a todos; traí toda a França, traí meus filhos e antigos amigos, e ainda usei minha sedução em Camille para que ela traísse o próprio pai. Além disso, assassinei Carlos IV e influenciei o coração da nobreza de ambos os lados da família, Valois e Plantageneta, dando início ao que com certeza será uma grande guerra. Tenha certeza, Mytrael, que o amor que sinto por ti é muito maior do que por todos estes a quem traí. Se esse plano de alguma forma chegou a ouvidos maliciosos, duvide de todos, principalmente de Carontes, pois Fafnir pode me achar uma peça indesejada nesse jogo. Espero que me entenda e me perdoe por nossa guerra contra Fafnir. Aos olhos dos gêmeos, é mera formalidade de segurança, para manter a crença de que estes estão em guerra."

"Que bom que não a li antes, já estava ficando neurótico, todavia fico feliz por entender as reais razões dessa guerra sem fim entre reinos. De qualquer forma, nada disso importa, meu irmão.

Se eu não o apoiasse em seus crimes e desvios morais, que tipo de amigo eu seria? Confio em você, tenha certeza disso."

Heitor, por sua vez, queimou a carta usando a chama de uma vela.

"Sim, Mytrael, por isso a li para ti, te amo e hoje posso ver que também ama a mim, verdade que na época a carência de perdê-lo, gerada pela morte de meu filho, não pude enxergar."

Heitor me beijou e partiu. Eu já podia ouvir os bardos lá fora, por isso subi as escadas correndo. Ao passar pela porta, encontrei Brunhilde nua, buscando pela janela a origem da música que escutávamos. Ajeitei a postura e, enquanto puxava o ar para falar, ela tomou a dianteira.

"Nem tente, nem se esforce. Nada que você diga haverá de preencher o vazio em meu coração. Tal como nada que eu diga irá convencê-lo a ficar ou levar." Brunhilde se virou e, com a face vermelha pelo sangue de suas lágrimas, continuou: "Sempre soube, sempre desconfiei, afinal você sempre foi Mytrael de Ur, o último dos Khounsurianis, o caído do céu, o escolhido, o Principe dos Strigois... e sou meramente Brunhilde de Belgrado, a humilde guerreira protetora de Honglev. Pois me deixe esclarecer algo, Mytrael: você não é ninguém, é só um órfão perdido e assustado, assim como eu. Sempre nos apoiamos um no outro para seguir, mas você sempre foi assim, você é assim. O seu destino está acima de tudo e todos, o seu objetivo é maior do que o de todos, a sua história vale mais do que a minha. Eu lhe dei tudo, minha virgindade, dei meu amor, dei minha vida, e lhe daria minha imortalidade se você a quisesse. Isso é amar, espero que um dia seja capaz de entender."

Tudo o que eu havia ensaiado e planejado não servia de mais nada. Brunhilde falara do fundo de seu coração, com tanta intensidade que palavras saídas de minha mente nunca se igualariam às dela. Ela se sentou na cama, secando suas lágrimas, fui até ela e toquei seu ombro.

"Saiba que não ficarei aqui esperando por você. Viajarei sozinha, farei meu caminho, serei livre em buscar meu próprio destino, e se encontrar outro amor haverei de amá-lo em seu lugar, que me abandonou."

"Obrigado, é precisamente isso que quero que faça."

Brunhilde me observou espantada, e aproveitei para abraçá-la.

"Eu vou morrer, essa viagem culminará em meu fim, nunca mais nos veremos, então, meu amor, desejo que faça exatamente isso, siga seu caminho para a felicidade que nunca lhe dei."

Ela estava chorando como uma criança e repetia, sem parar:

"Você me faz feliz!"

A música dos bardos estava alta e perfeitamente mesclada com o canto angelical de Camille, no quarto ao lado. Ali, sem ter mais nada a dizer, eu e Brunhilde nos deleitamos do amor um do outro pela última vez... e foi tão belo que posso dizer que foi o ponto alto de minha vida.

Carontes estava do lado de fora da torre, repelindo sombras para que a luz da lua ficasse mais intensa. Camille e um coro de bardos cantaram para nós a noite inteira. Abedah, por sua vez, passou sua última noite em Honglev sentado em uma modesta cadeira de madeira sobre a terceira muralha, encarando a cidade... foi a última noite para todos nós.

Capítulo X

O peregrino

A reunião foi curta e rápida, apenas lágrimas e apertos de mão. A comitiva saiu bem cedo, rumo a Paris. Engraçado como, quanto maior o grupo, mais rápido se parte; viagens de meses tornam-se anos. Cada um de nós teve de procurar seu próprio entretenimento na carruagem. Abedah fazia flexões, agachamentos e nos erguia, Catherine gostava de bordar e costurar flores, nitidamente com saudade de seu Boticário, e eu, por minha vez, escrevia todas as minhas memórias e pensamentos, eventos de minha vida narrados em primeira pessoa. Também pedi relatos de Abedah, Catherine e Arakur, os mais fiéis possíveis – esse seria meu legado, o legado de todos nós, a história de nossas vidas e pós-vidas, que talvez um dia servisse para mudar a mente daqueles que nos chamavam de monstros... veriam que também amávamos.

Quando chegamos a Paris, fiz questão de descer da carruagem para conferir uma das cidades mais famosas do mundo, coração deste lado da Europa. Caminhamos uma noite inteira antes de deixar Catherine, que era nossa guia.

Pobreza, sujeira e fedor eram o que podia se ver por todos os lados; religiosos carolas ostentavam ouro, enquanto mulheres com a peste alimentavam seus bebês sentadas nas calçadas, sem terem nem mesmo roupas. Apesar disso, devo dizer que militarmente falando aquele reino era tão evoluído quanto Honglev, embora em sua arquitetura a igreja nos humilhasse: podia ficar horas admirando as construções góticas daquele lugar. Justamente próximo à construção que considerei mais bela foi onde presenciei a maior barbárie.

Em frente à Catedral de Notre-Dame, o povo se reunia para humilhar uma pobre mulher presa a um tronco. Toras e galhos misturados a palha seca formavam um estrado elevado, no topo do qual a mulher berrava em desespero; pessoas gritavam que ela era esposa do diabo, que amaldiçoara uma criança etc. Um bispo também estava presente, promovendo uma cerimônia para salvar a alma daquela que iriam assassinar. Ele, que segurava um tomo em uma mão e uma cruz na outra, lia em grego as escrituras. Achamos incrível como eles se consideravam civilizados – nós, seres da noite, que evitávamos ao máximo matar aqueles de quem bebíamos, éramos vistos como monstros e vivíamos escondidos de seus inquisidores e caçadores... e eles, os sacros, não percebiam que eram tão monstruosos quanto nós.

A mulher queimou lentamente, pois o fogo não incendiava de imediato; ia consumindo a palha, depois as lenhas finas e, só então as toras. Esse processo queimava – e matava – lentamente. Bolhas na pele se formavam devido ao calor, até que os cabelos começavam a arder e a pele ficar vermelha como a de um leitão na fogueira. Quando a pele começava a descolar da carne, os gritos cessavam.

Aquela foi a única vez que testemunhei uma dessas bárbaras execuções públicas. Eu sabia que que haviam métodos ainda mais cruéis, como a Dama de Ferro ou o Touro de Bronze. No entanto, ver aquela mulher sendo queimada daquela maneira por cometer o "crime" de engravidar enquanto o marido estava na guerra, fora o suficiente para eu desejar seguir viagem. Entregamos Catherine ao seu irmão Paolo, que a levaria para viver em Versalhes com ele. Apesar de jovem, bonito e carismático, convidou-nos para passar um tempo lá, mas obviamente recusamos.

Agora seguiríamos viagem sem grandes paradas até Constantinopla e depois até Anatólia. Era curioso voltar para lá após tantos anos, pois as coisas seriam certamente diferentes; os mortais que eu conhecia estavam mortos, antigas casas tinham dado lugar a novas... esse lado da imortalidade era ao mesmo tempo divertido e triste; víamos impérios surgindo apenas para lamentar a perda dos que já tinham caído.

Já perto do final da viagem, eu terminando minha obra, Abedah me questionou que nome eu daria a ela. Ele dizia que todos os épicos tinham seu nome, então qual título escolheria para a obra de nossas vidas? Refleti durante dias, aquela questão me tomando por inteiro, mas não conseguia encontrar um título que me satisfizesse.

Descemos em Constantinopla, onde vendemos tudo e seguimos apenas com o ouro e insumos básicos. Alugamos um navio para ir em direção ao Oriente, desembarcamos e seguimos viagem a cavalo por terra, apesar de conter vegetação, comparada com a Europa, aquela terra era desolada.

A partir desse ponto, eu não sabia mais o que procurar. A Anatólia era vasta e rica de culturas e cidades, por isso tentei usar de meus dons sensitivos – não os vampíricos, mas o meu dom único. No entanto, não fui bem-sucedido nesse esforço. Foi então que alguém me ouviu suplicar. Esmunamash apareceu e me deu uma direção e um nome: Ancara. Eu não sabia exatamente o que Ancara representava, mas não importava. Decidimos seguir para lá.

Tínhamos de montar acampamento todas as noites. Os mortais não podiam simplesmente se enterrar como nós, o que tomava muito tempo. Durante esses momentos, aproveitava para registrar a viagem, fumar e lembrar de casa. Minha noção de tempo era tão precisa quanto a lua, então eu tinha certeza de que já faziam dezessete anos que deixei Honglev.

Em uma dessas noites, um homem se aproximou de nós, com vestes muito humildes. Ele não tinha traços árabes e se apresentou como Alhaju. Ele pedia água e comida em troca de trabalho e dizia estar procurando o caminho para a Terra Santa. Minha primeira reação foi pensar em Pompônio, mas logo percebi que ele emanava uma energia completamente humana.

Aceitei por pura curiosidade. Já estava na direção do meu destino, e aparentemente aquele rapaz estava na direção do dele. O homem era muito comunicativo e, apesar de jovem, já havia viajado bastante, lutado em grandes batalhas e se envolvido com belas mulheres. Seu carisma conquistara a todos – com exceção de Abedah, que dizia sentir o cheiro de sua mentira.

Finalmente descobrimos o que era Ancara: na metade de uma noite após muitas horas de caminhada, vimos uma colina com um vasto vilarejo e um imponente castelo em seu cume. Assim que vi o lugar pude sentir: de lá emanava um poder incomparável... e, para a minha surpresa, isso me deixou bastante empolgado.

Só chegamos ao vilarejo de fato na noite seguinte, e eu estava ansioso por conhecer aquele povo. Alhaju vinha logo atrás de mim, observando tudo, enquanto Abedah suplicava para irmos logo ver a fortaleza. O povo do vilarejo era composto por homens muito sábios, e embora não nos conhecessem, nos tratavam como nobres. Chamaram Abedah e eu de Shaytan, e os demais também eram tratados com respeito, embora sem a mesma admiração.

Eles perguntavam tanto quanto nós; estávamos nos divertindo. Logo entendemos que o habitante da fortaleza tinha todo esse povo como súditos. O povo, por sua vez, sabia reconhecer nossa sobrenaturalidade. Em certo momento, uma mulher me chamou pelo nome – era muito bela e suas roupas continham ouro. Quando a voz dela se pôde ouvir, todos os moradores ajoelharam, e inclinaram a cabeça no chão.

Ela disse: "Mytrael de Ur, prazer finalmente conhecê-lo".

"O prazer é todo meu. Permita-me perguntar o seu nome..."

"Lahamu é meu nome. Meu senhor, me perdoe, achei que soubesse."

"Tudo bem, Lahamu, na verdade eu que me desculpo, afinal invadi seu reino."

Ela riu ao ouvir isso.

"Não, meu senhor, este não é meu reino, é o lar de minha mãe."

"E sua mãe seria quem? Se me permitir, quero conhecê-la."

Meu pedido pareceu causar-lhe dúvida.

"Mas o senhor a conhece. São velhos amigos, aqui é o lar de Tiamat."

Eu e Abedah nos entreolhamos sem entender nada. O que aquilo significava? Ela iria nos destruir? Estava sendo confundido, foi o que pensei.

"Tenlura de Seletrósia e Al-Tabari, é por eles que procuro."

Tentei não demonstrar nada.

"Sim, é claro, ambos estiveram aqui há pouco tempo."

Animei-me ao ouvir aquilo; uma pista de onde procurar viria dali. No entanto, quando Abedah me chamou com voz de preocupação, virei-me; e o ser que estava diante de mim podia ser descrito como o mais belo sobre a face da Terra. Não tinha meramente face e corpo perfeitos; sua presença, seu brilho, sua luz... eu tinha a sensação de estar diante de um deus. Lembrei-me de como foi estar diante de Fafnir, era muito semelhante a sensação, mas enquanto ele emanava força, essa mulher irradiava pela graça. Todos nós caímos de joelho, e eu tive que resistir à tentação de beijar seus pés.

"Levante-se, meu amigo, quero abraçá-lo", disse ela, a quem obedeci. Um sorriso de alegria genuína iluminou sua perfeição. Após nos abraçarmos, conduziu-nos até sua fortaleza, que, embora modesta, era imponente. Logo na entrada havia um grande salão com fonte retangular no centro. Ela e sua filha se sentaram no degrau que compunha a fonte e nos convidaram a fazer o mesmo.

Tiamat brincava com a água quando começou a falar, sorrindo:

"Já faz mais de um milênio e meio, Mytrael, você parece mais jovem."

"Minha senhora.... não sei o que dizer, a senhora está me confundindo, nunca a vi ou lhe fui apresentado. Estou neste mundo há cerca de dois séculos, é impossível tê-la visto em outra época", rebati, tentando ser o mais gentil possível.

Tiamat tocou meu rosto, acariciando minha barba com a mão molhada; sua pele, embora fria como era a de todos os vampiros, era macia como veludo.

"Não, Mytrael, talvez você não se lembre, mas tu és um dos seres mais velhos a caminhar pela Terra. Você foi aquele que escrevia em papiros, dançava e cantava a arte, já fundia metais enquanto os humanos estavam aprendendo a afiar pedras. Você foi meu professor nos primeiros dias após a escuridão."

Eu não sabia o que dizer. Ela sabia tudo o que meu pai havia me contado, então, eu nada disse, pois queria ouvir tudo o que ela poderia me dizer. Abedah, que estava atrás de mim, tão espantado quanto eu.

"Conte-nos, por favor, a história de Mytrael."

"Ah, que cômico! Se soubesse de sua grandeza, entenderia a graça. Eu era uma sacerdotisa na época, ainda mortal, mas uma feiticeira muito poderosa. Não me lembro de meu nome humano – ainda criança fui nomeada deusa pelo meu povo. Uma tribo de nômades do deserto nomeou-me Tiamat, a deusa-mãe, aquela que trazia a água e a colheita. Um dia, já no fim de minha infância, um homem chegou à tribo cuspindo fogo e bebendo sangue; ele tinha asas com olhos, uma presença aterradora. Esse homem matou meu povo e me levou para onde hoje estamos. Graças a um ritual profano de sangue, executado por seres que na época eu desconhecia, hoje posso denominá-los Leviatã, meu progenitor, junto de meus irmãos, Hécate, a senhora da morte; Súcubbus, o anjo hermafrodita; An, o andarilho do além; e Lilith. Diante da lua de sangue, o ritual de transformação foi feito, e todos ali se tornaram os primeiros vampiros. Todos aqueles que nascessem do ventre de Lilith durante a lua de sangue seriam como nós, nomeados Shaytan pelo meu povo. O que sucedeu após aquele dia não teve relevância; vagamos pelo mundo e, através de nosso poder, éramos deuses. Os anjos já não eram mais vistos, por isso os mortais se esqueciam do uno divino e de seus belos alados que protegiam a Terra. Havia apenas nós, eles nos adoravam, e assim foi por milênios, até que um rival apareceu: um homem capaz de controlar toda a realidade, tão poderoso quanto os Primogênitos. Rapidamente ouvimos suas histórias, e nós, os fracos gêmeos, tememos. Nossos filhos se esconderam, e eu, a pobre e fraca Mãe Terra, temi tanto que ordenei a construção de uma fortaleza subterrânea. Então um dia, em meu leito, quando despertei, deitado comigo estava o pesadelo dos Shaytan, um rapaz que devia ter no máximo 15 anos. Estava nu ao meu lado, e fiquei paralisada de medo; tocou meu rosto, como fiz com você, e disse: 'A senhora é tão bela quanto meu pai me disse'. Ele sorria atraentemente... sua face juvenil era encantadora. Conversamos a noite inteira, e ele a fez durar dias, para que não precisássemos parar. Mytrael, naquela época sua confiança e carisma eram irresistíveis, ninguém, nem mesmo eu, pude negar, e eu, a deusa virgem, a ti dei o fruto que muitos antes quiseram. Mas eu não era boa o bastante para você, descobrimos que An, seu pai, o havia encontrado bebê em algum lugar além deste mundo. Além do horizonte, você era a criança prometida. Não era Shaytan nem era anjo, mas estava longe de ser um mero homem. Houve o momento que você se tornou mais poderoso do que todos nós, e nessa época começou a viajar para além do mundo terreno, à procura de conhecimentos e desafios. Parecia que nada poderia detê-lo.

Ela interrompeu o discurso, ficou séria e encarou o vazio.

"Senhora, por favor, não pare..."

"Prefiro não prosseguir daqui, peço desculpas, fiz uma promessa."

"Entendo, sou incomensuravelmente grato por revelar-me tanto, tenho certeza de que a senhora não contaria mentiras, não haveria por que fazê-lo. Porém, se me permite, prometeu a quem?"

"A seu pai, An, o senhor do tempo. Poucos dias antes de sua destruição, ele disse-me que este momento chegaria e, para que você cumpra seu destino, eu não devo revelar detalhes de seu fim. Também me pediu que lhe desse um presente."

Ela então se ergueu e pediu a um homem que lá estava para buscar "o presente". O homem, tão grande quanto Abedah e de barba longa até o chão, chamava-se Lahmu. Descobri depois que ele e a mulher, Lahamu, eram os primeiros filhos de Tiamat, e tinham no mínimo sete milênios de existência.

Lahmu trouxe um embrulho de folhas, que ao me ser entregue se mostrou bem pesado. Ao abri-lo, revelei um diamante tão cristalino quanto água. Sorri por constatar que o presente era novamente uma pedra preciosa.

"Senhora, por que uma pedra preciosa? E o que devo fazer com ela?"

"Pedras possuem energias, e para aqueles que conhecem os segredos do universo, elas podem ser usadas como receptáculos de poder. An e você as usavam para armazenar grandes quantidades de poder, assim permitindo que seus seguidores usassem seus poderes. Quanto ao que ela faz, neste estado nada, porém é muito poderosa, pode conter um imenso poder, entretanto está vazia. Imagino que decifrará sozinho esse enigma."

Concordei; naquele momento, a pedra era a menor das minhas preocupações. Eu queria saber mais, precisava de mais. Lahmu nos mostrou onde poderíamos nos instalar. Estava para amanhecer; despedimo-nos e partimos.

Tínhamos servos para nos servir e manter seguros durante o dia, algo que tanto eu quanto Abedah não sentimos necessidade. Tiamat, seus filhos e aquele lugar nos transmitiam muita segurança; sentia tanta ansiedade pela noite seguinte que até tive dificuldade de dormir.

Assim que meus olhos se abriram, saltei de meus aposentos para bater à porta de Abedah, então seguimos para o salão onde havia a fonte. Os servos nos disseram que tanto Tiamat quanto seus filhos estavam dormindo – o que não era estranho, pois o céu ainda estava azulado, era o fim do crepúsculo. Descemos a colina para nos encontrarmos com a comitiva.

Abedah instruiu os servos a obterem material para que construíssem um assentamento. Dirigi-me a Arakur, contei-lhe detalhadamente tudo que vira e ouvira na noite anterior, e em seguida ordenei que ele registrasse e também pedisse permissão ao casal Lahmu e Lahamu para ouvir mais de suas histórias e sobre o passado.

Enquanto eu conversava com Arakur, Alhaju veio até nós e aguardou a sua oportunidade de falar.

"Do que precisa, criança?"

"Senhor, perdoe-me por interrompê-lo, mas poderia me dar alguns instantes de sua atenção?"

Concordei e fomos até um ponto mais afastado.

"Senhor, se me permite, posso ser muito útil. Sei batalhar, sei construir, ler e escrever uma dúzia de línguas... e não me importo com o senhor ser um vampiro, pois tenho experiência com sua espécie."

Desacelerei o tempo dele assim que concluiu; fiz que um segundo durasse uma hora para ele, e com isso li sua mente. Ele possuía uma vontade forte, o que se refletia em uma mente difícil de ler. Tudo o que consegui foi identificar sentimentos, e seus sentimentos não envolviam me trair, muito pelo contrário; desejava ser meu amigo.

"Quem é você?", perguntei, revertendo o tempo ao normal.

Ele respirou fundo, como se tivesse tido um grande susto, então se recompôs.

"Eu sou um Revenant, senhor, eu era um legionário há muitos séculos. Durante uma batalha contra o exército de Cartago, fui capturado e levado, depois fui vendido como escravo a um grupo de Vrykolatas – eu seria o alimento deles enquanto peregrinavam para o Leste. Por conta de minha aparência, que lhes causava inveja, fui muito maltratado e diversas vezes espancado."

Ergui a mão, como Heitor fazia, para interrompê-lo, pois sentira a sedução de Tiamat me chamando.

"Espere, rapaz, vou até a fortaleza, me aguarde aqui."

Após ela concordar, parti em passos rápidos, com Abedah logo atrás. Com seus filhos, sem nada dizer, Tiamat caminhava por um corredor, me atraindo para segui-la. Abedah ficou para trás conversando, com Lahmu.

Eu a segui por longos corredores que nos conduziam a uma extensa escadaria em espiral; devia ter no mínimo quinhentos metros de profundidade. O subsolo tinha chão e paredes de mármore liso e reluzente, e, nas paredes, pedras preciosas compunham constelações. Não havia tochas ou velas, todavia uma luz branca leve e confortável iluminava todo o ambiente. Primeiro passamos por um corredor e, em seguida um grande salão, com aproximadamente um quilômetro de área; colunas que pareciam feitas de ouro sustentavam o local, com cerca de vinte metros de altura. Espalhados pelo ambiente, havia altares e mesas maciças de mármore, e nelas, jarros, pedras estranhas, esculturas primitivas, joias, espadas de pedra, de bronze e outras de metais que eu desconhecia.

"Aqui é onde guardo os fragmentos de minha história", esclareceu ela, enquanto caminhava por entre os artefatos, observando cuidadosamente, como se cada um deles permitisse que uma lembrança fosse revivida.

"É lindo, minha senhora. Nota-se sua grandeza ao ver um salão tão abastado."

"Aqui, Mytrael, há também o fragmento das memórias daqueles que foram importantes para mim."

Tiamat apontou para uma estátua grande feita de argila, que ilustrava um homem com armadura ornamentada e joias enormes, barba longa e cabelos igualmente compridos.

"Aquele era você", disse ela.

Ao me aproximar, pude notar ligeira semelhança, mas a barba e o cabelo, muito maiores que os meus, disfarçavam bem minhas feições. Tiamat parou logo atrás, olhando por cima das minhas costas.

"Marduk era seu nome. Você sempre foi mais humilde do que a maioria de nós, então demorou milênios para ser adorado pelos mortais, e quando o culto a você começou, foi por acidente. Acidentalmente, você construiu a maior cidade de seu tempo, a Grande Babilônia, e o povo quis adorá-lo, o povo o amava. Construíram esta estátua em seu nome, e você, por timidez, deu-lhes um nome falso."

Eu estava tão maravilhado... era quase inacreditável. Fiquei admirando a estátua, tentando imaginar, tentando lembrar.

"Como? Para onde foi tanto poder?"

"O seu dom era divino, você foi o primeiro de algo que seu pai chamou de Magus. Depois de você vieram outros, nenhum tão forte quanto, mas poderosos. Rapidamente os vampiros os transformaram, procurando obter o exército dos exércitos, todavia descobriu-se que um poder divino, uma vez preenchido por nossa natureza demoníaca, é destruído. Assim, Mytrael, não sei como nem por quê, mas no momento que lhe deram o beijo das sombras todo o seu poder se foi."

Eu não sabia o motivo, talvez fosse alguma memória que tivesse sido suprimida, tal como um trauma, mas ao ouvi-la uma tristeza arrebatadora tomou-me, e as lágrimas verteram por minha face. Tiamat me abraçou.

"Não chore, querido, mesmo sem seu poder, sua grandeza permanece aí dentro."

Toquei em sua face e coloquei nossos rostos frente a frente.

"Minha senhora, você não entende. Meu fim se aproxima, e tudo isso, toda essa grandeza, acabará para sempre."

Ela me abraçou, fazendo sua sedução agir como calor dentro de todo o carinho que eu sentia transmitido por ela.

"Meu querido, por favor, venha comigo."

Fui conduzido por Tiamat até próximo do fim do salão, onde havia esculturas maiores. Ela me colocou diante um grande muro de pedra negra, com relevos e desenhos.

"Este é o maior e mais incrível artefato do mundo. Para cada língua do mundo ele possui um nome diferente; o motivo é que ele foi nomeado na mesma língua em que foi ornado, uma língua tão antiga quanto o tempo, o idioma de Deus e dos anjos, que apenas dois seres terrenos falaram, você e seu pai. Ele construiu este artefato, Mytrael, e gosto de chamá-lo de 'Muro das Eras.'"

Ela caminhou até a ponta do muro.

"Veja, aqui é o início, que An descreveu como uma explosão, e depois disso aqui está o Criador, designando seus anjos para criarem tudo – do caos e do calor, modelaram o nosso mundo e os demais que você e seu pai conheceram. Você entende, Mytrael, um Magus possui o poder de controlar a realidade de forma limitada, mas você a controlava como os anjos fazem."

"Isso é maravilhoso, Tiamat, é incrível! Mas o que está escrito, além dos desenhos? O que são esses símbolos?"

"Eu não sei. Após a queda de Babel, todos nós esquecemos o enoquiano, com exceção de você, que falava tal língua como se fosse nativa, e seu pai, que por existir fora do tempo e da realidade também a preservou. Nós, imortais pré-Babel, falamos todas as línguas do homem fluentemente, mas a verdadeira língua de Deus esquecemos."

Observei as escrituras com atenção, tentando decifrá-las, mas foi como olhar para o céu sem saber o que era uma estrela.

"Todavia, Mytrael, apenas com os desenhos podemos ver muito. Segundo seu pai, que pessoalmente me deu esta parte do muro, aqui há um registro detalhado da história do mundo, da criação até o fim absoluto de tudo. Aqui há do início até a queda do último dos inocentes, que parece ser a minha própria morte. Primeiro foi An, ou Chespisichis, como se chamava no momento de sua destruição, em seguida Hécate, uma sacerdotisa obrigada a executar o ritual da Lua de Sangue, e agora eu, a última inocente a participar do início."

Fiquei chocado com aquilo, não meramente pela facilidade e naturalidade em dizer que iria morrer, mas também sobre quem neste mundo teria poder para destruí-la.

"Como, minha senhora? Como isso poderá se dar?"

Ela apontou o dedo para o fim do muro, que estava quebrado.

"Como pode ver, os desenhos mostram o encontro entre nós e em seguida minha cabeça fora do corpo, agora o executor está ofuscado.... Então, agora sei que tenho pouco tempo."

Aquilo me deixou confuso e até me senti mal; minha presença ali era um mal presságio, e Tiamat, mesmo sabendo de tudo isso, me tratava com todo o amor."

"Não se preocupe, Mytrael, já tenho uma centena de milênios vividos, e muito bem, posso dizer. Não temo a morte, na verdade até anseio por ela."

"Pelos seus, tanto assim, senhora, perdoe-me, mas honestamente não sabia nem que este mundo era tão velho."

"Naquela época, o tempo era diferente, mutável e volátil, tal como a realidade. Entenda, era um tempo em que anjos estavam travando guerras, e seres como eu e você testemunhamos a queda deles. Vimos arcanjos trucidando os seus e muito mais, coisas que vampiros Seculares ou Milenares sequer sonham. Essa é a grande diferença entre nós e eles, Mytrael. Ser um progenitor, um Verdadeiramente Antigo, não se trata apenas de idade, mas sim de ter o sangue de Lilith nas veias. Trata-se de ter visto uma era em que Deus ainda falava com os homens."

Eu me senti uma criança; as palavras dela me soavam como a verdade absoluta, e eu, boquiaberto, estava maravilhado.

"Mas não é por conversas banais que lhe trouxe aqui, e sim para isso."

Tiamat caminhava rente à parede, mostrando-me figuras.

"Como já lhe disse, não posso dar detalhes de sua vida ou de sua queda, entretanto quero que veja isto. Veja esta figura, um homem montado em uma fera, ele está sorrindo, e o povo o glorifica... note as espirais envolta dele e como essas espirais ligam a tudo, ou seja, a todo o destino... sabe o que isso quer dizer."

Eu tinha um palpite, porém tinha medo de errar, então só balancei a cabeça, de forma negativa.

"Isso quer dizer que você é o escolhido, Mytrael, não sei como nem por quê, mas é você."

Tiamat me explicou que, sem o resto do muro, não havia como saber para que fora escolhido, e, sendo bem honesto, não fazia muita diferença para mim. Meu grande destino, agora eu tinha certeza, é que morreria por um bom motivo.

Conversamos ainda sobre coisas enfadonhas, como era o mundo; Tiamat contou-me sobre esse meu grande amigo, chamado Mushussu. Dizia que ele era um fanfarrão que adorava beber e cantar – achei engraçado como o tempo mudou a personalidade de Enmerkar. Também soube que no passado eu era o terror das mulheres – além dela, suas filhas. Dizia ainda que esse meu jeito com as mulheres causara guerras a ponto de Chespisichis me proibir de ter relações... até um dia que me apaixonei por uma mulher chamada Ishtar, com quem fugi para viver esse amor proibido. Tiamat não me disse nada verdadeiramente esclarecedor, porém foi interessante ouvir as aventuras e desventuras de Mytrael de Ur, daquele que voava na serpente celestial, um título que eu recebera na Babilônia.

Tiamat e eu ficamos mais um tempo assim; explicou-me sobre ela, quem fora e por onde passara, contou-me que outrora fora para o Leste, voando por cima do Grande Azul e lá encontrara uma terra nova, e que levara o povo do Leste e os ensinou a viver. Voltara trazendo alguns poucos de lá e o fumo que alguns poucos vampiros conheciam, como Heitor, que aprendera com Lahamu na Grécia Antiga, quando ela era conhecida como Medusa. Aqueles dias tornaram-se meses e anos.

Durante as primeiras semanas, Abedah e os servos construíram uma grande casa para vivermos. Depois da fortaleza de Tiamat, a nossa casa era a construção mais opulenta do vilarejo. Arakur tornou-se grande amigo dos habitantes e, futuramente, amigo de Lahmu, que o tomou para discípulo com meu consentimento.

A tão adiada conversa com Alhaju aconteceu: ele me contou que, após ser levado, em algum ponto o próprio Vrykolatas o tomou para servo, por conta de seu sangue, o qual seria especial.

Abedah e eu verificamos, e de fato ele possuía um sangue, como posso dizer... mais nutritivo que o de qualquer outro mortal.

Tiamat nos explicou que Alhaju era um dos raros mortais que vinham da linhagem direta de Adão e, após o dilúvio apenas alguns poucos vampiros e a família de Noé sobreviveram; entretanto, esses vampiros possuíam Revenants que tinham sobrevivido com seus senhores, e havia raros mortais que descendiam destes.

Alhaju bebera do sangue de um Verdadeiramente Antigo durante séculos, por isso mesmo, após fugir do progenitor, seu corpo estava fortalecido pelo tempo de forma a envelhecer um dia a cada década.

O rapaz passou a viver comigo e Abedah. A companhia dele era necessária, digamos assim. Tiamat e seus filhos eram muito superiores a nós, então éramos meros alunos e nunca seríamos amigos, por isso Alhaju era o único com idade e mentalidade próximas à nossa.

Os anos foram passando como se fossem dias, e em dado momento, quando estávamos tocando e cantando na varanda de nosso lar, Alhaju interrompeu a música para conversar.

"Esta é uma noite linda, pede uma história, não acham?"

Nada dissemos, pois estávamos habituados ao modo enigmático dele.

"Já lhes contei que usei muitos nomes em meu passado, mas quero contar a história de um desses nomes... meu conto tem início na época em que ainda era escravo de Vrykolatas. O Antigo gostava de difamar seus inimigos do passado, e aquele de quem mais falava era Khounsu, que o odiava, e muito lhe agradou destruir toda a descendência dele com a ajuda de seu amante Tânatos."

"Já nos contou essa história, Alhaju... acho que já bebeu demais, mortal", interrompeu Abedah.

"De fato, meu amigo homem-besta, porém não lhes disse o que estava por vir. Ao fugir eu sabia que encontraria ajuda entre os descendentes de Khunsu, o que não lhes disse é que minha visita aqui não é coincidência. Estive procurando por você há anos, Mytrael de Ur, que engana os homens dizendo ser Strigoi, mas é o último dos manipuladores do tempo."

Abedah ergueu-se em alta velocidade, posicionando sua espada na boca de Alhaju. Ainda sentado, olhei para o lado para ver os olhos dele e pedi que continuasse.

"Não se preocupe, senhor, tudo o que busco é aliança, por isso tão ferozmente busquei a confiança de vocês. Durante as guerras contra os otomanos, conheci a general Brunhilde. Eu lutava pelo exército de Fafnir, e na época usava o nome Al-Naasik. Através de seu dom único, ela sentiu o poder de meu sangue e me trouxe para seu pelotão. Contei a ela minha história, como fiz a vocês, e ela contou-me a de vocês. Desde então busco Mytrael, pois desejo juntar-me à sua luta por vingança."

Abedah ficou a me observar, esperando meu julgamento. Refleti por vários segundos. Sabia que ele dizia a verdade, pude sentir, porém não sabia o que fazer.

"Abedah, deixe-o."

Abedah guardou a espada, permanecendo diante do rapaz.

"Lembro-me de sua carta, escudeiro Al-Naasik. Infelizmente, não há por que vir conosco. Abedah e eu estamos indo ao encontro da morte e não permitirei que ninguém nos acompanhe. Até mesmo Arakur, o meu fiel Revenant, decidi que deixarei para trás, dando-o de presente para Lahmu. Dessa forma, um ser único e iluminado quanto você vir conosco seria até blasfêmia."

Alhaju fez uma expressão de tristeza e decepção.

"Eu compreendo, pelo menos tive tempo de conhecê-los, de dizer que são meus amigos."

"De fato, Al-Naasik, é nosso amigo, sabe... há algo de especial em você, o único antes de você que tão rapidamente ganhou a confiança de seres paranoicos como eu e Abedah foi o grande Heitor de Troia. Quero dizer que isso que vivemos e fazemos não é ordinário; da mesma forma que há em mim e em Abedah, existe grandeza em você... então, Al-Naasik, eu lhe ofereço algo que nunca dei antes a ninguém, lhe ofereço algo que será verdadeiramente uma maldição, mais que isso, um legado: ofereço-lhe a vida eterna, o que os antigos chamavam de Beijo Sombrio."

Ele se levantou rapidamente, olhou-me e disse com firmeza.

"Será uma honra para mim... carregarei seu legado, que se tornará o nosso."

Sorri, já me levantando, quando Abedah disse:

"Engana-se, Mytrael. Não confio neste homem, não tenho sensibilidade ou sedução para sentir motivações, porém sou um Hashashin do deserto, e sei que só se confia em um homem após lutar com ele ou ao lado dele."

Alhaju não tinha força ou velocidade sobre-humana, todavia ele estava no limite da disposição física humana, em todos os sentidos, e sendo um Khounsurianis deveria desde muito cedo saber que a pós-vida seria dura.

"Que assim seja, batalhem com suas melhores armas e técnicas, até o primeiro sangrar."

Foram ao pátio à frente da casa, ambos de espadas. Enquanto Abedah adotava uma postura relaxada, com a arma para baixo, Alhaju já estava em defesa total. Seus olhos focados em Abedah acompanhava cuidadosamente cada movimento dele.

Permaneceram assim por vários minutos, até que Abedah voou com sua supervelocidade para cima do rapaz, que em um giro de corpo fortaleceu sua base, abaixou a postura e ao encontro das espadas jogou seu corpo contra o golpe, posicionando-se de forma que, com a força de Abedah somada à sua própria, conseguiu quebrar a arma do Hashashin.

O golpe foi perfeito, o que infelizmente foi tudo de que Abedah precisou. Alhaju estava tão focado na arma e no golpe que não teve tempo de antecipar. Abedah usou o tempo que ganhara com a defesa do rapaz para soltar uma das mãos do cabo da arma e acertar o rosto do rapaz, fazendo-o cair vários metros à frente.

Desde o início, estava claro quem ganharia – embora, até aquele momento, eu não imaginasse que um mortal poderia resistir a um golpe de Abedah, quanto mais fazê-lo recorrer a uma técnica desleal. Abedah foi até o rapaz e o ajudou a se levantar. Alhaju estava tonto e desorientado – claro, se fosse um mortal qualquer, teria sido decapitado pela força do golpe.

Abedah o carregou e o sentou na cadeira, onde bebeu vinho e se recuperou após alguns minutos.

"Alhaju, provavelmente você é o mortal mais antigo deste mundo, todavia agora será um ser de vida eterna, e mais do que qualquer outro neste mundo conhecerá a verdadeira natureza do tempo. Será o segundo manipulador do tempo e carregará esta pesada e dolorosa honra por toda a eternidade. Eu, como seu progenitor, deixo o meu legado. Após minha destruição, com esta vingança e esta história, vagará pelo mundo, procurando por nosso passado e por outros possíveis sobreviventes de nossa família. Todos aqueles que como você são dignos deste dom você os presenteará... de hoje em diante você se chamará Prometheus, e trará dos céus o conhecimento para o mundo saber o legado daqueles que manipularam e ainda manipulam o tempo."

Enquanto eu discursava, Prometheus chorava de emoção, como se tivesse esperado por aquele momento a vida toda. Abedah, por sua vez, estava ereto, acompanhando aquele momento como minha testemunha.

Ao terminar, fui até o rapaz, mordi-lhe o pescoço e bebi de seu sangue até o ponto em que senti seu coração bater fraco e tive certeza de que seriam as últimas batidas. Segurei seu corpo mole, desencostei as presas de seu pescoço, mordi a língua enchendo minha boca de sangue e, mordi de volta o rapaz, dessa vez pulsando para dentro dele o meu próprio sangue. Senti seu coração voltar a bater, conforme suas veias eram preenchidas, e dei-lhe quase todo o sangue de meu corpo. Então o soltei.

Seu corpo ficou ali, caído. Fui até os servos me alimentar, enquanto Abedah o deitava em sua cama. Sabíamos que levaria ao menos um dia para a mudança estar completa e ele despertar. Sabíamos também que agora não demoraria para partirmos; Prometheus carregaria nosso legado, Tiamat já me ensinara tudo o que podia e agora só precisávamos educar a criança. Em seguida, seria o fim de nossa estadia ali.

Capítulo XI

O inevitável fim

Tiamat havia dito a Mytrael que tanto Tenlura de Seletrósia quanto Al-Tabari haviam estado ali, embora em momentos diferentes. Ambos buscavam o muro de Chespisichis e tinham relatado que iriam para o Cairo, encontrar os Ozymandias.

Eu estava ansioso por partir de uma vez, mas Mytrael adiou o máximo que pôde nossa jornada, primeiro dizendo que desejava estudar com os antigos que ali viviam; depois, durante oito anos, educamos Prometheus, ensinando tudo o que sabíamos ao rapaz. Talvez um ou dois anos tivesse sido o suficiente para aprontar tudo, mas graças ao medo de Mytrael, que adiou mais e mais nossa partida, ficamos treze anos na Anatólia.

Eu sabia que morreria junto com ele, porém esse era o caminho que escolhera e desejava: morrer pelas mãos de um Verdadeiramente Antigo em uma batalha épica que seria lembrada por toda a eternidade. Da mesma forma que Heitor pensava, a imortalidade consistia em viver nas lembranças daqueles que ficam – era o que eu desejava: uma morte digna e honrosa. Quando falassem em Abedah de Jerusalém, o Leão de Judá, lembrariam que eu fora o mais corajoso e grandioso entre os Leyak, mais até que Hassan.

Passei todos aqueles anos ali, em silêncio, esperando por Mytrael. Sempre preferira observar em silêncio a socializar; diferentemente deles meu caminho era esse. Isso aconteceu depois de tudo o que passara, quando cometi o erro de trair Honglev e acabei matando William – um acidente que apenas Mytrael compreendera. Obviamente, nunca desejara fazer aquilo... de qualquer forma, aceitei todos os veredictos que me deram e escondi minha vergonha atrás do elmo. Durante anos fui apenas um cão, nem mesmo digno de carregar a honra de ser o Leão de Judá. Mas me redimi com minha família; me redimi com Honglev. Também me redimi comigo mesmo, e depois de tanto tempo consegui o perdão de Alá, o qual permitiu minha vitória contra Calladus.

Contudo, nunca consegui me sentir em paz com Mytrael, que nunca entenderia a minha dívida com ele, acolhendo-me, perdoando-me, tendo arriscado seu status por mim. Depois de tudo o que ele fez por mim, eu daria a vida e a alma por ele, queimaria o mundo inteiro se fosse necessário para satisfazê-lo. Mytrael fora aquele que, em meu pior momento, estendeu a mão e mostrou-me que seria fiel à sua palavra de irmandade; por isso, ele tinha a minha fidelidade. Por isso, vagaria com ele até o fim.

Às vezes, enquanto sozinho em nosso lar, observava o Horizonte Sul, imaginando aquela terra chamada Cairo, pensando em como era curioso o caminho que seguíamos. As coisas aconteciam com tanta simplicidade, mas quando nos deparávamos com um caminho sem saída, Enmerkar aparecia para nos instruir. Por mais perigosa que fosse a jornada, nunca duvidávamos ou perdíamos a esperança, pois sempre apareciam aqueles que nos guiavam e ajudavam, para que nunca desviássemos do caminho que Chespisichis planejara para nós.

O senhor do tempo, que tudo viu e tudo previu, nos colocara na rota perfeita – isso até me fazia duvidar de meus próprios feitos, quais eram as minhas conquistas e até onde ia a mão de um deus me coordenando. Cheguei a duvidar de Alá ou pensar que Chespisichis e Alá eram o mesmo ser.

De qualquer forma, eu sabia que quem se mostrara digno de Hassan fora eu; quem conquistara a amizade de Mytrael e Brunhilde também fora eu; por meu mérito, erguera uma cidade militarizada que tanto defendera; a morte de William fora meu pecado, e minha redenção fora minha conquista.

Se Alá, para quem rezava todos os dias cinco vezes, ou Chespisichis, tinham me colocado nesse caminho ou não, fora eu quem aceitara. Por mais que houvesse um destino para todos, nós é que o fazíamos acontecer.

Sobre Mytrael, por sua vez, não sei se eu podia dizer o mesmo. Ele me contou do rubi e como o conseguira, também me contou inúmeras vezes que Enmerkar lhe dissera o que fazer; talvez ele realmente tivesse um destino sem escolha. No conceito dele, sua morte seria um martírio, uma penitência. Ele não desejava esse fim, mas o considerava inevitável, dado que seu pai e sua família estava acima de tudo isso. Por isso esse caminho era tão penoso para ele, não tinha sido sua escolha.

Lembro-me de Honglev, quando Heitor fora para guerra com Brunhilde. Eu estava bestial, Catherine virada em uma meretriz, William morto, Carontes tiranizando sua função e Camille semeando a luxúria dentre os vampiros. O pobre rei estava sozinho, e diante da iminência de seu fim ele mudou. Aquele homem feliz e sorridente, que eu motivava facilmente com minhas palavras, estava quebrado.

Sempre fui criticado por minha personalidade bárbara, mas fora exatamente essa característica que me mantivera são. Suas maldições de família, juntamente com o peso das responsabilidades, solidão, medo e ansiedade, os abalara. Vi cada um deles caindo ao seu modo; Heitor, é claro, não passara por isso, um Milenar estava acima desses delírios humanos, porém todos os demais pereceram, tomando atitudes que antes nunca imaginara que tomariam, mostrando-se algo que antes condenavam.

Fui testemunha desse declínio, que beirou à loucura nos corações de meus amigos. Posso dizer que, se não fosse por Heitor, todos eles, ou melhor, todos nós, teríamos caído, levando nossas existências à ruína junto com Honglev. E agora, ali, enquanto viajava pelo deserto com Mytrael, podia ver aquele mesmo olhar, um homem sem mais esperança, um homem quebrado.

Tiamat nos fornecera um mapa, e eu o instruí para que fôssemos até uma cidade chamada Antália, onde pegaríamos um barco até Chipre e de lá para o Cairo. Mytrael não quis levar nenhum servo, deixando todos e tudo para trás. Arakur tornara-se servo de Lahmu, enquanto Prometheus continuaria aprendendo com Tiamat, até estar pronto para vagar.

Caminhamos seguindo o Sul por treze luas, até finalmente chegar a Antália. No deserto, usei meus dons de atrair e conversar com animais para obter alimento para nós, por isso, assim que encontramos humanos, bebemos do sangue deles para saciar a fome, algo de que os animais jamais dariam conta.

Mytrael nunca matava seus humanos; ele meramente respeitava as vidas mortais. Nunca revelei, mas o admirava por isso. Era o único vampiro de meu conhecimento que agia assim.

Pensei que ficaríamos algumas noites ali, mas no mesmo dia que chegamos, ele usou sua sedução para conseguir um barco, o qual nos levaria diretamente ao Cairo; dizia ele que já adiara demais.

Eu era um Hashashin do deserto, portanto sempre odiara o mar. A viagem demorara muito tempo, várias luas passaram comigo ali sofrendo. E, para piorar, tendíamos a beber pouco sangue humano, bebíamos mais de aves e ratos para poupar a tripulação, o que só piorava as coisas. Para entreter-me e fugir daquele sofrimento, eu passava os dias observando as estrelas e esculpindo formas em madeira – pequenos bonecos de homens e animais. Mytrael escrevia freneticamente; sua vida detalhada, seu diário e demais anotações haviam ficado com Prometheus, assim como as minhas, no entanto, ele passava tudo a limpo novamente, transcrevendo tanto suas memórias como os relatos de Heitor, Brunhilde e os meus próprios.

Dizia ele que forneceria nosso testemunho ao historiador Al-Tabari, para que ele fosse adicionado às canções. Até mesmo as políticas de vampiros e os segredos de estado estavam relatados naquele arquivo. As leis da noite, que os gêmeos haviam criado, estavam todas relatadas naquele diário. Eu questionei se não era demais, e Mytrael me respondeu que morreríamos, então de que adiantava guardar segredos? Certo ele estava, mas era demais, em minha opinião.

"Mytrael, como você acha que será o destino deste mundo? Sinto curiosidade", quis saber, e também para puxar assunto. Havíamos entrado no Nilo há poucos dias do Cairo, e no convés achei que um diálogo iria ajudar. Ele já havia terminado de escrever a essa altura, apenas revisava seu trabalho, sentado em uma pilha de sacas de grãos.

"Prevejo um futuro trágico, não apenas porque esse mundo terá de existir sem nossas gloriosas presenças." Ele sorriu, me observando, e continuou: "Fafnir e Griffin agora são aliados, com toda a Europa Ocidental e parte da Oriental sob seu domínio. Sendo os vampiros mais poderosos do mundo, fundarão sua sociedade, na qual Carontes, Heitor e outros serão seus barões. Porém faltam duas condições. Essa guerra a que demos início entre os reinos britânicos e francos deve acabar, e claro, por outro lado, Tiamat controlando todo o Oriente Médio, precisarão derrubar sua irmã. E agora que sabemos da profecia de sua morte, o que prevejo é a queda de Constantinopla e com isso uma nova era neste mundo."

Sim, a única coisa que segura as forças mortais controladas por eles de invadirem os domínios de Tiamat são as muralhas de Constantinopla. É engraçado como estamos tão perto desse novo mundo, mas nunca o veremos, deve ser assim que eles se sentem..."

"Eles quem, Abedah?"

"Os mortais, Mytrael. Eles e suas vidas curtas, que pouco conseguem ver deste mundo fascinante."

"É por isso que escrevem, meu irmão, fazem canções e esculpem monumentos, registram suas histórias e experiências, para que, com o passar das eras, possamos conhecê-los. A maioria dos antigos não enxerga isso, mas pense, sequer saberíamos quem é Heitor de Troia se os mortais não houvessem imortalizado sua vida. Por isso, no momento em que começaram a escrever, e não mais desenhar em cavernas, se tornaram reis e imperadores em vez de meros fazendeiros. Por isso, Abedah, escrevo nossa história; no futuro, quando lerem sobre minha vida, os Khonsurianis e os Empusa saberão que há esperança, e os Leyak terão um familiar para se espelhar."

"Você é realmente um ser fascinante, Mytrael, alguém nascido para a grandeza."

"Somos, Abedah, somos os protagonistas de nossa própria história."

"Creio que sim. Mas me conte. Já pensou em um nome para a nossa odisseia?"

"Há, sim, irmão, nossas canções se chamaram Luxbellum..."

"E o que significa isso?"

"Não significa nada em específico. É uma palavra inteira com um significado, todavia podem ser separadas e então se encontram outras interpretações. O importante é que é sonoro e quem ler poderá interpretar da forma que achar melhor."

Eu achei curioso. Mytrael meramente escolhera um nome que lhe agradara, como se o título não fosse importante. Na verdade isso fazia muito sentido para Mytrael, combinava com ele algo assim.

Ao despertar na última noite de viagem, fiquei a aguardar na proa. Já se podiam ver as luzes no porto da cidade. Poucas horas me separavam da terra firme, e passaria todas elas ali, na ponta do navio debruçado sobre o parapeito, quando uma ave interrompeu a minha contemplação: uma grande coruja castanha sobrevoava-me, e meu primeiro pensamento foi o de me alimentar.

O animal ficou me circundando por vários minutos. Todas as minhas tentativas de comunicação falharam. A coruja não me respondia, como se não me escutasse, então tentei demonstrar que não queria machucá-la, que era seu amigo. Fui bem-sucedido: ela pousou na escultura que decorava a ponta do navio, e em seu bico havia um pergaminho enrolado, que estiquei a mão e me curvei para pegar. Senti então o toque de seu bico repousando o pergaminho em minha mão. Em seguida, ela seguiu com seu voo.

O pergaminho estava enrolado e escrito em árabe, "Para Khonsurianis". Meu espanto foi uma mistura de surpresa com medo. Sem abri-lo, levei até Mytrael, que estava no convés inferior.

"Mytrael, veja isso!", gritei, descendo a escadas. Ele se levantou e tomou o pergaminho de minha mão. Logo, já havia medo em seus olhos. Ao abrir o pergaminho, começo a dizer:

"Trata-se de um mapa, uma diretriz que nos leva por uma rota descendo o Nilo até uma construção com imagens de faraós. Também está escrito que já aguardávamos há muito. Senhor do tempo, bem-vindo a Ozymandias, onde encontrará seus amigos e semelhantes."

Ambos sabíamos que se tratava dos historiadores que procurávamos, que nos encontraram bem antes que pensávamos, mas poderia ser uma armadilha. Contudo, estávamos tão acostumados com o destino adoçar com facilidades nosso percurso que seguimos a rota sem grandes preocupações.

Após descermos no porto da cidade do Cairo, nos alimentamos, compramos vestes e demais itens, descansamos durante o dia em uma casa que invadimos, e no dia seguinte entramos em uma embarcação menor na qual, continuamos o percurso descendo o Nilo. Dois dias foi o que demoramos, até chegarmos a um vale rochoso no deserto, repleto por cavernas com entradas ornadas por estátuas e colunas. O local, outrora luxuoso, agora residia em ruínas. Mytrael leu as inscrições nos monumentos e me explicou que se tratava de um cemitério para reis e demais nobres, os famosos deuses faraós.

Não tardamos a encontrar a construção que estava ilustrada no pergaminho: tinha uma enorme entrada na montanha, cuja porta estava decorada com estátuas de quatro faraós – as esculturas, amareladas pela pintura que o tempo corroera, tinham quinze metros de altura e o mesmo rosto. Mytrael disse que estava escrito, acima do portal:

"Aqui descansa a parte mortal de Ramesses, o Grande."

Ao entrar na cripta, tivemos um choque: havia um grande corredor, de dez metros de largura e cem metros de comprimento, levemente angulado em declive, constituído por imensas colunas, com desenhos e escrituras muito bem decoradas – pareciam recém-pintadas. Descemos o corredor, maravilhados por tamanha beleza, até notarmos um homem vindo do fim do corredor, em nossa direção.

Era careca e sem sobrancelhas, cuja pele moura de egípcio era pálida e denunciava sua natureza vampírica. Um tecido branco lhe cobria todo o corpo, deixando apenas seus braços à mostra, nos quais ostentava belos braceletes de ouro.

Eu e Mytrael repousamos a mão sobre o cabo da espada, prontos para uma possível batalha, até que, já próximo, o homem disse, em árabe:

"Não temam, estou aqui para recepcioná-los, jamais lhes causaria mal."

"Quem é você, meu senhor?", questionou Mytrael.

"Sou Merneptah, sumo-sacerdote da Ozymandias. Sejam bem-vindos."

"É onde estamos agora, não é?", perguntei ao homem, tirando a mão da arma.

"Sim, senhores, se me permitem conduzi-los, há quem os aguarde, ansiosos."

Seguimos até o fim do corredor, onde entramos em uma área de caminhos que separavam as câmaras mortuárias, até irmos reto pelo corredor principal. Adentramos em um grande salão, repleto de mobílias antigas, mesas de pedra maciça, jarros de óleo, lâmpadas acesas que iluminavam junto das tochas, caixotes de ouro, mesas de jogos que na época eu desconhecia, entre muitas coisas, como joias, esculturas e vestes. Nessa mesa de pedra estavam sentados alguns homens, de diferentes raças, e cujas suas roupas faziam parecer que eram de eras diferentes. Eles bebiam sangue em cálices de ouro, enquanto servos enchiam os jarros de mesmo material.

Merneptah nos levou até próximo da mesa e chamou a atenção de todos. Fomos encarados por eles com sorriso na face.

"Senhores, aqui estão os aguardados novos membros de nossa sociedade, Mytrael de Ur e Abedah de Jerusalém."

Levantei a mão para acenar, mas Mytrael baixou meu braço com um golpe, dizendo-me através da mente:

"Não me faça passar vergonha, aja como um Secular."

Merneptah apresentou-os para nós, um de cada vez: Kushim, aquele que se sentava à ponta da mesa, em sua época conhecido como Saargão, o Grande, um homem de barba encaracolada que descia até abaixo do peito, traços fortes e olhar imperioso; Helânico de Lesbos, um historiador de lendas grande e forte, com traços gregos e vestes que também remetiam aos helenos; Tenlura de Seletrósia, o historiador do sangue principal, conhecedor das lendas e mitologias vampíricas – um homem baixo, de barbas e cabelos lisos e compridos que vestia uma túnica negra sem nenhum ornamento; Maximus, o filho do caos, o mais poderoso Khonsurianis ainda vivo, o mais belo entre todos, mas com a aparência de um homem de 50 anos e dono de traços penetrantes – seus olhos azuis se destacavam no rosto pálido de barba e cabelos brancos. Além destes, havia quatro membros: Al-Tabari, o arqueólogo do sangue; Gilgamesh, o Primeiro Imperador, e Amon, o Deus Sombrio.

"Muito em breve nosso líder estará aqui para que o conheçam. Está ocupado em um sério objetivo."

Enquanto eram apresentados, Mytrael me dava detalhes na mente; eram todos Milenares históricos, com exceção de Al-Tabari, poucos séculos mais velho que nós.

"Por favor, Merneptah, não confunda a mente dos iniciados. Alastor não é nosso líder, aqui dentro todos somos iguais", disse Tenlura, enquanto se levantava.

Ele veio em nossa direção, parou diante de Mytrael e estendeu-lhe a mão.

"Permita-me ser seu orador e guia, meu caro senhor."

Mytrael apertou sua mão, enquanto Maximus se levantava.

"Mytrael, há muito desejava conhecê-lo, seja bem-vindo a Ozymandias", disse Maximus, enquanto também lhe apertava a mão. Em seguida apertaram a minha, e aqueles que ficaram sentados nos cumprimentaram em diferentes línguas.

Maximus e Tenlura nos conduziram pelo local, apresentando os compartimentos e respondendo às nossas perguntas. Aquela sociedade de antigos se chamava Ozymandias por conta do faraó que ordenara a construção daquela cripta para servir de base para eles. Ramesses II era um Magus muito amigo de Alastor.

Maximus era muito antigo. Fora transformado enquanto era escriba das lendas de um conquistador chamado Alexandre, o Grande. Isso se dera no Oriente, graças a uma mulher cultuada como deusa em sua região, de nome Kali. Segundo Maximus, ela ainda estava viva e odiava Mytrael, pois no passado haviam sido amantes, até Mytrael abandoná-la. Havia outros Khonsurianis, escondidos no Extremo Oriente, onde os gêmeos não os perturbavam. Várias famílias menores tinham construído lá sua história.

Aquele local era protegido pela antiga e poderosa magia de Ramesses, que com seus poderes selara o local de modo que só os convidados de Alastor podiam entrar – nem mesmo um Verdadeiramente Antigo, sem o consentimento dele.

Tenlura nos falou de sua peregrinação com seu grande amigo Al-Tabari e como tinham descoberto o túmulo do progenitor Vrykolatas, descreveu o local para Mytrael e como chegar até lá, a pedido dele.

Enquanto caminhávamos por uma extensa biblioteca, um homem chamou a nossa atenção; sua pele e cabelos eram brancos como a luz, muito além da mera palidez mórbida de um vampiro. Também tinha a pele lisa como porcelana polida, o que causava grande estranheza, e olhos completamente vermelhos. Trajava uma túnica cor de vinho com um amuleto de prata ornado por diamantes e, na ponta, uma grande safira azul. Ele estava lendo quando nos deparamos com ele.

"Aí estão vocês, mas que deleite sinto ao vê-los", disse o homem. Maximus e Tenlura o cumprimentaram e deixaram o ambiente.

"Alastor, eu presumo", disse Mytrael.

"Sim, caríssimo dominador do tempo, sou um dos fundadores desta sociedade."

"Nos disseram que você era o fundador... quem é o outro?"

"Imaginei que não se lembraria, permita-me lhe mostrar."

Ele virou para nós o livro que tinha em mãos. Ilustrados na página havia Alastor, facilmente discernível por sua aparência, e ao seu lado uma imagem muito parecida com a de Mytrael, porém muito mais forte e imponente, com os cabelos compridos até a cintura e sem barba. Junto deles se via um homem de corpo esculturar e cabeça de crocodilo. Os três estavam sobre uma montanha de corpos mortos.

"Este, Mytrael, é você, porém é o você de milênios atrás, uma época em que o amor por uma mulher ambiciosa o cegou e corrompeu. E este, ao nosso lado, é você, Abedah, em uma época em que era Zefon, de batismo, e no Egito era chamado de Sobek, a fera destinada a reencarnar ao lado do Demiurgo, ou seja, você, Mytrael de Ur."

Eu e Mytrael nos entreolhamos sem entender muito bem o que Alastor dizia. Talvez por reconhecer a dúvida em nossas faces, convidou-nos a sentar, pois contaria a história desde o início.

Alastor nascera do ventre de Lilith durante uma lua de sangue, o que o tornara um progenitor – isto ocorreu há mais de dez mil anos. Segundo ele, o jovem vampiro possuía uma sede voraz por sangue, muito maior do que a de qualquer outro, e essa maldição o fazia matar centenas por noite. Seu coração era envolvido de raiva, por nunca conseguir saciar essa sede.

Um dia, caminhando pela Mesopotâmia em busca de mais sangue, ele encontrou pela primeira vez um de sua espécie, uma cria de Leviatã além dos gêmeos. Alastor bebeu todo o sangue do vampiro até secar completamente o corpo, mas descobriu que ao fazer isso era possível roubar algumas lembranças do vampiro e, por consequência, também parte de seu poder. Desse dia em diante, apenas o sangue vampírico bastava para saciar o antigo, visto como um demônio, um monstro até pelos seus iguais. Alastor também contou que os pecados que cometera durante esses milênios eram maiores do que podia imaginar.

Um dia, foi para a Babilônia atrás daquela que chamavam de Ishtar. Encontrando a vampira, facilmente espancou-a e subjugou-a; entretanto, antes que pudesse drená-la, um homem apareceu – um Magus de poder incomensurável, a quem os antigos chamavam de Demiurgo. Esse era Mytrael. A batalha entre os dois terminou com a destruição da Babilônia e o carisma do Magus vencendo a loucura de Alastor.

Dali em diante, os três se tornaram amigos. Depois conheceriam Mussussu e Zefon, e assim milênios se passaram. Vieram para o Egito, onde se relacionaram com outros Verdadeiramente Antigos, e ali Mytrael adotou o nome de Ramesses, para se tornar rei novamente. Por milênios, conquistaram, usurparam e destruíram. Como seres superiores, nenhum deles se importava com pecados ou julgamentos, agindo como verdadeiros deuses, verdadeiros tiranos.

Todavia, em um dado momento, levado por sua amada Ishtar, a mais bela mulher que já andara pela Terra, uma filha de Lilith que não bebia sangue, Mytrael desapareceu, e por mil anos não foi mais visto. Sobek, um homem-besta que era minha encarnação na época, morreu de velho aguardando Mytrael. Mussussu, cansado de esperar, saiu da realidade para outros mundos, em busca de seu amigo. E Alastor continuou no Egito, acreditando que seu amigo Ozymandias, como era chamado naquele tempo, retornaria, porém isso nunca aconteceu.

Milênios se passaram, e Ozymandias se tornara o que era hoje. Alastor passara a buscar o caminho da erudição e serenidade, em que não cometeria mais os pecados de outrora. Após eras, descobriu que Khounsu havia sido destruído por um Verdadeiramente Antigo chamado Vrykolatas, e que isso acontecara graças a uma conspiração entre os trigêmeos e outros dois antigos, Vrykolatas e Thanatos. Então pediu a Tenlura e Helânico que investigassem a origem desses dois, o que levaram séculos para conseguir.

Alastor nos estregou um pergaminho, que continha a ilustração de dois anjos apunhalando a forma que os egípcios descreviam como Chespisichis. Um apunhalava pela frente e outro pelas costas.

"Este, como vê, é seu progenitor. Este anjo que apunhala pela frente é idêntico à esta imagem."

Em outro pergaminho, mostrou a ilustração de Ishtar.

"O que apunhala pelas costas é um anjo chamado Uriel, este que era um de seus nomes, Mytrael."

Mytrael encarou enfurecido Alastor, rasgou o pergaminho e gritou:

"Como ousa? Eu amo meu pai, sempre o amei e nunca faria isso!"

Alastor ergueu as mãos, em sinal de subserviência.

"Acalme-se, meu amigo, pense bem. Quem além de você tinha o poder e a confiança necessárias para enganar o senhor do tempo?"

Mytrael encarou o vazio, enquanto ele soltava lágrimas de sangue e seu corpo tremia. As palavras de Alastor tinham o peso necessário para que Mytrael encontrasse dentro de si as respostas.

"O que aconteceu depois disso?", perguntou, ainda observando o vazio.

"Esta é a parte mais estranha de tudo isso. Segundo o que se sabe, quando Vrykolatas desapareceu, após a queda de Roma, seu amante Thanatos desapareceu junto com ela. Tenlura tentou adentrar a caverna onde tinham desaparecido, porém não havia caminho e não era possível escavar. Através de sua sensibilidade, Tenlura teoriza que há alguma espécie de portal por lá, entretanto nem mesmo eu ou os Magus que contratei conseguimos atravessar tal passagem."

"Nunca conseguirão, somente eu passaria pela passagem", Mytrael disse, dando as costas e caminhando para a saída do templo. Antes de segui-lo, questionei Alastor:

"Por que eu reencarno ao lado dele, senhor?"

Ele sorriu para mim.

"Seu primeiro nome, o de batismo angelical, é Zefon, o Leão de Deus. O Demiurgo Abedah é um homem que pode controlar toda a realidade, o tempo e os mundos segundo as escrituras perdidas, ou seja, um homem com o poder de um anjo. O espírito Zefon, criado por Deus, reencarnaria em diferentes épocas e de diferentes formas, para ser aquele em quem o Demiurgo se apoiaria quando estivesse desamparado."

Sorri e agradeci, para em seguida correr na direção de Mytrael. Encontrei-o fora do templo, sobre a cabeça de uma estátua, a dez metros do chão. Com um salto pousei ao lado dele.

"O que faz aqui, meu amigo?", questionei, enquanto parado em pé ao seu lado.

"Abedah, o caminho para o túmulo de Vrykolatas só pode ser acessado pela Duat. Apenas eu posso acessar e apenas eu poderia tê-lo feito. Questionei Enmerkar, que disse que não havia mais por que esconder. Aquele lá em baixo era o Mytrael dessas lendas, que fez tudo isso e tinha todo esse poder, enquanto eu sou uma fração daquilo."

"Como assim, Mytrael? Um fragmento? Do que está falando?"

"Chespisichis, prevendo sua queda, me capturou no passado em algum momento de minha juventude, enquanto ainda era mais homem que deus, mais ingênuo que malicioso. Ele me transformou e me lançou ao futuro. Futuro em que Brunhilde me encontrou no deserto e cá estamos."

"Mas para que ir até aquela caverna, para que esse suicídio?"

"Segundo Eshmunamsh, devo despertar a mim mesmo. Vrykolatas me destruirá, mas o meu eu que resguarda lá irá destruí-la, pois ele se arrependeu de seu crime e ele próprio os aprisionou lá dentro."

Permaneci em silêncio. Mytrael refletiu por mais um tempo, depois retornamos para a cripta, onde nos apresentaram aposentos para que dormíssemos. Na noite seguinte, Mytrael escreveu mais um pouco em seu diário e me pediu que eu escrevesse também. Quando terminamos, fomos à biblioteca, ao encontro de Alastor.

"Senhor, preciso de um favor", disse Mytrael, quando o encontramos.

"É claro Mytrael, tudo o que precisar."

"Estes arquivos são meus diários, gostaria que fossem copiados, para serem incluídos em sua biblioteca. Também gostaria que outra cópia fosse dada a Tenlura e Al-Tabari, e a outra, que o senhor desse ao meu filho, Prometheus da Anatólia. E que o senhor fizesse o mesmo em sua sociedade."

"São muitos pedidos Mytrael, me parecem ser de um senhor que planeja morrer."

"Sim, irei até o tumulo de Vrykolatas e Thanatos e lá cumprirei meu destino."

"Compreendo."

"Nós iremos, Mytrael, cumpriremos nosso destino!", interrompi Alastor, para declarar que por mais que não quisesse eu iria com Mytrael.

Alastor sorriu, de forma que sua pele pouco expressou, como se ele fosse um desenho vivo.

"Mytrael, permita-me dizer do que trata esta sociedade. Eu era caçado pelos outros Verdadeiramente Antigos, por meus crimes contra seus filhos e irmãos, e ainda sou. Você construiu este lugar para que eu ficasse seguro e fundou esta sociedade com o seu nome com o objetivo de que vampiros que não são controlados pelos antigos possam ser livres e conspirar em meio às trevas sem serem caçados. O que é a primeira lei de nossa sociedade: um membro da Ozymandias nunca será subserviente a nenhum progenitor. Você queria que todos fossem parte de sua família, por isso decretou a segunda lei: uma vez Ozymandias, sempre Ozymandias – nunca abandonaríamos ou viraríamos as costas uns para os outros. E futuramente, quando você nos deu as costas, criei a seguinte lei: aqui ninguém está acima de ninguém. Fico feliz em dizer que vocês são nossos irmãos, e é claro, que seu filho também poderá ser parte de nossa sociedade, e caso sobrevivam, voltem, pois as portas estarão abertas."

"Agradecemos, Alastor, mas temo dizer que não conte com isso. Confesso que aqui, pela primeira vez na vida, me sinto em casa, sinto que estou no meu lugar, mas ainda que por tão breve."

"Também lamento, honestamente naquela época eu era bem diferente de quem sou hoje, e você, devo dizer, é muito melhor que o Mytrael que conheci. Gostaria de gozar mais de suas companhias. De todo modo, há algo que possa fazer por vocês?"

Eu não tinha nada a dizer; aqueles esclarecimentos foram mais do que tudo que pudesse querer. Descobri que era um guerreiro Milenar com propósito divino, deveras um escolhido por Alá. Não precisava de mais nada. Mytrael, porém, tinha algo a pedir.

"Na verdade, sim, Alastor. O Mytrael que fundou este lugar se foi, e honestamente, pelo que me contou, esta sociedade é hoje muito diferente do que ele planejou, então gostaria de sugerir um novo nome para a nossa seita."

"E qual, seria meu amigo?", Alastor perguntou, sorrindo.

"Luxbellum."

Alastor aceitou, e disse que todos iriam gostar. Mytrael lhe entregou o diário e fomos procurar por mapas, pois precisávamos de uma rota consistente. Novamente vagaríamos pelo deserto por anos.

Mytrael, agora, estava ansioso por partir. Dizia ele que cumpriria seu destino, e todos os dias suplicava para que eu não o seguisse, mas todos os dias eu afirmava com mais certeza que nós dois cumpriríamos nosso destino. Durante os dias que passamos ali, Mytrael se aproximou de Maximus, questionando sobre seu passado e sobre seus poderes. Maximus era capaz de coisas incríveis, como parar o tempo, viajar para o passado e prever o futuro, tudo isso com limitações; e, claro, dizia ele que raramente usava tais habilidades, pois brincar com o tempo sempre tinha um preço, algumas vezes em proporções globais.

Era um filosofo macedônio que estudara em Atenas, escolhido por Alexandre em pessoa para ser seu escriba pessoal. Após a morte de seu soberano, Maximus partiu para o Leste, em busca de conhecimento, quando, em uma cidade chamada Varanasi, seu conhecimento de Astrologia chamou a atenção de estudiosos locais e também de sua progenitora.

Eu, por minha vez, passei a maior parte do tempo na biblioteca. Mytrael e eu buscávamos provas das histórias que Alastor nos contara, até que as encontramos; essas provas foram agregadas ao diário de Mytrael. Quando o documento estava pronto, já tínhamos a certeza do caminho e partimos.

Ficamos nove luas peregrinando pelo deserto. Animais foram nosso sustento. Essa viagem foi diferente de todas as outras; durante todo o caminho, não conversamos nenhuma vez, apenas andávamos em silêncio. Bebíamos e dormíamos enterrados na areia.

Tozeur era um oásis gigantesco no deserto. Quando encontramos a cidade, mesmo após tanto tempo viajando, nenhuma felicidade veio a nossos corações; invadimos uma casa, bebemos dos moradores e passamos o dia ali, em um último repouso físico antes do eterno.

Na noite seguinte, a sensibilidade de Mytrael nos levou até a entrada de Chott, bem próxima do lago em volta do qual a cidade fora construída. A escuridão reinava dentro da caverna, mas felizmente podíamos ver com facilidade.

Era uma descida na pedra por vários metros, até o fundo. Mytrael disse que ali era o portal, que passaria por ele e me levaria junto. Sentamo-nos de pernas cruzadas, um de costas para o outro, nossos braços também se cruzando.

Meditamos durante horas, quando enfim senti como se flutuasse, e ao abrir os olhos vi que estávamos pousando na água. Nós nos levantamos, olhamos em volta; a água tocava nossos tornozelos e cobria todo o chão da caverna escura. A caverna, aliás, era imensa, com cerca de trinta metros de altura, cujo teto caíam gotas como chuva. Olhando em volta, não se via o fim.

O fogo se acendeu em um dos lados da caverna, iluminando-a; era um aclive feito de ossos humanos, onde uma enorme fogueira de chamas brancas ardia. Mytrael pediu para eu não me mover, independente do que visse, e sacou um gigantesco diamante do bolso. Depois partiu em direção às chamas.

Ele deu um passo de cada vez, lentamente, quando na metade do caminho a caverna tremeu e do teto se ouvia o som de garrafas batendo. Ao olhar para cima, vi estalactites cristalinas que pingavam e brilhavam pela luz do fogo, fazendo o teto parecer um céu estrelado.

Das chamas saíram dois seres: uma mulher, cuja beleza me fez paralisar, beleza que fazia a de Tiamat ser insignificante, e do seu lado uma figura masculina horrenda – devia ter uns dois metros e meio de altura, sem pelos ou genitália; tinha grandes orelhas pontudas, a pele vermelha e os olhos completamente negros. Sua boca, que ia de ponta a ponta da face, não tinha lábios, apenas dentes de uma polegada de comprimento, tortos e afiados.

"Enmerkar, o que veio fazer aqui, mestre?", perguntou Mytrael, olhando para o lado, enquanto se aproximava.

"Você fez bem, meu filho, sua recompensa chegará", respondeu a mulher, olhando na mesma direção que Mytrael.

A mulher, caminhando, saltou na direção de Mytrael tão rápido quanto um piscar de olhos, porém o manipulador do tempo acelerou o seu próprio, ganhando vantagem. Eu me preparava para sacar a espada quando em minha mente ele entoou rapidamente uma mensagem; o tempo que ele levou para isso foi mais curto do que a minha mente era capaz de entender. Então atirou o diamante na minha mão, quando a mulher apareceu diante dele, acariciando seu rosto.

"Sinto falta de sua beleza", disse ela.

Em seguida, Mytrael começou a sofrer o que parecia ser uma explosão interna: sangue e pedaços de carne saíam pelos seus orifícios e por cortes que se abriam por todo o seu corpo.

Mytral caiu para trás, e ao tocar a água seu corpo incendiou.

"Abedah, Enmerkar nos traiu! Não viemos destruir Vrykolatas, nós os libertamos, o diamante é a resposta! Fuja!"

Minha mente compreendeu a mensagem, mas eu não podia me mexer. A presença daqueles seres me paralisara; apenas as lágrimas rolavam em minha face. A mulher me encarou por breves segundos, em seguida se virou, fez sinal ao homem e ambos saíram voando, rachando o teto, fazendo a caverna novamente tremer.

Corri até os ossos de Mytrael para agarrá-los. Pedras despencavam do teto, o local não parava de tremer. Com Mytrael morto não havia mais esperança.

A caverna começou a desabar sobre minha cabeça; toneladas de rocha e água me cobriam, e tudo o que eu conseguia fazer era gritar o nome dele.

"Abedah...", ouvi em minha mente, pouco antes de a caverna desabar completamente. Eram centenas de milhares de toneladas, quilômetros quadrados de água e terra, ao qual ninguém poderia sobreviver, tamanha pressão esmagaria qualquer ser deste mundo, até mesmo um Milenar.

Mas Abedah não era um qualquer.

**INFORMAÇÕES SOBRE NOSSAS PUBLICAÇÕES
E ÚLTIMOS LANÇAMENTOS**

- editorapandorga.com.br
- /editorapandorga
- pandorgaeditora
- editorapandorga